PREMIÈRE PARTIE

LE CHEMIN DES DAMES

UNE HISTOIRE DE FRANCE

Aux petits soldats inconnus

J'ai écrit quelque chose. Tu veux que je te le lise ?

LOUIS CALAFERTE,
La mécanique des femmes

Chapitre 1

Avec son majeur, elle tire la lèvre droite. Son index joue avec la vulve et appuie sur le clitoris. Sa main claque violemment contre son sexe. Elles s'installent chacune à leur place : France toujours à droite. Plus facile de ce côté de glisser sa main dans la culotte blanche en coton avec des marguerites.

Chaque jour, après le goûter, Max et Léo jouent aux petites voitures dans leur chambre. Ou alors ils se gavent d'idioties à la télévision, fascinés par les femmes aux gros seins qui se trémoussent dans une belle villa. Ils n'attendent que le moment où elles se dénuderont pour se rafraîchir dans la piscine. Quand leur mère s'enferme dans la chambre avec la fillette, ils en profitent souvent pour allumer l'ordinateur. Une fois leur père rentré de la base, il ne sera plus question d'en approcher. Les photos de femmes nues se répandent sur le bureau, dans des positions aguichantes ou attachées par des cordes, menottées et bâillonnées. Les mains sur leurs fesses écartées, elles fixent l'objectif en tirant la langue. Max clique sur la vidéo « À trois, c'est mieux » et un hurlement de truie égorgée leur perce les tympans. Léo se précipite sur le bouton des enceintes et dévisse sa chaise tournante pour regarder en direction de la porte. Non, France n'a rien entendu.

Lorsque France tend le sopalin à Romy pour qu'elle essuie le chocolat autour de sa bouche, c'est le signal. Les devoirs, notés avec soin dans son cahier de texte, attendront encore. Elle apprendra ses leçons cette nuit sous la couette à la lueur de sa veilleuse Mickey, souvenir de ses six ans avec sa maman à Disneyland. Philippe venait de partir en Centrafrique.

Le fuseau noir glisse le long des jambes menues et tombe en bas du lit. Le tee-shirt, déposé à côté pour ne pas perdre de temps quand elle se rhabillera. Ses poils blonds se dressent. La pièce n'est pas chauffée. Allongée sur le lit, elle fixe le plafond et se concentre. Ne pas pleurer. Son ventre se gonfle et se dégonfle en tremblotant. La respiration du petit chien.

La porte mal rabotée heurte la barre de seuil avec un bruit sourd de trompette. La clef tourne dans la serrure et France la dépose dans le premier tiroir de la table de nuit. La moquette étouffe ses pas mais le bruit des voilages tirés d'un coup sec fait sauter le cœur de la fillette. La boucle de la ceinture tinte sur les boutons du jean. France fait claquer l'élastique de sa culotte, se tortille pour la descendre sans se baisser. Elle dégrafe son soutien-gorge en fausse dentelle acheté sur la place du marché, retire ses bracelets et ses bagues.

France adore laisser ses doigts entortiller les boucles blondes. Cela la change des crânes rasés de Léo et Max, tondus de près par leur père. Elle sait apaiser Romy en caressant ainsi son crâne pour l'entraîner dans un semi-coma où le corps gringalet sera à sa merci. Le long de son front, ses doigts effectuent des va-et-vient entre les deux sourcils, puis les redessinent en effleurant l'arcade. Le petit nez retroussé est pressé entre le pouce et l'index pour l'empêcher de respirer et l'obliger à ouvrir la bouche. Les jours de mauvaise humeur, elle la lui ferme aussi pour compter combien de secondes elle arrive à tenir.

Les mains autour de son cou forment un collier. C'est si bon de sentir son pouls : Poum ta. Poum ta. Poum ta. Poum ta. Cette musique excite France. Elle pourrait broyer sa poitrine si elle le voulait. Elle lèche les mamelons pas encore formés et dirige la main de la petite sur les siens. Instinctivement, Romy les pince. Combien de fois lui a-t-elle demandé de la traire comme une vache ou de la mordiller jusqu'au sang ? Elle réfugie sa tête entre ses gros seins, avant que France ne la dégage brutalement : « Oh, j'suis pas ta mère. Tète pas. Suce ! » Elle n'est jamais tout à fait sûre de bien faire.

La nuit, elle se réveille en sueur. Un mauvais rêve. Une autre petite fille jouit à sa place. Le ventre noué, la gorge sèche, le cœur palpitant, elle voudrait vérifier que nulle ne l'a remplacée.

Un an déjà que les médecins ont diagnostiqué la maladie de Crohn de sa mère, Hélène. Hélène est caissière à Cora, le supermarché en face du bâtiment. Il lui arrive aussi de mettre les produits en rayon. Elle enlève le film plastique des palettes et organise la marchandise sur les belles gondoles. Une bonne employée.

Le sexe de Romy rougit sous le frottement énergique. France l'empoigne, le pétrit, le malaxe et tire sur la peau. Elle frictionne comme avec le grattoir de son éponge. Anus. Clitoris. Romy fronce le nez. La douleur est à la limite du supportable. Sa mère lui dit de s'essuyer de l'avant vers l'arrière et non l'inverse pour ne pas attraper de microbes. France s'en moque. Tenu fermement, son corps glisse sur les draps, monte et descend au rythme des mains de France. Parfois, sa tête cogne contre la tête de lit. À peine pose-t-elle sa main sur son crâne pour adoucir la douleur, France la lui reprend pour la remettre dans son vagin. Le petit poing plié, elle a pour consigne d'explorer toutes les parois de la grotte. Le liquide visqueux l'écœure. France laisse échapper des cris. De la chambre voisine, les garçons guettent les : « Oui. Oui. Oui. Plus fort. Plus loin. Attends. Encore un peu. Vite. Vite. Plus vite. Allez. Oui. » Rouge et suintante, elle glisse sa langue dans la bouche de la fillette. Elle enlève la couette pour mieux admirer le corps à sa merci et lui écarte les jambes. Il y a un peu d'elle sur Romy qui frissonne sans affronter son regard. L'enfant s'enfonce dans le matelas quand France s'allonge sur elle. Elle s'accroche aux barreaux du lit pour se hisser et mimer l'acte sexuel comme France le lui a appris.

— On peut prendre des chips ? demande Max derrière la porte.

— Oui oui !

L'heure projetée en rouge au plafond par le réveil indique la fin de la séance. Le même que chez elle, celui du catalogue de Noël de la base.

Un objet qu'elle ne voit pas bute sur le fond de son vagin. Quand ce ne sont pas les queues de dinosaures, les Playmobil et les grues des camions de pompiers que France enfonce le plus loin possible dans son sexe. Elle déteste quand France la pénètre ainsi. Elle hurle et ne peut se retenir de pleurer. France l'étouffe avec un oreiller avant de la bercer. Romy pleure, frotte sa tête en essuyant sa morve contre sa peau. « Ne sois pas triste. Tu es tout pour moi, tu le sais. Je t'aime. Personne ne pourra te remplacer. Nous recommencerons demain. »

Dos à dos, elles se rhabillent en silence. Dans la boîte que France a fabriquée à l'atelier du mercredi après-midi avec les autres femmes de militaires, Romy attrape un mouchoir et s'essuie. Assise sur le rebord du lit, France recoiffe ses jolies boucles en lui couvrant la nuque et les épaules de baisers en rafale. Elle enfile ses bagues sur ses doigts menus et la parfume avec son eau de toilette au patchouli. Sur ses ongles, elle applique un vernis orange corail. Romy aime jouer à la dame, surtout quand France peint ses lèvres en rouge. Elles adorent se déguiser quand elles se retrouvent. Une dernière pincette sur les joues avant de descendre pour donner un peu de couleur à cette peau translucide où les veines courent pareilles à des routes sur une carte.

À l'école, elle se perce la peau avec son compas. Son sang se répand sur les feuilles à gros carreaux bleus. Avec son buvard, elle essuie les quelques gouttes qui se mélangent à l'encre, surprise par leurs formes poétiques quand elles s'estompent. Quand elle n'arrive pas à se contenir, poussée par l'envie de laisser sur sa peau des traces plus encrées, elle dessine des rosaces compulsivement. Les cercles se superposent, se croisent et s'enlacent. L'intérieur est coloré en rouge vif et les lettres F+R se nichent au cœur des fleurs et des soleils. Si ses mains se montrent violentes au point de déchirer la feuille, elle les enferme dans sa culotte et se masturbe pour s'apaiser. Quand le plaisir atteint son paroxysme, elle glisse sous son pupitre et tombe, provoquant ainsi les rires de ses camarades.

Les pieds sous la table, Léo et Max crient en chœur : « On a faim ! » France sort un hachis parmentier Iglo du congélateur. Assise sur le tabouret en bout de table, Romy commence ses devoirs sur ses genoux. Une autodictée et trois questions qui traitent de bonbons et de billes à se partager. Eddy le robot bleu et jaune pose ses énigmes dans les encadrés. Il accompagne les enfants de CM1 jusqu'en juin et passera le relais à sa sœur Zoé, verte et rose, pour le CM2. Elle s'applique à respecter la hauteur des lignes pour tracer ses lettres rondes.

Son ventre gargouille. La sonnerie tinte comme celle d'un joli pavillon américain. Dans son cartable aux angles abîmés, elle range ses cahiers dans deux compartiments bien distincts : un pour le français et l'autre pour les mathématiques. Elle ferme les attaches et le met sur ses épaules. Le poids des livres la tasse. Neuf ans et déjà bossue comme une petite vieille.

Dans l'encadrement de la porte, son père l'attend, toujours vêtu de son treillis. Il rabat sa capuche pour la protéger de la pluie fine. Devant le passage clouté, Romy compare ses pieds minuscules aux grosses boots noires. Il tire la bretelle de son cartable pour la diriger vers le McDo du boulevard de Pinteville.

Il fonce sur la table qui vient de se libérer à côté de la poubelle pour placer Romy. Elle ne le quitte pas du regard. Quand il disparaît de sa vue dans la file d'attente, elle panique. Elle a toujours peur qu'il ne revienne pas. Sur le plateau, un grand verre de Coca, une mini bouteille d'eau, deux gros sandwichs et un Happy Meal. Il connaît si peu sa fille. Il presse sa menotte et soupire. Il ne sait pas comment l'aimer. Il pique ses dernières frites, débarrasse le plateau et le dépose sur la poubelle.

Entrée A. Le vent s'engouffre dans l'immeuble avec cette vitre cassée. Ils montent jusqu'au premier. Romy grimpe les marches trois par trois accrochée à la rambarde.

Sa mère dort sur le canapé, devant la télévision allumée. Poids plume, son père la soulève sans difficulté pour la coucher dans leur lit. La porte des toilettes est grande ouverte. Le riz bout sur la gazinière. Hélène a encore mal au ventre. Sur son front, la fillette dépose un baiser et sur son ventre, un souffle magique pour la guérir. Dans sa chambre rose à petits pois, elle enfile sa combinaison à cœurs et s'allonge dans son lit. Une dernière fois, elle se récite son autodictée. Il faut qu'elle la sache sur le bout des doigts. Impossible de trouver le sommeil. La porte des parents enfin fermée, elle gagne la salle de bain sur la pointe des pieds. Il faut qu'elle se regarde dans la glace : vérifier qu'elle est bien une fille.

Chapitre 2

Sa première fois avec France, Romy ne l'oubliera jamais. Odeur de café, boule dans le ventre, attente intenable, le placard, les doigts sales, crêpe ou biscuit, le sexe à poils longs et bouclés, la respiration haletante de France et ses yeux révulsés, des heures à pleurer sous la couette, des allers-retours à la salle de bain pour se brosser les dents, se frotter avec un gant de toilette, ouvrir la porte de la chambre de ses parents pour tout avouer et finalement la refermer, mordre dans l'oreiller, étouffer ses cris, couper les cheveux de la poupée, fixer le M fluorescent du McDo, vouloir mourir.

Ce matin-là, Hélène avait été hospitalisée en urgence. Dans la nuit, elle avait perdu trop de sang tandis que son ventre se vidait, une crise beaucoup plus violente que les précédentes. Elle avait attendu que Philippe emmène Romy à l'école pour se traîner à l'hôpital Saint-Charles. Les médecins ne l'avaient pas laissée repartir. Bientôt 16 heures. Personne pour récupérer la petite. Elle avait appelé Philippe à la base. Son collègue Éric avait proposé que France, sa femme, récupère Romy en même temps que ses fils.

Dans la cour de récréation, France a demandé à Max et Léo de patienter quelques minutes. Elle devait parler à la maîtresse. Madame Tieule l'a fait entrer dans la classe. Romy se tenait contre le grand marronnier face à la sortie. Elle guettait l'arrivée d'Hélène. Ses doigts plantés dans le tronc, elle arrachait l'écorce.

« Ta maman est malade. Je te ramène à la maison. Tu vas goûter et faire tes devoirs avec les garçons. » D'une pression sur l'épaule, France l'a fait se retourner pour capter son regard. Romy a enfilé les bretelles de son cartable trop lourd qui lui a fait perdre l'équilibre. Léo et Max se poussaient au bord de la route, obligeant les voitures à dévier de leur trajectoire. Malgré les coups de klaxon, France ne s'est pas retournée. Elle a traîné les gosses dans le supermarché, acheté quelques plats préparés pour la semaine : lasagnes à la bolognaise, poêlée de gnocchis, semoule au poulet et moussaka. Romy s'attardait sur les guirlandes lumineuses, celles que l'on met à l'extérieur pour décorer les maisons. Souvent seule les fins d'année, Hélène emmenait sa fille faire un tour dans la vieille 205. Le chauffage était au maximum, on écoutait des chansons de Jean-Jacques Goldman ou de France Gall. Romy connaissait par cœur les morceaux des deux faces des cassettes. Avec sa mère, elles chantaient à tue-tête « Envole-moi » ou « Résiste ». Elles traversaient les lieux-dits : Lucey, Pagney-derrière-Barine, Lagney, Trondes, Boucq, allant même jusqu'à Jouy-sous-les-Côtes, dans la Meuse. Le temps d'une soirée, elles s'improvisaient membres d'un jury pour décerner le prix de l'illumination la plus moche. Une Vierge Marie sans ferme, une échelle qui se faisait la malle, des ampoules grillées, un traîneau sans Père Noël, des animaux empaillés. Les habitations clignotaient tristement. Il était bien difficile de les départager.

À la caisse, Léo et Max suppliaient France de leur acheter un distributeur de bonbons à tête de Donald. Max tapait à coups de pied dans le présentoir. Mickey, Daisy, Tic et Tac subirent tous le même sort : éventrés sur le sol, dégueulant de bonbons multicolores. Sautant de sa chaise, Coraline est sortie de sa caisse pour obliger les enfants à ramasser. Comme si elle n'avait que cela à faire ! Max regardait dans la direction opposée avec ce sourire assumé au coin des lèvres. France ne supportait pas qu'on puisse donner des ordres à ses gosses. Elle a balancé les boîtes de surgelés sur le tapis. Romy, les doigts engourdis par le froid, avait du mal à ouvrir les sacs isothermes. « Ta maman n'est pas venue travailler aujourd'hui. Elle va bien ? » s'est inquiétée Coraline qui s'en voulait d'avoir parlé à la fillette sur le même ton qu'aux garçons.

Dehors, la pluie frappait les visages. Devant le collège Valcourt, les adolescents se serraient sous les abribus pour fumer. Romy aimait frôler ces garçons plus âgés, sentir la fumée, la même que celle des vêtements de son père. Léo et Max sautaient à cœur joie dans les flaques, trempant leur jogging et leurs baskets à gros scratch. France ne leur achetait jamais de chaussures à lacets. Ils mettaient trop de temps à faire les oreilles de lapin. Course dans les escaliers de l'entrée C. Interdiction de prendre l'ascenseur avec elle. France voulait les essouffler jusqu'au bout, les crever.

Le goûter était prêt dans la cuisine. Plaque de chocolat et brioche que les garçons avalaient goulûment. Ils s'amusaient à retirer la crasse de leurs ongles avec la pointe du couteau. Romy ne parvenait pas à avaler. Rien. Pas même une gorgée d'eau. Chez elle, sa mère aurait fait chauffer une tasse de thé pour écouter le récit de sa journée, et beurré une tartine de pain frais acheté sur le trajet. Sous la serviette, elle aurait glissé un sachet de bonbons acheté discrètement à la boulangerie. Puis, serait venue l'heure des devoirs.

Romy a demandé la permission d'aller aux toilettes. Elle s'est assise sur le tapis en forme de U, les yeux dirigés vers le plafond. Une araignée tissait sa toile. Léo et Max cognaient des petites voitures contre la porte pour la forcer à sortir. Comme la souris ne quittait pas son trou, ils se sont mis à tambouriner en poussant des cris de guerre. C'est le générique de *Tom Sawyer* qui l'a sauvée : les garçons ont lâché leur proie pour leur dessin animé préféré.

Sur la table, ne restaient que des miettes et des traces de chocolat. Elle avait faim. N'osant réclamer, elle a fini par ouvrir les placards, à la recherche d'un biscuit pour tenir jusqu'au soir. Pour atteindre la cachette à sucreries au-dessus de l'évier, elle a soulevé une chaise de ses maigres bras. Ses chaussettes en coton ont glissé sur l'inox lorsqu'elle a escaladé le plan de travail. Elle a attrapé un paquet de crêpes. L'odeur lui rappelait les soirées gourmandes avec sa mère. Sa main s'est faufilée délicatement dans l'emballage. La crêpe était douce comme une peau de bébé. Soudain, des bras ont empoigné son ventre, juste en dessous des côtes, lui coupant la respiration. « Voleuse ! » lui a dit France d'un ton calme et posé.

— Que diraient tes parents si je leur racontais ce que tu as fait chez moi ? Ta mère est souffrante. Tu veux la rendre un peu plus malade ? Tu veux causer du souci à ton père ?

Romy a fait non de la tête.

— Alors il faut réparer tes erreurs.

France a attrapé la petite par la main. Romy l'a suivie dans le couloir obscur. Les garçons dans le salon riaient et se donnaient des coups de coussins. Elle a poussé Romy dans la chambre au lit défait. Quand Éric revenait de mission, ils s'accouplaient aussi souvent que possible dans l'angoisse des privations à venir. Pour s'exciter, ils visionnaient ensemble des cassettes pornographiques qu'ils louaient rue Jeanne-d'Arc, à côté de la MJC. Le mercredi, quand France récupérait les garçons à leur cours de judo, elle prenait un peu d'avance pour sélectionner les films qui occuperaient les soirées du week-end. Elle choisissait aussi deux dessins animés. Le couple avait recours à divers instruments pour varier les plaisirs. Canards, poupée gonflable, godemichets étaient dissimulés çà et là dans les recoins de l'appartement. Ils planquaient leurs jouets hors de portée des enfants depuis que Max s'était déguisé en soubrette. Dans la vieille ville, rue de la Petite-Boucherie, le sex-shop regorgeait de costumes insolites ou traditionnels. France optait souvent pour un uniforme basique qui faisait bander Éric à tous les coups : infirmière, pompier, maîtresse d'école, policière. Il s'enflammait quand France se déguisait en petite fille avec des couettes dans une robe vichy rose et blanche. Elle adoptait un langage enfantin, jouait à la fausse timide et faisait des bêtises pour lui laisser le plaisir de la punir. Pour l'attraper, Éric lui proposait toujours une sucette. Et la partie commençait.

Dans la chambre au papier ocre, France allonge la fillette sur la couette, et lui retire un à un ses vêtements. Romy se concentre sur les photos du pêle-mêle en tissu réalisé avec des punaises et des rubans. Certaines sont cachées par les lys artificiels posés sur la commode. Dans le vase, les fleurs sont maintenues grâce aux billes japonaises. Autour des abat-jour à franges, des flacons de parfum vides décorent les tables de chevet. Dans le fond de la chambre, le ventilateur transformé en portant est habillé de robes empilées et de foulards aux couleurs chatoyantes. Une odeur d'épices et de patchouli embaume la pièce.

France hume avec délice ses doigts. Elle rejoint Romy, caresse ses cheveux et lui donne un baiser voluptueux à l'odeur de café amer. « Merci. Merci pour ce cadeau. Allons rejoindre les garçons à présent », chuchote-t-elle au creux de son oreille.

Chapitre 3

Les Barbie nues sont alignées sur la moquette comme dans un camp militaire. Romy a sorti toute son artillerie. Leurs vêtements forment une montagne colorée surveillée par une peluche licorne. Romy soupçonne l'une d'entre elles de voler. Gare à elle si elle tente de piquer une robe. Sévère sera la punition. Sur ces corps gélatineux, la fillette passe son index le long des courbes identiques de chaque poupée. Elle fait plusieurs allers-retours avant de désigner la coupable. La sentence tombe : le châtiment sera pour Vanessa. Ses gros yeux bleu turquoise et ses cils tatoués lui font une tête d'ahurie. Romy la sort du rang et la met à l'écart. Dans son dos, elle prend une grande poupée Corolle au corps en mousse et à la coupe garçonne, la première que lui ait offerte sa mère, sa préférée. Coupe fraîche réalisée cette nuit par ses soins. Doucement, elle les fait se renifler et se toucher. Elle étouffe la tête de la Barbie dans le ventre mou et frotte les entrejambes qui ne ressemblent pas du tout à un vrai sexe. Les veines de la fillette pulsent sur son front et ses avant-bras. Les sourcils froncés, le nez retroussé, les lèvres pincées : enragée. Poum ta. Poum ta. Poum ta. Poum ta. Son cœur explose.

Dans le fond de la classe, à côté du coin bibliothèque, Romy n'écoute pas les élèves réciter Verlaine l'un après l'autre sur l'estrade. Madame Tieule se racle la gorge pour la réveiller. Les pellicules de ses longs cheveux noirs tombent en flocons sur le pupitre. Les enfants soufflent dessus pour les faire s'envoler. Madame Tieule sent la ferme. Ses bottes en plastique sont pleines de paille. Elle aide son mari à traire les vaches et oublie souvent de les enlever avant de venir. Dans la classe, il y a toujours cette odeur de fumier qui plane, et dans sa bouche, une haleine aux relents de charcuterie.

Sur la patère, Romy reprend le manteau rouge en plastique qu'Hélène lui a acheté ce week-end au dépôt-vente. Bien trop grand pour elle, son corps est perdu dans la fausse fourrure intérieure. Romy se bouche le nez quand elle l'enfile. La doublure sent le renfermé et la sueur des enfants qui l'ont déjà porté. Les autres fillettes revêtent des manteaux aux couleurs vives avec de jolis dessins. Les bonnets et les gants attachés aux manches sont assortis.

Elle glisse ses rythmiques noires dans le sac en tissu à motifs psychédéliques. Hélène le lui avait cousu après une mission de son père en Afrique. Bien souvent, il rapporte un souvenir : une girafe en bois, un collier, une robe africaine, des statues aux corps difformes et du tissu.

Sous la grande carte du monde des années soixante-dix, les enfants lacent leurs chaussures. C'est à celui qui sera debout le premier. Romy s'emmêle. Aujourd'hui, elle peine à réaliser ses oreilles de lapin.

Dans la cour, les enfants jouent en attendant la sonnerie qui indique l'arrivée des parents agglutinés derrière les grilles comme au zoo. La plupart viennent à pied depuis leurs jolis pavillons fin XIXᵉ du quartier Saint-Èvre. Romy doit crapahuter plus longtemps pour gagner son appartement. Parfois, Hélène lui fait la surprise de venir en 205.

France attend les gosses du boulevard de Pinteville. Le mercredi, elle raccompagne ceux qui ne déjeunent pas à la cantine. Le McDonald's situé juste en face parfume les alentours, les cages d'escalier, les ascenseurs. Les vêtements des enfants sentent toujours les frites et la graisse. Quand les mères les emmènent jouer dans le parc juste à côté de l'immeuble, elles savent qu'elles ne pourront échapper au détour par le fast-food avant de rentrer. Chacun possède le jouet de la semaine en plusieurs exemplaires.

Amis par dépit, ils n'ont pas le choix. À l'école, au catéchisme, à la MJC de la rue Jeanne-d'Arc ou au Théâtre du Moulin, ils se voient tout le temps. Ils ont tout intérêt à s'entendre.

À la sortie de l'école, France compte les enfants qu'elle met en rang deux par deux. Avenue Jean-Jaurès, les mains se délient et les enfants forment une chenille pour contourner les voitures garées à cheval sur le trottoir. Romy dévisage Aurélie, Sophie et Elsa. Et si l'une d'elles avait aussi joué avec France ?

À l'entrée du centre commercial Cora, France les gare quelques minutes à côté des vélos, le temps de se ravitailler en saucisses pour gaver ses fils et gagner quelques minutes de tranquillité. Elle attrape aussi un rouleau de bolduc vert sapin. Les fêtes approchent.

France laisse les gamins sur l'aire de jeux pour préparer une plâtrée de pâtes au gruyère et au ketchup avant de les emmener à la MJC. Le mercredi après-midi, les mômes se défoulent avec des animateurs tandis que leurs mères se réunissent dans un atelier pâtisserie, décoration boules de Noël ou une vente de vêtements à domicile. C'est ainsi qu'ils se retrouvent avec les mêmes fringues. Plus la commande groupée est importante moins le vêtement à l'unité est cher. Les mères cousent immédiatement une étiquette au nom de l'enfant à l'intérieur du col ou de la manche.

Max prend son élan pour faire tourner Léo le plus vite possible sur le tourniquet. L'un ou l'autre finit toujours par vomir sa collation et se faire gronder par France. Sur la balançoire, Romy essaye d'atteindre les nuages du bout de ses pieds. France hurle par la fenêtre. « À table ! Toi aussi Romy. Ta mère n'est pas encore rentrée de l'hôpital. »

Les garçons dévorent leur assiette. Le gruyère chaud et dégoulinant colle au palais. Léo ouvre grande la bouche. C'est brûlant. Il halète comme un chiot hors de l'eau. Max en profite pour lui lancer des boules de mie de pain en criant « but » à chaque fois qu'une tombe dans la bouche de son frère. Dans la salle de bain, l'eau chaude soulage les mains de Romy bleuies par le froid. Elle se les frotte et se les récure avec la brosse à ongles jusqu'à s'arracher les peaux mortes. Dans le tiroir sous le lavabo, elle range les ciseaux. Dans sa tête une petite voix lui intime l'ordre de se faire mal. Elle lutte pour ne pas passer à l'acte. Sur le majeur, elle applique le vernis orange corail qu'elle ne laisse pas sécher. Dans ses cheveux, elle enfonce une pique chinoise pour les relever en un chignon ébouriffé. Cet accessoire, France l'utilise parfois bien différemment.

Max et Léo trépignent devant l'entrée, habillés en judoka. Ils se battent à coups de ceinture et de pied. Max se retrouve avec des marques rouges sur le visage et Léo hurle en tenant son tibia pendant que France passe l'éponge sur la gazinière. Sans faire cesser leurs cris, elle débarrasse l'assiette de Romy et lui ordonne de mettre ses baskets. Assise par terre, elle peine sur ses oreilles de lapin, Léo lui agrippe fermement la tête et mime une fellation à travers son jogging. Son pantalon sent l'urine. Du haut de ses neuf ans, Léo n'arrive toujours pas à secouer son pénis comme il faut pour évacuer la petite goutte. Elle le mord de toutes ses dents pour se dégager. La main toujours dans ses cheveux, Léo lui arrache une mèche pour se venger et son frère se jette sur elle pour la coucher sur le sol. Alors qu'elle est à plat ventre, il la chevauche. Sa crinière lui sert de rênes et il attrape son frère avec son lasso imaginaire en hennissant. Léo saute sur elle à son tour. D'un cri rageur, France les expulse dans le couloir. Elle leur intime de s'asseoir contre le mur du palier. Max enrage. Il va manquer son cours de judo. Léo s'en amuse et Romy espère qu'ils resteront ainsi punis tout l'après-midi et qu'elle ratera son cours de danse. Elle déteste porter les collants qui piquent, son tutu rose qui lui rentre dans les fesses et les chaussons satinés trop serrés. « C'est bon maman, on est calmés. Tu peux nous emmener ! » crie Max derrière la porte. France sort, emmitouflée dans son manteau à motifs de panthère, et leur ordonne de la suivre d'un claquement de doigts. Romy traîne des pieds.

Guitares, clarinettes et sacs de rechange se bousculent. Les enfants gagnent leur salle en criant d'une voix stridente. Les garçons rejoignent les animateurs sportifs ou leur prof de musique, les filles se dirigent vers les salles de théâtre, de dessin et de danse.

Sur un air de Tchaïkovski, les danseuses s'étirent et touchent leurs pieds sans plier les genoux, d'autres se mettent de la laque pour ranger les petits cheveux qui dépassent. Kathy frappe dans ses mains trois fois pour les réunir au centre de la pièce. Elle est la seule professeure de danse classique à porter un sarouel pour dissimuler les kilos disgracieux. Son tee-shirt à fines bretelles révèle sa passion pour les pizzas et dévoile ses longs poils. Romy s'assoit contre le radiateur sous la fenêtre et se frotte les mains. La buée dégouline à l'intérieur des vitres et le froid passe à travers les carreaux.

Les fillettes sont encore plus intenables aujourd'hui : elles attendent que Kathy leur annonce le thème du spectacle de fin d'année. Durant six mois, elles répéteront des chorégraphies déguisées en fleurs. Les rôles sont distribués : tulipes, hortensias, roses, orchidées. Romy jouera la pâquerette, unique amie d'un bouton-d'or. Quand Kathy lui annonce sa partition, elle ne peut cacher sa mine renfrognée. Elle déteste cette fleur parce qu'elle ne sent pas bon et que les chiens urinent toujours dessus dans le parc à côté de chez elle. Pas de bourrée, cabrioles, pas chassés, déboulés, entrechats, glissés, pointes animeront le cours durant deux heures. Dans le fond de la salle, les mères arrivent un quart d'heure avant la fin pour regarder et comparer leurs filles. Hélène se tient à l'écart. Les médecins l'ont laissée sortir pour les fêtes. Elle est dans l'obligation de retourner à l'hôpital après Noël pour la suite des examens. Elle a hâte de retrouver sa fille. Romy remet son pantalon et son pull par-dessus ses collants et son tutu pour vite se blottir au creux du manteau de sa mère.

Chapitre 4

Philippe réveille Romy, recroquevillée au bout du lit, sous la couette, dans son terrier. Ses joues sont rouges, elle sent le petit pain au lait chaud. Les cheveux devant les yeux, de sa menotte, elle les dégage en bâillant, elle s'étire et donne une gifle à son père. Il l'embrasse d'un baiser qui claque sur sa joue et la met debout pour s'assurer qu'elle ne se recouchera pas. Dans l'armoire, il opte pour une robe en velours rouge et un sous-pull à col roulé blanc. Romy le rejoint pour choisir une culotte et des chaussettes à étoiles. Avant de quitter sa chambre, la fillette embrasse sa poupée en mousse aux cheveux courts et glisse de tendres mots au creux de son oreille : « Je reviens. Je ne pars pas longtemps. Tu es ma préférée. » Elle la couche dans son lit et dépose un nounours pour lui tenir compagnie.

Dans la cuisine, Hélène en peignoir boit son thé. Philippe, en face, trempe des biscottes dans son café. Il regarde des revues de modélisme.

Romy tourne le chocolat en poudre dans son lait. Ses manches recouvrent ses mains pour tenir le bol trop chaud. Sous la table, elle donne un coup de pied à sa mère. Elle ne supporte pas quand Hélène ne lui réserve pas toute son attention. Philippe lace ses boots en les serrant si fort que le cuir grince sous ses mains. Dans le fond de son képi, il ajuste la photo prise le jour du baptême de sa fille : Hélène porte Romy dans ses bras. Derrière elle, il la tient fermement.

Devant le parc, Romy tourne la tête pour ne pas être tentée d'aller jouer. Son père sait bien à quel point elle a envie de s'amuser. Comme alternative, il lui propose de monter sur ses boots et de marcher quelques mètres en ne formant plus qu'un. Collée à lui, elle plaque sa joue contre son ventre affermi par l'entraînement physique. Sur le tee-shirt kaki, elle respire un mélange de clope et de parfum. *Le Mâle* de Jean-Paul Gaultier. Yeux fermés, elle pourrait suivre son père à la trace. Ils se font klaxonner et dépasser par France, Éric et leurs enfants qui montent au régiment. Léo et Max sont agités et dessinent en riant des vulgarités sur la buée des vitres. Philippe fait descendre la fillette : plus de temps à perdre. Il doit gagner les rangs pour le défilé. D'un pas rapide, ils passent devant les maisons de maître en bas de l'avenue Foch. Sur les poteaux, de jolies plaques dorées de médecins ou de kinésithérapeutes.

Romy fixe la croix verte de la pharmacie qui clignote en haut de la rue. À ce niveau, elle sait qu'ils seront proches de l'arrivée et qu'elle pourra se réchauffer. Les chemins de cailloux remplacent le trottoir en béton. La ville s'arrête net avant les immenses bâtiments du 516e régiment. Philippe et Romy sont obligés de marcher l'un derrière l'autre. Ils longent le fossé, les pieds mouillés par les herbes hautes. L'humidité perle sur son manteau rouge en plastique. Elle a envie de faire pipi. « Retire ta main de ta culotte. Ce n'est pas propre ! » lui ordonne Philippe. Elle avance en traînant des pieds pour ne pas les décoller et contracte sa vessie aussi fort qu'elle peut. « Veux-tu marcher correctement ? On dirait une débile ! » Il s'énerve et entre dans la boulangerie qui éclaire la route.

— Bonjour monsieur, mademoiselle, que désirez-vous ?

— Vous avez des toilettes ? C'est pour la petite.

La vendeuse fait passer Romy derrière le comptoir aux couleurs gourmandes. Les toilettes se trouvent au bout du couloir, juste après le salon. Deux petites filles pas encore réveillées sucent leur pouce, tenant chacune un accoudoir du canapé. Les cheveux en bataille, elles gloussent devant le canari qui joue des tours au chat. La femme lui ouvre la porte et allume la lumière. Romy se noie dans les yeux verts globuleux de la boulangère qui pétillent à chaque fois qu'elle ouvre la bouche.

Dans sa tenue de camouflage, son père l'attend devant la boutique. Il ne craint rien, pas même le froid. Romy remercie la gentille dame d'un signe de tête et claque la porte où tintent les clochettes. Philippe mange un pâté lorrain, en prévention de l'alcool qu'il s'apprête à absorber. Il tend à Romy le sac en papier qui porte ses empreintes graisseuses. Elle ne supporte pas quand son père se met à sa hauteur pour lui parler. Son haleine la répugne. Elle détourne la tête. « Regarde-moi dans les yeux quand je te parle ! » Ils contournent l'entrée principale affectée aux gros véhicules de l'armée. À l'abri dans sa guérite, un soldat contrôle l'identité des piétons. Elle regarde son insigne pour comparer son grade à celui de son père. Militaire de rang. Il est en dessous. Sergent-chef, Philippe arbore fièrement ses trois barrettes.

Quand Hélène n'avait pas le courage de lui lire un conte, Philippe lui détaillait les différents grades. Romy recopiait chaque insigne sur une feuille de Canson à l'aide d'un calque. Elle traçait les contours au feutre et les coloriait avec soin. Sa poubelle débordait de brouillons de médailles qu'elle inventait pour lui offrir lors de grandes occasions : fête des Pères, retour de mission, anniversaire.

Dans le hangar aux hélicoptères, des tables aux nappes rouges et dorées sont dressées. Les mieux placées devant l'estrade pour voir le Père Noël sont les familles des officiers. La hiérarchie est respectée entre les épouses qui très vite apprennent aux enfants à ne pas se mélanger, à faire bien attention au fils ou à la fille de… Elles tiennent les stands : balle au prisonnier, piñata, chamboule-tout… Les gamins font la queue pour monter dans un hélicoptère ou se maquiller en papillon, clown, lutin ou panda. Les animatrices du jour s'en donnent à cœur joie. Elles se relayent toutes les heures pour que chacune puisse profiter de la fête, boire une coupe de champagne, se lover contre un uniforme. Elles se confient leurs difficultés à être seules quand leurs époux partent outre-mer. Une fois de plus, Léo et Max se tapent dessus sans épargner l'animatrice qui tente de les séparer. Philippe confie Romy à France. Romy frotte la palette de maquillage du bout de ses doigts et applique sur ses lèvres un rouge qui déborde. France tente de la nettoyer avec un mouchoir mouillé de salive, mais le rouge se répand sur les joues de la fillette. Exaspérée, elle accompagne Romy aux toilettes. Elle lui met la tête sous le jet. « Quelle idée de te peinturlurer de la sorte ! T'as pas honte ? Que dirait ta mère si elle te voyait ? » Voyant les lèvres de la fillette trembler, elle s'agenouille et soulève sa robe furtivement pour embrasser son sexe. « C'est fini. N'en parlons plus. File jouer ! » Bousculée par un militaire qui rentre, pantalon déboutonné et la main déjà posée sur son sexe, Romy s'échappe. Il feint de ne pas voir France et se dirige vers l'urinoir.

Elle rejoint le groupe d'enfants attroupé autour de l'âne au gros ventre. Une fillette potelée et rougeaude tape de toutes ses forces avec la batte. Après plusieurs coups dans le vide, l'animatrice lui retire son bandeau et le pose sur les yeux de Romy sans même lui demander sa permission. Dans le noir, à tâtons, elle cherche la bête. Elle ouvre la bouche pour aspirer de l'air : elle suffoque en s'imaginant coincée sous la couette tenue par France qui l'empêche de sortir. Elle lève la tête comme pour sortir de l'eau. Dans un réflexe de survie, elle pousse un hurlement et d'un coup de batte perce le flanc droit du bestiau. Les bonbons ruissellent sur le sol. La marmaille se jette par terre pour se remplir les poches. Les filles rabattent leur robe au-dessus du nombril pour faire leurs réserves. À l'écart, haletante, Romy les regarde. Elle ramasse les bonbons dont les autres ne veulent pas.

Soudain la porte du hangar s'ouvre. Place au spectacle sur le tarmac.

Depuis l'hélicoptère, un Père Noël maigrichon pousse des cris et lance des confettis que le vent des hélices lui rabat en pleine figure. Sa hotte pleine de cadeaux, il saute à terre avant même que l'hélicoptère ne se pose. Un nounours tombe dans la neige fondue, piétiné sans ménagement par le Père Noël qui ouvre grands ses bras aux enfants. Tous s'y précipitent avec des cris de joie. Les plus grands ne sont pas dupes : ils ont bien remarqué le treillis et les boots sous le costume rouge, mais gardent le secret. Romy en profite pour glaner quelques chocolats sur les tables. Elle se cache derrière la grande estrade pour les glisser dans sa culotte en surveillant son père du coin de l'œil.

Tour à tour, les enfants s'assoient sur les genoux du Père Noël installé sur le gros fauteuil au milieu de la scène. Les femmes des haut gradés les prennent en photo. Le cliché trouvera sa place dans un cadre confectionné par leurs soins. Philippe traîne sa fille jusqu'à son collègue déguisé. Il la soulève pour la déposer aux pieds du Père Noël : « N'aie pas peur. Il ne te mangera pas, va ! » Il appelle France, à l'autre bout du hangar, pour qu'elle prenne une photo. Il a oublié l'appareil, pourtant soigneusement posé par Hélène sur la commode de l'entrée. Le barbu retient Romy par la taille et lui chuchote à l'oreille : « Tu as été sage cette année ? Assez pour avoir des cadeaux ? »

Chapitre 5

Depuis le début des vacances, Romy passe son temps à feuilleter le dictionnaire illustré reçu des mains du Père Noël de la base. Elle aurait préféré la maison de poupée de Sophie ou la cuisinière d'Elsa. C'est la secrétaire qui avait rempli le bulletin de Philippe pour la commande globale, après le lui avoir réclamé pendant dix jours. Elle avait opté pour un cadeau utile, dans les pages du catalogue destinées aux 12-15 ans.

Dès que Romy tourne une page, elle s'entaille le pouce. Quand la feuille se montre résistante, elle repasse dessus comme pour scier une bûche. À la quatorzième page, la coupure est profonde. Elle suce son doigt. Le sang ne cesse de couler. Dans la boîte métallique dorée au milieu de la table de la cuisine, Hélène a rangé les médicaments et les pansements. Délicatement, Romy soulève les boîtes une par une pour ne pas faire de bruit. Un tube vert roule et se cogne contre les parois dans un bruit de bâton de pluie. C'est le Lexomil. En ce moment, Hélène en prend chaque jour. Elle a interdit à sa fille d'y toucher. Mais une fois ? Rien qu'une fois pour dormir un tout petit peu ? Elle coupe difficilement le comprimé en deux et l'avale avec un grand verre d'eau. Elle espère bien que le médicament fera effet plusieurs jours et qu'elle manquera la rentrée.

Elle saute à cloche-pied sur le carrelage marron de la cuisine. Les yeux fermés, elle tâtonne le long des murs pour gagner sa chambre. Ses ongles griffent le papier peint en relief. Quand elle est seule, Romy s'assoit face au mur et prend le temps de bien le lisser. Cela la calme et la contient. Elle aime les surfaces parfaitement lisses. Elle jalouse même sa mère quand elle perce les boutons noirs de Philippe. Elle aimerait de ses deux pouces faire sortir le comédon qui pointe comme un ver. Enlever les peaux mortes des ongles d'Hélène et râper la corne de ses pieds. Tout doit être lisse. Elle se glisse sous sa couette rose aux dessins de Playmobil. Seules quelques boucles dépassent sur l'oreiller. Réfugiée dans son terrier, elle serre fort contre son torse la poupée devenue garçon et la licorne sadique. Elle creuse une petite aération sur le côté pour mieux respirer. Elle sait que le masque de Belle suspendu sur le mur en face la fixe. Romy lutte contre le sommeil. Le Lexomil l'emporte. Cachée, au chaud, dans la puanteur des doudous, elle est rassurée. Elle dort profondément et n'entend pas sa mère qui lui demande de faire bouillir de l'eau. Hélène a mal au ventre. La douleur est vive. Inquiète de ne pas entendre sa fille lui répondre, elle se lève, emmitouflée dans un gros pull de Philippe, avec un châle par-dessus. Si pâle, si frêle, elle grelotte et claque des dents. Elle s'assoit sur le rebord du lit. Romy respire profondément. Sa bouche en cœur laisse échapper un ronflement attendrissant. Son souffle sent le lait et le chocolat. Sous la couette, Hélène glisse ses mains pour toucher les petons encore doux et moelleux. Ses pieds sont glacés. Elle lui enfile une paire de chaussettes. Cette année, Philippe a décidé d'économiser. Il est pris de lubies qu'il oublie aussitôt. Hélène n'a pas l'énergie de négocier la température du chauffage. Elle porte deux paires de chaussettes et un collant sous son caleçon. Cette nuit, elle voudrait dormir avec sa fille. Sentir son cœur battre contre le sien. Six mois, depuis le retour de Philippe du Sénégal, qu'elles n'ont pas rêvé ensemble.

Quand il n'est pas là, Hélène et Romy ont leurs habitudes, leur rythme. C'est très compliqué pour elles de lui faire une place dans leur vie à deux. Elles adorent leurs soirées. C'est le moment des retrouvailles après l'école et le travail. Dans son bain, Romy verse différents gels douche colorés pendant qu'Hélène se démaquille. Toutes les deux s'essuient avec leur peignoir et se badigeonnent de crèmes parfumées. Sur la glace embuée, elles dessinent des fleurs ou l'embrassent pour voir les empreintes de leurs lèvres. Quand elles sortent de la salle de bain, la vapeur s'échappe comme une fumée d'incendie. La différence de température est saisissante, alors elles courent jusqu'au grand lit où sont déposés les pyjamas. Une fois habillée, Romy saute sur le matelas et montre à sa mère les nouvelles positions de danse classique apprises avec Kathy. En l'absence de Philippe, Hélène s'autorise à mettre des fuseaux et des sweat-shirts bien plus confortables que les nuisettes qu'elle doit porter avec lui. C'est une femme qu'il veut au lit, pas une mère ! À chacun de ses retours, elle achète un nouvel ensemble de lingerie. À chaque mission : une parure. Polaire et coton font place à la soie et à la dentelle. Pour son anniversaire, quand il ne l'oublie pas, Philippe lui offre toujours un soutien-gorge rembourré pour un beau décolleté. Il l'invite à dîner à la meilleure pizzeria de Toul, au bord de la Moselle, à côté du club d'aviron, uniquement pour montrer sa femme, pour guetter les regards qui se tournent vers elle.

Hélène s'extirpe de la douceur de la chambre d'enfant pour se faire chauffer de l'eau qu'elle versera dans la bouillotte. Collée au petit chauffage d'appoint, elle regarde s'écouler les minutes de l'horloge du four. Quand Philippe rentre, il est 22 heures passées. Il pue l'alcool. Ses yeux rouges, son teint gris et sa bouche qui se déforme en parlant le trahissent. Il tient sur ses deux jambes. Il faudrait une dose de cheval pour le faire tomber. Dans une assiette creuse, Hélène lui verse une conserve de ratatouille et émiette du pain de mie pour donner de la consistance. La mixture épongera l'alcool. « Quand repartira-t-il en mission ? » Debout, devant son mari, elle lui donne la becquée comme à un bébé. Elle aurait aimé offrir un frère ou une sœur à Romy. Fille unique, elle a souffert de la solitude. Jamais elle n'a évoqué le sujet avec Philippe. Inutile de lui demander. Lui faire un enfant dans le dos ? Avec son sens du devoir, il l'aurait gardé mais lui aurait fait vivre un enfer.

« Tu m'aimes ? Hein, tu m'aimes ? » Hélène glisse une main sous son aisselle pour le hisser de sa chaise et le traîner au lit. Dans le couloir étroit, ils titubent et se heurtent aux murs. « Pardon », lui dit-il en l'embrassant à chaque coup. À la porte des toilettes, ils s'arrêtent. Philippe urine assis. « Regarde, j'suis pas un homme. Je pisse même pas debout ! » Appuyée au chambranle, Hélène ne le quitte pas des yeux. Avec le gant imbibé d'eau froide, elle lui mouille le visage afin de lui donner l'énergie nécessaire pour gagner la chambre.

Couché, Philippe vomit entre ses lèvres des souvenirs noirs de ses missions. Quand elle essaye d'en parler par la suite, il se mure dans le silence ou la traite de menteuse. Une nuit dans son sommeil, il a parlé d'une chute d'hélicoptère en territoire ennemi, de sa course contre la mort, de ses tirs au hasard des rafales de mitraillette. À sa remise de médaille, le colonel ne s'est pas étendu sur l'objet de cette reconnaissance. À l'armée, il n'est pas toujours bon de connaître la vérité. Hélène n'a jamais failli à son rôle de confidente. Elle le pousse à rejoindre son club de modélisme plus souvent, à faire voler ses hélicoptères.

Sa bouillotte est tiède. Elle dévisse le bouchon et verse l'eau dans l'évier. Sous ses mains, le plastique se dégonfle, laissant échapper une odeur de pneu brûlé. Elle ne veut pas se coucher à côté de son mari, ne peut pas dormir dans le petit lit de sa fille, ne souhaite pas somnoler sur le canapé à cause des ressorts qui lui font mal. Si elle avait l'argent, elle prendrait une chambre à « La Belle Époque », à côté de la gare, face au port. Le passage des trains et la vue des réverbères sur l'eau lui procureraient un peu d'évasion. Elle ne supporte plus l'enseigne lumineuse, le carrefour et ses accidents quotidiens, les miaulements des chats égarés, la musique du vendeur de sapins de Noël à côté du moulin. Paco compte beaucoup pour elle. Ils étaient dans la même classe, de la maternelle au collège. Il a arrêté l'école en troisième pour aider ses parents forains. Il a été son premier amant. C'était à l'arrière du camion de son stand de tir sur la place du village de Boucq. Il avait étalé les grosses peluches offertes aux gagnants avant de la pénétrer. Il n'y avait rien à espérer de cette relation et elle le savait. Paco, c'était un vent de fantaisie. Il lui procurait des sensations en motocross dans les bois ou en quad dans les étangs vides. Il rallumait les manèges pour qu'elle valse dans le tourbillon de la nuit. À cet instant, Hélène aimerait retrouver ses bras, son torse chaud, sa barbe de trois jours et ses yeux couleur marécage.

Son regard s'accroche aux sapins avec leurs guirlandes de loupiotes qui scintillent. Doucement, elle ouvre le placard à manteaux et ne le referme pas complètement pour éviter que le bruit des aimants réveille Philippe. Dans sa doudoune matelassée et ses bottines fourrées, elle fugue comme une adolescente. Elle déambule au milieu des allées de sapins, se retourne souvent, par peur d'être surprise.

Son cœur se resserre, elle le sent, il n'est plus très loin. Elle l'aperçoit entre les branches assis sur les marches de la caravane à côté des Nordmann. Il n'est pas surpris de la voir. Des années qu'ils se croisent de loin, prennent des nouvelles, s'assurent que tout va bien. Combien de fois se sont-ils échappés sur un coup de tête pour rouler toute la nuit sans but. Paco lui tend une Camel. Elle tire une taffe.

Elle savoure la descente de la fumée dans sa trachée. Ils ne sont pas très bavards. À l'époque, cela ne les dérangeait pas, leurs corps parlaient pour eux. Aujourd'hui, il est marié à une femme rencontrée sur la route des fêtes peu après leur rupture. Il a trois garçons.

Paco sort de sa poche un sachet d'herbe qu'il mélange au tabac. Hélène prend deux bières dans le frigo. Elle aimerait monter les marches de la caravane, s'effondrer sur sa couchette et s'emmitoufler dans la couverture à carreaux rouges. L'idée de retrouver Philippe l'écœure. Vaseuse, elle ne tient plus en équilibre. Soudain elle sent un liquide visqueux et chaud couler sur l'arrière de ses jambes. Elle touche ses fesses à travers son fuseau. Ses doigts sont mouillés : une nouvelle crise. Paco garde son sang-froid. Il l'enveloppe dans son manteau en cuir et l'emmène aux urgences de Saint-Charles sur sa Honda. Il grille les feux rouges et conduit nerveusement. Dans le hall, il la dépose sur un brancard. Hélène a juste le temps de lui demander de prévenir son mari avant de perdre connaissance.

Le forain se précipite chez Philippe pour l'avertir, tambourine furieusement jusqu'à ce que la porte s'ouvre. Philippe l'empoigne par le cou et le balance contre le mur sans attendre d'explications. Il ne supporte pas la vue de Paco.

— Ta femme est aux urgences ! hurle Paco.

Philippe débarque chez France à 5 heures du matin, Romy emballée dans sa couette. Comateuse, elle dort encore quand il la dépose sur le grand lit.

Chapitre 6

En sueur, Romy se débat pour sortir de sa couette et appuyer sur l'interrupteur. Elle tâte le matelas, cherche l'encadrement en bois laqué blanc. Sa main met longtemps à trouver le rebord du lit. Ses poupées Corolle senteur vanille n'embaument pas la pièce. Elle reconnaît la chambre mais ne comprend pas ce qu'elle fait chez France. De tout son corps, elle tremble et claque des dents. Sa gorge se resserre. Des larmes coulent. Dans un cri viscéral, elle hurle « maman » à plusieurs reprises. France entre, un torchon sur l'épaule et aux mains ses gants en plastique bleu. Elle remonte le volet roulant, redresse Romy et la berce en tapotant son dos pour faire passer les sanglots. Les joues rouges, les yeux bouffis et plissés, la fillette ressemble à une matriochka. Le granulé rêche des gants tire la peau fine de son visage. Elle se débat dans les bras de France. De l'autre côté de la porte, les garçons la traitent de pleurnicheuse et de mauviette en ricanant. France laisse Romy s'épuiser. La petite finira par se lasser. Elle retourne à la cuisine terminer la vaisselle du petit déjeuner.

Dans le lit, Romy reprend son souffle. Elle regarde le ciel d'hiver sans nuage. Quelques mouettes volent au-dessus des poubelles. La chorégraphie des oiseaux la calme.

Chaque jeudi soir, quand Philippe est à l'étranger, Hélène enfile un body noir et des collants qui galbent ses longues jambes pour offrir son corps à des dessinateurs salle Lamarche, en haut de la rue de la Justice. Assise dans son coin, Romy regarde avec fascination sa mère. Hélène se sent alors bien plus femme que dans les bras de Philippe. Le professeur donne quelques crayons de couleur à la fillette pour la faire patienter. C'est dans ce cours qu'elle a dessiné la première médaille de son père et qu'elle a appris à estomper pour réaliser des ombres parfaites.

Plus Hélène s'épanouit, plus Romy se recroqueville. Les poings fermés dans les poches, ses ongles entrent dans sa peau. Il lui arrive de faire du chantage : elle racontera tout à son père dès son retour. Très vite, elle s'excuse et s'en veut d'être allée trop loin. Le soir, juste avant de se coucher, Romy se punit pour sa méchanceté. Elle se tord le dos en faisant le pont pour ressentir la douleur dans chaque vertèbre. Une douleur si intense qu'elle s'écroule au sol, un fourmillement dans le crâne. Parfois, un nerf se coince, et sa vue s'obscurcit pendant quelques secondes. Jamais elle ne se sent aussi vivante que lorsqu'elle souffre. Soulagée, elle se couche et s'endort rapidement.

Elle enjambe les voitures, trains et camions de pompiers dans le couloir. Léo et Max sont trop absorbés par les obstacles et des barrages qu'ils construisent avec des chips et des bonbons pour s'occuper d'elle. Au seuil de la cuisine, elle attend que France l'aperçoive. Droite, le visage sévère, les yeux écarquillés, la bouche pincée, elle fixe France qui chantonne l'air de « *Freed From Desire* » et change le filtre de la cafetière. Ses tongs en plastique grincent sur le sol fraîchement lavé. Son vernis orange corail brille. Il n'est pas encore sec. Pour faire le ménage, elle a mis un vieux tee-shirt de l'armée tendu par son 90C. Des lunettes de soleil lui font office de serre-tête et empêchent les mèches rousses de lui masquer la vue. France s'arrête pour répéter un pas de modern jazz. Pour le gala de la base fin juin, elle prépare une chorégraphie avec trois autres femmes du bâtiment C. Une surprise pour Éric. Pour lui, elle sera féline et irrésistible. Cette seule pensée la fait mouiller. Ils aiment s'accoupler plusieurs fois par jour. Le matin dans la salle de bain, elle le rejoint pour une dernière fellation avant qu'il enfile son uniforme et conserver ainsi son goût dans la bouche.

À l'hôpital Hélène n'ose pas affronter le regard de Philippe assis sur le fauteuil à côté de son lit, les mains agrippées à la rambarde. Il attend ses explications ainsi que le diagnostic du médecin. Où est Romy ? Probablement chez France. Depuis la mort de sa mère, son père est incapable de garder la petite. La dernière fois qu'elle lui a fait confiance, il a oublié de la ramener à l'école à 13 heures. Pierre passe ses journées à tailler les haies et à rempoter tous les géraniums rouges flamboyants. Hélène compte sur Charlou, le voisin, pour rendre visite à son père et s'assurer qu'il ne se mette pas en danger. Charles est un gentil garçon. Éternel ado et artiste raté, il s'est installé comme tatoueur place du Couarail. Quand Romy vient chez son grand-père, elle l'espionne des heures sans bouger et observe avec attention chacun de ses gestes. Elle est fascinée par ses pinceaux, crayons, bombes, toiles et grands rouleaux de papier. Elle adore l'écouter quand il réfléchit à voix haute et qu'il se laisse aller à toute sorte de délires. Des femmes lui rendent visite. Bien souvent, elles garent leur voiture dans l'allée sous le préau feuillu de lierre. Quand elles entrent dans la maison avec Charlou, Romy enjambe le grillage pour examiner les œuvres de plus près.

Les draps frais et blancs recouvrent le corps d'Hélène jusqu'au menton, comme si elle était déjà morte. L'infirmière prend sa tension. L'appareil serre fort son bras et lui fait mal. La nuit de l'infirmière se termine, tous ses gestes sont rapides comme s'ils pouvaient accélérer le cours du temps pour rentrer chez elle. À peine est-elle sortie que Philippe éclate en sanglots. Il détache ses mains du lit pour cacher son visage.

— Aime-moi. Encore un peu.

— Je ne peux plus.

— J'arrête de boire. Tu m'entends, j'arrête de boire. Regarde-moi. J'arrête de boire.

Philippe se retient de crier plus fort. Il sait qu'on le ferait partir de la chambre. La honte et l'humiliation répandent leur venin dans tout son corps. Comment en sont-ils arrivés là ? La première fois qu'il a vu Hélène, c'était sur la piste de danse de la discothèque à l'entrée d'Écrouves. Habillée en blanc, minijupe et santiags, elle captait la lumière des projecteurs et ne contrôlait pas ses mouvements. Elle tournoyait, rêvait qu'un jour elle quitterait Toul. Elle méritait mieux qu'un gars de chez Kleber ou qu'un militaire. Elle tournait, tournait, tournait sur elle-même, comme une fillette. Philippe l'avait rattrapée avant qu'elle ne trébuche.

Hypnotisé, il ne pouvait détacher ses yeux de ce papillon blanc. Ce soir-là, au bar, elle l'avait prévenu qu'il n'était pas question pour elle de faire sa vie avec un militaire. Puis au fil des rencontres elle s'était laissé convaincre : elle aurait une belle vie, Philippe gravirait les échelons, il serait bientôt colonel ou même général.

France fait couler le bain et verse un peu de shampoing pour la mousse. Doucement, elle habitue Romy à la voir nue. Elle déshabille le petit corps docile. Les gestes de France sont précis. On enlève un bras, puis le deuxième, on passe par le cou, ensuite le bas. Romy tient son épaule pour ne pas glisser. Peau contre peau. L'eau est chaude et déjà la buée recouvre les vitres. France retire un à un ses vêtements qu'elle accroche au portemanteau suspendu à la porte. Sur le rebord du lavabo, elle dépose délicatement sa culotte qu'elle plie et son soutien-gorge en dentelle noire. Elle se colle à la fillette et la câline. Dans son cou, elle glisse la tête pour respirer son odeur de fillette. Elle dépose de doux baisers sur chaque vertèbre en partant de sa nuque jusqu'à la naissance de sa raie. D'une jolie pince bleu turquoise en forme de dauphin, elle remonte les cheveux blonds pour ne pas les mouiller. Elle ne sait pas à quelle heure Philippe viendra chercher sa fille. « Comme tu es jolie mon cœur ! lui glisse-t-elle. Une vraie femme. »

France entre la première dans la baignoire. L'eau monte à ras bord et la mousse dégouline à l'extérieur. Les cuisses écartées, elle laisse l'espace nécessaire à Romy pour s'y engouffrer. Quelques longues mèches rousses ondulent à la surface comme des serpents. Cela lui donne des airs de sirène. Assise au plus près du robinet, la fillette joue avec le bouchon qu'elle soulève doucement pour laisser s'écouler l'eau. Sur ses épaules, elle sent les mains de France qui, d'une légère pression, la basculent en arrière. Entre ses seins, elle coince le petit crâne et plaque une main contre son torse pour ne pas qu'elle remonte à la surface. L'autre main tient son menton. Impossible pour Romy de se dégager. Sur ses tempes, elle applique des baisers mouillés ou lui donne un coup de langue comme une chatte. « Dans mon jardin, il y a une fleur qui s'appelle Biscarabis Carabos Soldat ! Si tu n'arrives pas à le répéter tu seras éliminée. Biscarabis Carabos Soldat ! » La voix suave de France et son souffle chaud l'enveloppent. Les mots susurrés dans son oreille la chatouillent. France profite de ce moment pour palper tout son corps comme si c'était un jeu : trouver les points sensibles. Elle incite Romy à en faire autant. La fillette s'exécute et chuchote la comptine. Pour ne pas qu'elle puisse s'échapper, France passe une jambe au-dessus des siennes et commence à frictionner ses bras menus avec la fleur de bain. Elle les soulève pour frotter les aisselles, puis récure ses mains avec la brosse à ongles. La peau au duvet blond est douce et réconfortante. France adore sentir les poils fins se dresser sous ses caresses.

Elle lave Romy en s'attardant sur son sexe, ses fesses et son torse. « Il faut être bien propre et sentir bon partout. » Debout, France attrape le pommeau de douche qu'elle appuie longuement sur sa vulve. Elle pousse un râle de plaisir sous le jet puissant. « Imagine que je suis ta poupée. Comment tu la laverais ta poupée ? Tu me montres ? » La fillette prend la fleur de bain qu'elle passe sur les jambes de France. Elle s'arrête juste au-dessus des genoux. Sa tête se trouve à la hauteur du sexe aux poils mousseux. C'est la première fois qu'elle voit un sexe d'aussi près. Elle se concentre sur les joints du carrelage juste derrière pour faire disparaître l'image dérangeante. France n'insiste pas pour qu'elle la rince. Pour sortir de la baignoire, elle la soulève, prétextant que c'est pour éviter qu'elle glisse. Sur l'étagère, elle prend un grand drap de plage pour qu'elles puissent s'emmitoufler à deux. Romy grelotte et veut se rhabiller, mais France ne l'essuie pas tout de suite pour profiter de ce contact si doux. Peau contre peau. Lentement, elle remonte sa culotte de princesse et naturellement empoigne ses fesses en la regardant droit dans les yeux.

— Je t'aime ma chérie. Tu le sais n'est-ce pas ?

— Oui.

— Et toi, tu m'aimes ?

— Oui.

Elles passent devant le salon où les deux garçons regardent une cassette et rejoignent la chambre ocre en se tenant la main. Elles s'allongent sur le lit, serrées l'une contre l'autre. Bientôt France s'endort. Romy en profite pour voler trois photos du couple. Elle leur trouvera une cachette dans sa chambre.

Chapitre 7

Assise sur les genoux de son grand-père qui mime le trot du cheval, Romy entoure d'un cercle de couleur les casaques que Pierre lui indique. Il ne sait plus tenir un stylo depuis qu'une machine de Kleber lui a broyé la main droite. Désormais il dépanne les ordinateurs dans les bureaux de la direction. Il ne s'y connaît pas du tout, mais on ferme les yeux. Sa main en forme de râteau ne sert plus qu'à gratter le cuir chevelu de sa petite-fille pour l'endormir. Romy couvre de baisers la main abîmée.

Son grand-père a toujours joué au tiercé. Le dimanche était consacré aux courses de Vittel. Pendant qu'il pariait sur les chevaux de son beau-frère, sa grand-mère Isabelle misait ses derniers espoirs de richesse dans les machines à sous du casino à côté de l'hippodrome. Pendant quelques heures, elle se prenait pour une bourgeoise. Champagne à volonté offert par la direction. Sa coupe à moitié vide, elle levait le bras sans quitter la machine. Les sept défilaient devant ses yeux sans jamais s'aligner. Ses bagues à faux diamants brillaient sous les flashs des machines et ses gros bracelets tintinnabulaient le long de son bras. Elle ne quittait pas son siège sans demander à un voisin de lui garder la place. Son pantalon jaune lui collait à la peau. Elle avalait tout rond les pastilles à la menthe. Les femmes en robe de soirée gloussaient sans chercher à se cacher. Dans les toilettes en marbre, Isabelle rectifiait son rouge à lèvres et se repoudrait. Elle chipait deux serviettes en éponge avant de revenir à sa place. Jamais elle ne se renflouait.

Pierre arrivait de l'hippodrome, posait une main sur son épaule et, de l'autre, retirait son bras crispé sur le manche. Il lui balançait son manteau en fausse fourrure et s'échappait du casino. Il n'attendait pas Isabelle pour s'asseoir dans la belle Mercedes de Christian. Son beau-frère avait réussi dans les affaires. Sur le trajet du retour, elle parlait pour ne rien dire. L'absence de bruit l'effrayait. Maintenant qu'elle est morte, Pierre laisse la télévision et la radio allumées en continu.

Le temps où ils accompagnaient Christian aux ventes de yearlings à Deauville et s'attablaient devant des plateaux de fruits de mer est bien loin. Sur les planches, Isabelle prenait son frère par le bras et paradait comme avec un trophée. Elle adorait cultiver l'ambiguïté. Pierre les suivait en silence.

Maintenant, il va au PMU voir les courses hippiques sur un écran suspendu. Il quitte Bois-le-Comte sur les coups de 11 heures pour retrouver les gars du coin autour d'un pastis, ils restent affalés des heures au comptoir. Le propriétaire leur offre toujours une assiette de saucisson. Pierre s'autorise à boire plus que d'habitude. C'est sa récréation hebdomadaire. Sur le chemin du retour, la vieille Golf louvoie le long du cimetière militaire de Choloy-Ménillot.

Pierre est allé chercher Romy chez France. Il est soucieux : la tempête qui a traversé la France en ce lendemain de Noël 99 a dévasté le jardin. Romy se blottit contre son torse qui sent bon le vétiver. Il se parfume beaucoup et embaume toute la maison. Quand il fait les courses, il s'arrête à la parfumerie du centre commercial pour s'asperger une seconde fois. Il est persuadé que ses vêtements sentent le porc, car la ferme voisine empeste tout le quartier. Le fermier possède les terres derrière les jardins. Son terrain est un véritable dépotoir : mangeoires retournées, piscine dégonflée, pneus usagés, bidons bleus pour recueillir l'eau de pluie, bâche enroulée, planches de bois cloutées, tôles, agglos, barbelés… Carole et Sébastien, les deux handicapés mentaux embauchés pour déblayer et ranger, l'aident à plumer les volailles et à l'embossage. Tôt le matin, ils descendent la rue de la Justice l'un derrière l'autre dans leur doudoune bleu blanc rouge pour remettre les œufs frais au vieux Didi qui tient le bowling en face du port et improvise des guinguettes en été. Du lundi au samedi, il sert des omelettes, des quiches lorraines et des salades vosgiennes. Carole et Sébastien reviennent souvent avec un Tupperware du plat du jour. Quand il a le temps, Didier les remonte à Bois-le-Comte avec sa vieille fourgonnette jaune de La Poste. Il leur évite les insultes gratuites qui fusent des voitures : « Salut les triso ! » ou « Un kilomètre à pied ça use, ça use… » Personne ne sait s'ils sont frère et sœur ou s'ils sont en couple. Ils se tiennent la main comme deux enfants. La fille traîne des pieds dans ses bottes trop grandes avec son air ahuri. Le garçon marche devant et la tire. Parfois, elle résiste. Boudeuse, elle reste sur le bord de la route. Ils finissent toujours par rentrer à la tombée de la nuit.

Cachés derrière les buissons ou les poteaux électriques, les enfants du village leur lancent des cailloux.

Romy ajoute quelques étoiles sur les casaques : trop de rayures ou de pois à son goût. Dans le coin du journal, elle crayonne son grand-père avec un trophée sur un cheval. Pierre se force à sourire et la caresse comme un chien. Romy fait le clown pour le divertir. Debout devant lui, elle chante et danse sur une comptine apprise au centre aéré l'été dernier : « Jamais on n'a vu, jamais on ne verra, la famille Tortue courir après les rats... » Elle exagère les gestes et décortique chaque mouvement. Il regarde la télévision qui se trouve derrière elle. Chaque pièce possède un écran. Ils sont toujours allumés.

Yves et Rose, les grands-parents paternels, profitaient de leur liberté de jeunes retraités pour les voyages, le bridge, les bons repas avec les amis, pour s'essayer à l'informatique, ou chercher des tulipes en Hollande. En aucun cas il ne fallait bousculer leurs journées bien ordonnées : douche, café, courses, repas, sieste devant le film de l'après-midi, lecture d'un roman historique, jardin, apéritif. Quand la petite leur rendait visite avec son père à une heure qui leur convenait, ils la comparaient à leur chat. Agile, intelligent, docile, surprenant : il possédait toutes les qualités, tandis que Romy, empotée et maladroite, laissait tout tomber : livres, couverts, télécommandes alignées sur la table basse. Elle ne disait mot, rougissait dès qu'on lui adressait la parole, et s'éclipsait dans la véranda qui surplombait la Moselle pour jouer à Jeujura : un jeu de construction de chalets miniatures. Parfois, Rose descendait au sous-sol lui chercher quelques livres ayant appartenu à ses filles. Romy devait toujours les rendre avant de partir, si bien qu'elle n'en connaissait jamais la fin.

Pierre sort des coloriages d'une enveloppe marron pour occuper la petite pendant qu'il fait le tour du propriétaire pour constater les dégâts de la tempête. Le sapin majestueux qui cachait la maison est coupé en deux et le magnolia sur lequel Romy adore grimper a perdu plusieurs branches. Pierre se rassure comme il peut en jetant un coup d'œil dans la rue. Un poteau électrique est tombé sur le portail de son voisin d'en face et la bâche de la piscine de la coiffeuse s'est envolée sur le toit de la cabane à jardin. Finalement, il s'en sort plutôt bien. La maison lui semble nue. L'éclatante végétation aux couleurs vives ne cache plus le crépi beige grisâtre.

Pierre tourne autour du sapin, le premier arbre planté lors de leur installation. Le tronc est fendu, la sève dégouline le long de l'écorce. Le ciel gris est bas. Des éclairs transpercent les nuages sans bruit. L'orage est encore loin. Pierre balance les débris apportés par la tempête de l'autre côté de la haie. La balançoire s'est soulevée de terre et une corde s'est détachée. Depuis la guerre d'Algérie, Pierre compte les heures qui le rapprochent de la mort. Il aimerait qu'une grosse bourrasque arrache une tuile qui lui fende le crâne.

Le manteau ouvert, la cagoule sur les yeux, Romy longe la maison, du côté de la réserve de fuel. La trappe est ouverte, elle se penche pour humer cette odeur qui lui rappelle celle de la station essence du centre commercial. L'odeur l'enivre. Elle adore accompagner sa mère faire le plein de la 205 juste pour voir les flaques couleur arc-en-ciel. Elle arrache la glycine accrochée au crépi et la jette chez Charlou, le voisin, pour ne pas se faire disputer. Dans le fond du jardin, elle ramasse un ballon et le lance sur la tête du vieil homme. Pierre remet ses lunettes droites. Surprise de son coup, Romy rit aux éclats. Elle ne pensait pas l'atteindre. Elle secoue les mains et sautille sur place. Il préfère s'en aller.

Elle reste dans le jardin et se glisse derrière les thuyas. Charlou retire les branches tombées dans le bassin des poissons rouges. Il lui installe un escabeau pour passer le grillage. Elle a l'habitude de l'enjamber, mais ce serait se trahir que de montrer son habileté. Combien de fois est-elle venue jouer sur sa terrasse ? Combien de crayons de papier lui a-t-elle volés ? À l'aide d'une épuisette, elle nettoie la surface de l'eau et ramasse les feuilles. Dans deux gros sacs-poubelle, ils enfoncent les débris de la tempête puis se serrent la main pour se féliciter du travail accompli. Ils partagent le fond d'une bouteille de Yop qui traîne dans le garage avant de rentrer chacun chez soi sans dire un mot.

Pour ne pas tomber sur les marches en marbre, elle tient fermement la cordelette bordeaux. L'horloge balance son pendule, l'étoile d'or accrochée à la cime du sapin déplumé penche vers le sol, la crèche aux santons a perdu de sa superbe, les vases de mariés sont recouverts de poussière. Sur l'évier, trois steaks hachés décongèlent pour les spaghettis à la bolognaise. Le sang coule entre les rainures en inox.

Allongée sur le grand tapis oriental au milieu du couloir, Romy recoiffe les franges. Pierre forme les boulettes de viande et les jette dans la poêle. Puis il dresse la table sur la toile cirée aux motifs de fruits, brûlée par les casseroles.

Sur les bords de son assiette en dentelle, Romy sépare la viande de la sauce tomate. Les boulettes sont trop grosses. Pierre lui coupe les spaghettis et forme des talus épars. Ils mangent dans l'obscurité. Déjà trois fois depuis ce matin qu'il rabat les volets en bois qui se ferment au moindre coup de vent.

Romy lève les mains en l'air pour montrer à son grand-père qu'elles sont propres et qu'elle peut sortir de table. Devant le grand miroir doré, elle regarde son ventre gonflé avec dégoût. Elle le rétracte le plus possible pour affiner sa silhouette et faire ressortir la poitrine qu'elle n'a pas encore. Elle déteste se sentir lourde, remplie de nourriture. Elle passe ses mains sous ses côtes et enfonce ses doigts dans sa chair jusqu'à toucher ses organes au plus près.

Le vieux téléphone à cadran vert kaki sonne. Romy se précipite pour prendre l'écouteur. L'index devant la bouche, Pierre lui intime l'ordre de se taire. Les sourcils froncés, la tête baissée, il ne parle pas et laisse Hélène lui donner des nouvelles. Les médecins n'arrivent pas à lui faire prendre du poids. Son corps tolère une fois sur deux les compléments alimentaires. Seule la perfusion est efficace pour la nourrir. Elle passera le réveillon à l'hôpital. Romy agrippe le pantalon en velours beige. Il sent la lavande.

Le téléphone raccroché, il emmitoufle Romy dans son manteau, lui enfile sa cagoule jaune poussin et ses bottes en plastique pour prendre l'air sur le petit chemin blanc. Ils marchent sur les cailloux saillants d'un blanc pur qui fait mal aux yeux. Le ciel gris éblouit le paysage lugubre. Des chiens bâtards errent et s'accouplent sur le sentier. Ils ont la peau sur les os, les flancs creusés, le poil terne. Ils rôdent autour du grand-père et de la fillette. Pierre a toujours quelques sucres dans sa poche, ils le savent. Romy se cache derrière lui. « Dépêche-toi. Avec un peu de chance Pomponette ne sera pas encore rentrée ! » dit-il. Derrière les barbelés, le poney broute. Sa robe est tachée de boue sèche et ses articulations couvertes de corne. Pierre frappe dans ses mains pour le faire venir. La langue rugueuse lèche la paume, et les babines relevées laissent entrevoir la denture jaunie. Des dents de cheval, Romy en a beaucoup. Le mari de la coiffeuse était vétérinaire et quand il l'apercevait dans sa piscine, il lui donnait les dents arrachées dans la journée. La fillette les conserve comme un trésor dans une boîte en bois décorée d'une peinture de chasse africaine.

Sur le chemin du retour, la nuit gagne du terrain. Les lumières de la maison illuminent l'allée. Pierre a programmé l'éclairage automatique. Dans le salon, Romy se colle aux baies vitrées et affronte les ombres effrayantes des arbres. Elle attend que son grand-père l'appelle pour manger la soupe aux vermicelles. Dans la cuisine, la voix perchée de l'animatrice de la radio résonne. Un à un, elle énonce les faits divers qui ne manquent pas dans la région. Aujourd'hui, un adolescent a égorgé sa grand-mère dans le quartier résidentiel de Saint-Èvre, à côté de l'école primaire de Romy. Il a traversé les Promenades avec la tête de la vieille dans un sac en plastique. Interrogé par la police, il a confié avoir commis ce meurtre sur l'ordre d'Hitler. Par réflexe, Pierre vérifie que la porte d'entrée et la grille sont bien fermées. Les fous pullulent dans tous les coins de Toul. Juste avant Noël, pour se venger de son ex-femme, un père de famille a tué leurs trois enfants avant de se suicider. La mère a été internée à Jeanne-d'Arc.

Des histoires pas très catholiques, des phénomènes d'autocombustion, des drames familiaux : l'Est en regorge. Il n'est pas rare d'apercevoir à la télévision les plus grands meurtriers, incarcérés dans les prisons de Toul et d'Écrouves. La ville se sert de la renommée du général Bigeard, résident de la rue François-Badot, dans le quartier Saint-Èvre, pour attirer les touristes à ses dédicaces au centre commercial. Philippe possède tous les livres de son Dieu vivant avec un mot d'encouragement pour sa carrière militaire. Dans le salon, ils sont posés en évidence entre deux maquettes d'hélicoptères.

Sur les toilettes, Romy contracte sa vessie et expulse la dernière goutte. Elle s'assure qu'elle est complètement vide pour passer la nuit sans devoir combattre la sorcière des égouts. Sa grand-mère avait inventé la légende d'une dame à grosses verrues et à l'odeur fétide qui s'infiltrait par les canalisations pour dévorer les enfants. Isabelle avait trouvé cette astuce pour freiner l'obsession de la fillette à se relever maintes fois la nuit. L'angoisse de faire pipi au lit l'empêche de trouver le sommeil. Dans sa culotte, elle dépose plusieurs couches de papier toilette au cas où. La boule au niveau de son entrejambe l'oblige à écarter les cuisses et à marcher comme un cow-boy. Ses petons foulent le tapis et se pressent devant le miroir. L'ombre violette de ses yeux, les omoplates en relief, les épaules pointues et les cheveux si blancs sous le reflet de la lampe à franges la font tressaillir. Les plombs sautent. Cela arrive souvent. Perdue de l'autre côté, elle bondit et file s'abriter sous la grosse couette en plumes dans l'ancienne chambre de sa mère.

Chapitre 8

Assise sur un fauteuil aux accoudoirs déchirés, Romy patiente dans la salle d'attente. Pierre voulait parler à Hélène sans la petite. Combien de temps va-t-il s'en occuper encore ? Philippe ne peut-il pas la récupérer ? Ne serait-elle pas mieux avec France et ses enfants ? Pourquoi ses autres grands-parents ne prennent-ils pas la relève ?

La fillette joue avec la fontaine, ouvre et ferme le robinet. Les bulles remontent à la surface et se cognent contre les parois dans un bruit de haut-le-cœur. Une dame à blouse rose et aux cheveux argentés attend son café devant la machine, elle ressemble à un Shar Pei avec ses rides tombantes. Elle sourit à Romy et s'assoit à ses côtés. Elle pose son gobelet sur une pile de vieux magazines, humecte ses lèvres et, d'un geste de fer à repasser, défroisse sa blouse. Geneviève cherche un point commun avec la petite pour capter son attention : c'est sa quatrième intervention à l'hôpital. Bénévole depuis peu, elle ne sait pas encore s'imposer dans ces longs couloirs et s'excuse à chaque fois qu'elle frappe à une porte.

La main dans sa culotte, Romy se tortille, ses collants vert sapin la grattent. Des paillettes tombent sur sa robe en velours rouge. Pierre a vaporisé sur ses cheveux la laque retrouvée sous le lavabo d'Isabelle pour lui donner un air de princesse. Des mèches dépassent de ses tresses et le col roulé de son sous-pull blanc est déjà taché de chocolat.

— Tu es toute belle pour célébrer la nouvelle année, dit Geneviève.

— C'est mon papy qui a choisi mes vêtements.

— Il a bon goût.

Geneviève se félicite, elle a trouvé un sujet pour aborder la fillette. Un bric-à-brac de contes et de jeux à pièces manquantes sont abandonnés dans un coin. Les infirmières se débarrassent des jouets de leurs enfants en les mettant à disposition des petits fantômes qui hantent les couloirs. Geneviève commence à lire *Boucle d'or* dans l'album corné aux pages déchirées. Romy déteste les livres abîmés : ils doivent être parfaits et sentir le neuf.

Les doigts au vernis rose fuchsia attrapent la robe de la fillette pour la sortir de ses pensées. Romy se dégage d'un coup de pied dans ses genoux, court à l'autre bout du couloir et s'enferme dans les toilettes pour handicapés. Derrière la porte, Geneviève frappe et lui ordonne d'ouvrir. Elle jette un coup d'œil de chaque côté du couloir, inquiète que quelqu'un ait pu voir la scène. Romy passe ses doigts craquelés sous le sèche-mains, le bruit couvre les ordres de la vieille.

Sur le pas de la porte, Romy hésite à s'approcher du lit où repose sa mère. Le sac de la perfusion flotte comme une méduse morte. Hélène tend la main vers sa fille. « N'aie pas peur ma princesse, viens », chuchote-t-elle, gênée par les tuyaux qui passent dans son nez. D'un pas ralenti, Romy s'approche. Elle se jette sur la main d'Hélène qu'elle passe sur son visage. C'est bien sa mère, cette femme sans énergie au sourire forcé. Hélène passe ses doigts sur l'arcade sourcilière si joliment dessinée. Les lèvres de Romy tremblent. Pas un mot ne sort. Ses yeux noirs la fixent.

Le corps d'Hélène s'enfonce dans les draps, comme un cercueil englouti par la terre. Elle lutte pour ne pas céder au sommeil. Romy attrape sa main molle qu'elle laisse tomber sur le lit. Elle reproduit le geste plusieurs fois et guette le moindre signe de vivacité. Mais rien. Elle donne des coups de pied dans les freins à hauteur des roulettes.

— Tu rentres quand à la maison ?

— Je ne sais pas. Les médecins ne m'ont donné aucune date.

— Tu ne veux plus revenir chez nous ?

— Bien sûr que si mon trésor. Je suis un peu malade, c'est tout. Je vais vite guérir.

— Tu m'aimes ?

— Quelle question. Bien sûr que je t'aime, mon amour de fille.

— Comme France ?

— Plus que France. Je suis ta maman.

Romy la regarde sans rien dire. Hélène renifle et essuie son nez avec l'index qu'elle passe sous les tuyaux. Elle essaye d'attraper sa fille partie se réfugier dans le fauteuil. Les pieds de Romy se balancent et cognent contre le siège. Elle enfonce ses poings aussi loin qu'elle le peut dans la mousse. Comme elle aimerait arracher tous ces fils, voir sa mère suffoquer et détruire la machine aux montagnes vertes. Elle voudrait serrer son cou, étouffer son trop-plein d'amour sous l'oreiller. Ses dents de lait pointues mordent sa langue.

L'infirmière entre avec le plateau-repas garni de barquettes en plastique. Enfermée sous une cloche, la purée verte est aussi liquide qu'une soupe et des bouts de poisson gisent dans une sauce grasse. Elle dépose sur les cheveux de Romy la couronne en carton d'une galette des rois, elle penche. La fillette a l'air d'une reine déchue ou d'une prostituée, avec ses cernes et ses lèvres gercées. Elle se jette sur la part de galette posée à côté du gobelet et des médicaments pour l'engloutir. Des miettes tombent au sol.

Dans la salle de bain attenante, elle frotte ses mains poisseuses avec du gel antibactérien et vide la moitié de la pompe à savon. La douche prend toute la pièce, le pommeau est suspendu sur le mur du fond. Elle pense à France, à sa façon de passer la main sur ses seins et son sexe sous le jet, à sa peau douce. Elle aimerait coller sa joue sur son ventre, enfouir son nez retroussé dans le nombril cerclé de poils roux et se laisser chatouiller l'oreille par des mots doux. Tu es belle. Je t'aime. Ma chérie.

Hélène se lève, attrape la potence de la perfusion qui lui sert de canne. De sa main droite, elle resserre sa chemise ouverte dans le dos pour cacher la couche.

Elle arrache les pansements et les cotons tachés de sang sur ses avant-bras, pour ne pas effrayer la petite. Elle frissonne et transpire en même temps. La tête posée sur l'oreiller depuis plusieurs jours ne laisse pas respirer ses cheveux gras. Ses doigts sont brillants, huilés lorsqu'elle les touche. Ils ne sentent pas bon. Hélène s'excuse auprès des infirmières à chaque fois que l'une d'elles se penche au-dessus de sa tête. Pour camoufler son odeur, elle utilise les échantillons de parfum qu'il lui reste dans le fond de son sac à main. Sur le post-it adressé à Philippe, le déodorant faisait pourtant bien partie de la liste, mais il a oublié. Il juge plus utile de lui rapporter des nounours à la guimauve qu'elle n'a pas le droit de manger ou un livre à l'eau de rose pris au hasard en tête de gondole.

Dans une poche de sa doudoune, elle retrouve un rouge à lèvres. Elle le tend à Romy. « C'est jour de fête. Il faut se faire belle. » Elle s'agenouille : les fils tirent sur la seringue enfoncée sous sa peau. Elle pince les lèvres pour se retenir de crier. Romy se jette dans ses bras si brutalement qu'elles manquent de tomber. Hélène l'étouffe entre ses seins.

Chapitre 9

Sur le chemin de la salle des fêtes de Boucq, Pierre s'arrête à la boulangerie récupérer les baguettes pour ce soir. On lui a attribué la course la plus simple pour l'organisation de la fête. Romy reste dans la voiture. Elle n'a pas revu la boulangère depuis son dernier passage avec son père. Pierre lui remet un sachet de bonbons à la gélatine en forme de Schtroumpfs. Ils sont tout durs. Romy les préfère à ceux vendus au centre commercial car elle peut les sucer plus longtemps. Quand ils sont mous, elle se goinfre et termine le paquet en quelques minutes. Elle n'arrive pas à se retenir. Elle en propose toujours un à sa mère pour se dire qu'elle n'a pas été la seule à tout engloutir. S'il reste un bonbon, elle ne peut s'empêcher d'y penser, impossible de passer à autre chose. Quand elle mange le dernier, elle se sent généreuse et dévouée. Tout le contraire d'une égoïste. Un acte de bravoure. Aucun Schtroumpf abandonné.

Les champs sont couverts d'une fine pellicule blanche. Pierre ralentit sur les routes de campagne qui commencent à glisser avec le gel. Il fait tourner le chauffage au maximum. Des chevaux galopent au loin. « Tu paries sur des chevaux comme ceux-là, papy ? » demande Romy la bouche pleine.

Pierre ne l'entend pas avec le bruit des ventilateurs. Le brouillard est épais, on ne voit pas à plus de deux mètres. Il passe sans cesse des feux de route aux feux de croisement. La radio ne fonctionne pas et Romy ne se souvient pas de l'avoir jamais entendue marcher. Quand sa mère empruntait la voiture, elle chantait et Romy frappait dans ses mains si elle souhaitait une autre chanson.

Derrière les rideaux en crochet des vieilles maisons de village, Romy aperçoit les grandes tablées et les bougies. Sur les trottoirs, les gosses se lancent des boules de neige sale. Pierre klaxonne pour les éloigner du bord de la route. Les guirlandes scintillantes des toitures se balancent, le vent soulève les couronnes et les grosses cloches fixées aux portes. Elle regarde les décorations des jardins. D'année en année, certains se perfectionnent, d'autres abandonnent. Des volets sont fermés et des panneaux « À vendre » remplacent les crèches traditionnelles.

À l'entrée du bois, à l'embranchement entre Trondes et Boucq, Pierre freine d'un coup sec pour éviter un chevreuil. L'animal effrayé reste figé devant le capot. Romy plonge son regard dans celui de la bête. Ils sont si près qu'elle peut voir le mouvement de ses flancs. Les grands yeux noirs luisent comme des boules de bowling et ses poils sont trempés d'humidité. Lorsqu'il bouge enfin sous les appels de phares de Pierre, elle ne détache pas son regard. Elle aimerait grimper à la cime des arbres, le vent s'engouffrerait sous sa robe et elle s'envolerait comme une montgolfière.

Le visage de son grand-père est collé au pare-brise. Il attrape un vieux torchon pour essuyer la buée : les grands cercles dessinent une ouverture comme la cachette d'un hibou.

Pierre décide de prendre la côte pour rejoindre la salle des fêtes plutôt que de passer par le village. La pente est raide et glissante. Il utilise le frein à main plusieurs fois pour démarrer en côte. La nuque de Romy penche en arrière à chaque à-coup. Elle se souvient des disputes entre ses parents lorsque son père déjà alcoolisé prenait de l'élan pour monter la côte d'une traite. Hélène vérifiait qu'elle était bien attachée et criait : « Doucement, doucement. La petite est avec nous ! »

Sur la place du village, un enfant vend du gui aux retardataires. Les femmes descendent de voiture avec leurs bannettes remplies de cadeaux. Pour les familles nombreuses, Noël se prolonge jusqu'au Nouvel An. La musique fait trembler les vitres des maisons. Tout le monde sort la sono : « On fait tourner les serviettes », « Big bisous », « La petite Lili », « Femme »… Plus de place sur le parking de la salle des fêtes. Oncles, tantes et cousins sont déjà arrivés. La fratrie d'Isabelle a toujours aimé les grandes tables. En août, la famille se réunit pour prévoir les menus de fin d'année au bord de la piscine semi-enterrée à côté de la porcherie. Même en l'absence d'Isabelle, la vie se poursuit. Pierre est toujours convié au repas de famille du samedi soir. On l'apprécie. Il ne dit jamais non, jamais oui non plus. Toujours prêt à lever son verre et à rire aux blagues des uns et des autres.

Élisabeth, la plus âgée des cousines d'Hélène, décharge une grosse cocotte pleine du traditionnel ragoût de langue pour le lendemain midi. Elle accepte volontiers l'aide de Pierre. Romy déteste arriver dans les derniers, elle ne supporte pas de se faire remarquer. Dans la cuisine au rez-de-chaussée, les pommes dauphine sont enfournées et le filet de chevreuil mijote à feu doux. Les femmes ont sorti leurs fausses fourrures et les hommes, leurs chapeaux. Des sacs de chaussures de rechange pour la fin de soirée et des pyjamas pour les tout-petits s'entassent au sol. Dans la cage d'escalier, les enfants chahutent et jouent à chat perché. Collée à son grand-père, Romy se cache derrière lui. Sur l'estrade de la grande salle, Clément, le fils d'Élisabeth, s'improvise DJ pendant que Tata Ricard chante les tubes de Bernard Minet, de Dorothée et de Carlos. Reine des chorégraphies de l'été, elle incite les invités à la rejoindre pour se déhancher sur la Macarena, « Yakalelo », « La fiesta » et « Dam Dam Deo ». Bien alcoolisée, elle flirte avec les amis de Clément. Elle en a déjà déniaisé plus d'un. De grosses rosaces ornent les murs. Sur les nappes en papier parsemées d'étoiles, le nom de chacun est inscrit en doré.

Une coupe de champagne à la main, les invités s'agglutinent sur la piste de danse. Philippe passe d'un groupe à un autre et parle très fort. Il en est à son troisième whisky. « Mais tu es là ma chérie ! crie-t-il à Romy. Tu me reconnais ? Je suis ton papa ! » Il aspire sa peau si fort qu'un suçon se dessine sur son cou. La fillette rougit et cherche son grand-père du regard. Il a rejoint Christian et son épouse, sans doute pour connaître les pronostics des courses. Un jeune court derrière les petits avec une pince de crabe. Quelques adultes rient de ses bêtises. Les femmes, robes noires à franges et à paillettes, retirent leurs chaussures à talons dans l'escalier pour chercher les plats.

Les parents ont aménagé un coin pour les petits à côté des tatamis empilés. La porte accordéon délimite l'espace. Ils sont une vingtaine, âgés de trois à seize ans. Ils sautent sur les tapis en mousse et jouent à la bagarre. Des clans se forment. D'un côté, les joueurs de Game Boy, de l'autre les jeux de société et au centre, les plus excités qui veulent se cacher. Romy attend qu'on l'invite à rejoindre un groupe mais personne ne lui fait signe. Discrètement, elle descend à la cuisine et se réchauffe à côté des fourneaux. Elle a toujours froid. Sur l'îlot central trônent de beaux plateaux de fruits de mer. Le chariot à côté des énormes réfrigérateurs regorge de salades de fruits exotiques, de chocolats et de bredele maison. Quel sera le menu des enfants et à quelle table sont-ils installés ? Romy espère qu'elle ne sera pas à côté de Mathilde qui lui tire toujours les cheveux. Florian et Amélie se poursuivent dans la cuisine et se ruent vers le monte-charge. Pour s'amuser, ils volent les jouets des petits et les descendent par l'ascenseur. Les yeux d'Amélie pétillent quand elle aperçoit Romy. Ils s'approchent.

— Mais, il ne faut pas rester dans ton coin, Romy !

— Pas un jour de Nouvel An !

— Tu es toute triste.

— Je te proclame reine de la soirée.

Amélie la tire par la main et Florian la pousse en direction des portants. Elle lui défait ses nattes, ébouriffe ses cheveux, il lui retire ses baskets. Ils commencent à enlever sa robe, mais Romy se débat.

— Tu veux jouer ou tu ne veux pas jouer ?

— Nous sommes amis oui ou non ?

Elle lève finalement les bras pour faciliter le passage. Son ventre blanc frissonne. Par réflexe, elle croise ses bras devant son torse, serre ses jambes et se met de profil. Le garçon trouve un manteau en fourrure rousse et le dépose sur ses épaules dénudées. Les poils sont doux, de la même couleur que les cheveux de France. Elle le referme et serre le col avec ses deux petits poings. Florian tape sur ses mains pour les lui enlever. Amélie chipe un chapeau en carton auquel elle ajoute quelques rubans pour faire une perruque argentée. Avec des feutres, ils lui dessinent une grande bouche et de longs cils jusqu'en haut du front. « Comme tu es belle ! » lui répète Amélie. En bas de l'escalier, Florian hurle pour demander aux autres de lui lancer une paire d'escarpins. Même avec des mouchoirs, ils sont encore trop grands pour elle. Romy glisse sur le sol comme si elle skiait pour ne pas les perdre. Elle monte les marches en se cramponnant à la rambarde. Les enfants rient aux éclats et l'un d'entre eux se jette sur elle pour baisser sa culotte. Romy recule, mais ils lui font barrage et la poussent vers la grande salle. Les adultes dansent le madison dans un carré parfait. Ils tournent en rythme, sauf Christian qui a toujours un temps de retard. Assis à l'écart, Philippe frappe d'une main sur sa cuisse, l'autre tenant un énième verre.

Les enfants se cachent derrière les tatamis. À l'entrée de la salle, le visage baissé, Romy pleure. Élisabeth s'approche, lui ferme son manteau et frotte ses fausses lèvres avec de la salive. Elle repousse les curieux : elle gère la situation. Philippe la rejoint en retenant son pantalon qui tombe malgré sa ceinture. Sa barbe de trois jours accentue son teint gris. Ses lèvres bougent sans proférer un mot. Il a tout juste l'énergie de pointer la sortie. « Je veux aller chez France. Je veux aller chez France. Je veux aller chez France ! » hurle Romy. Elle frappe son père à coups de poing. Elle n'arrive plus à déglutir et s'étouffe dans sa bave et sa morve. Les veines de son cou ressortent. Élisabeth l'entraîne dans la bibliothèque pour la calmer et la changer. Philippe se retient aux étagères. Blottie dans un coin, le dos collé contre le mur tapissé de moquette, Romy n'a qu'une hâte : qu'ils la laissent enfin seule pour s'assommer à coups de tête dans la cloison. Sonnée, elle perçoit les pas qui se bousculent, les chaises qui grincent. Quelque chose se prépare.

— 5, 4, 3, 2, 1 bonne année ! Bienvenue en l'an 2000 !

Chapitre 10

Dans son cartable, Romy remplace ses cahiers par son pyjama. Elle attrape sa poupée Corolle en mousse sous son oreiller. Elle ne fait plus de bruit quand on appuie sur son cœur et ne sent pas très bon, mais la fillette refuse qu'on la lave.

À la fenêtre de la cuisine, Philippe fume une cigarette. Le cendrier déborde et les cendres s'envolent à l'intérieur. D'habitude, c'est Hélène qui le vide, elle en profite pour fumer une fin de mégot.

La machine à café coule. Philippe en a fait pour toute la matinée. Tout à l'heure, il sortira la bouteille de whisky. En vacances cette semaine, il se retrouve seul. Jusqu'à dimanche, chaque journée sera identique. Tard dans la matinée, il se lèvera avec un mal de tête, il se traînera jusqu'à la cuisine prendre son café et fumer avant de se réveiller sous une douche froide. Peut-être décidera-t-il de faire voler un de ses hélicoptères radiocommandés sur le plateau d'Écrouves à condition que la météo le lui permette. Puis, vers midi, il ira au centre commercial acheter du whisky. Jamais il ne passe à la caisse avec plusieurs bouteilles, il préfère revenir.

Romy casse un bout de Père Noël en chocolat, la tête tranchée fait office de petit déjeuner. Philippe a oublié de faire chauffer le lait du chocolat chaud. Pour se rattraper, il lui sert un jus d'orange qu'elle ne boit pas. Romy n'aime pas le jus d'orange, mais qu'en sait-il ? Décontenancé par cette fillette aux grands yeux noirs, Philippe remue son café avec une cuillère alors qu'il n'a pas mis de sucre.

Dans le couloir, elle chausse ses bottes et apporte ses baskets à son père. Philippe enfile sa veste en cuir qui sent le chien mouillé et vérifie que les clefs de voiture sont dans sa poche. Peut-être ira-t-il souhaiter la bonne année à ses parents. Le protocole est le même à chaque fois : il sonne et attend que son père ouvre les verrous de la porte, ils se dirigent au salon pendant que Rose prépare un plateau avec des gâteaux salés et du saucisson corse, il raconte brièvement sa vie à l'armée et évite soigneusement celle à la maison. Son verre n'est jamais vide, Yves le ressert dès qu'il en est à la moitié. Le vouvoiement solennel se déguise en un tutoiement complaisant pour jouer « à la famille recomposée épanouie ».

Romy fait glisser sa poupée sur la rambarde comme sur un toboggan. Dans le hall, elle regarde à travers la fente de la boîte aux lettres. Pour la nouvelle année, la vieille tante Monique de Fréjus envoie toujours une jolie carte avec des étrennes. Elle adore Hélène : sa nièce préférée.

Romy court sur le parking devant chez France pour gagner l'entrée C. Elle piétine sur le paillasson à l'inscription « Bienvenue » et se hisse sur la pointe des pieds pour dire au revoir à son père. Éric ouvre la porte. Les deux hommes échangent quelques banalités que Philippe abrège. En dehors de l'armée ou du bistrot, il n'aime pas communiquer.

Les garçons font de la pâte à sel avec leur mère dans la cuisine. France sort un tabouret rangé sous la table pour installer Romy. Impatients de retrouver leur console de jeux, Léo et Max pétrissent la pâte pour lui donner une forme de boulet de canon ou de crâne. C'est ce qu'ils ont trouvé de plus simple et de plus rapide. Romy façonne une boule pour la tête de sa sirène, et des baguettes pour les bras. Sur la tête de sa créature, elle accroche de longs boudins qui ressemblent à des tentacules. La fillette est pressée de la faire dorer et de la peindre pour l'offrir à France. Avec le reste de la pâte, elle modèle des cœurs pour sa maman.

« Il neige, il neige », crie Max en lançant de la farine sur Romy. Léo, lui, s'amuse à tourner le bouton sur la température maximale du four. Les garçons ont gagné : France les met à la porte. « Toi, tu es gentille. Tu montres l'exemple, mon cœur. » Elle s'assoit à côté de Romy, pose une main sur sa cuisse et remonte doucement vers son sexe. D'une légère pression, elle écarte les jambes de la fillette et la caresse à travers les collants. « Tu deviens une grande fille qui a ses petits secrets. Tu as le droit d'avoir une amoureuse. » Elle embrasse ses cheveux. Comme une souris prise au piège, Romy tremble. France lui demande de quitter la table pleine de farine pour la nettoyer.

Soudain une forte odeur de gâteau brûlé remplit la cuisine enfumée. France retire vite la grille et ouvre en grand la fenêtre. La sirène aux traits épais ressemble à une poupée vaudoue : toute noire avec une cicatrice qui lui traverse le visage en guise de sourire.

Léo et Max portent les vêtements de foot qu'ils ont eus à Noël. Éric les emmène se défouler sur un terrain pas très loin pour essayer leurs chaussures à crampons flambant neuves. Après, ils iront au McDo. À peine sont-ils sortis que France enfile un chemisier qu'elle fait dépasser sous un pull rose pâle, se coiffe d'une queue-de-cheval, passe un gloss transparent sur ses lèvres et demande à la petite de se préparer. Elles vont passer l'après-midi entre filles. Pour une fois qu'elle peut s'échapper ! Seule dans la chambre ocre, Romy admire les bijoux brillants et les tenues sexy. Elle dissimule dans sa culotte deux photos supplémentaires du couple qu'elle ajoutera à sa collection. Elle veut sentir France auprès d'elle le soir avant de s'endormir, auprès d'elle dans les moments de tristesse, auprès d'elle à l'école, auprès d'elle quand elle voit ses parents se disputer.

Sur le chemin de la gare routière, France avec son manteau léopard se fait siffler par une bande de jeunes. Elle leur répond d'un sourire fier, flattée de plaire à des adolescents qui se masturberont ce soir. Elle sait bien que le principal fantasme de ces jeunes chiots est de coucher avec une mère. Ses grands ongles orange corail rentrent dans la peau de Romy qui lui tient la main pour traverser les passages piétons.

Elles s'assoient à l'arrière du bus, écharpe sur le nez. France ouvre son manteau et glisse la tête de la petite entre ses deux seins pour qu'elle respire le patchouli plutôt que cette odeur de vomi qui empeste.

À chaque dos-d'âne, la poitrine de France se soulève. Malade dans les transports, elle penche la tête sur le côté pour regarder la route. Romy lui caresse la main avec sa poupée en mousse. Comme France ne réagit pas, elle glisse sa menotte sous le pull et lui pince les tétons. France la repousse d'un geste violent. Collée à la fenêtre embuée, Romy dessine des croix. France essuie sa joue mouillée, mais la fillette se dégage et place sa poupée contre la vitre pour s'en servir d'oreiller.

En descendant, France lui tend la main mais elle préfère sauter. D'une pression sur l'épaule, elle la dirige vers le centre commercial. La fillette s'émerveille devant les ours polaires et les phoques qui remuent la tête. La galerie regorge de surprises. Romy ne sait plus où regarder, éblouie par le Père Noël et ses lutins, les animaux de la forêt enchantée, la cabane des bois et son feu de cheminée et le magnifique sapin qui touche le plafond. « Merci. Merci. Merci », crie-t-elle en se jetant dans ses bras. Bercée par les chants de Noël, elle photographie tout avec son appareil imaginaire. France se prend au jeu et sourit face à l'objectif. Elle pose à côté d'un élan, s'accroupit derrière la famille pingouin, passe sa tête par la fenêtre d'une maisonnette.

Elle l'entraîne vers les magasins. Romy ralentit devant le Disney Store sans détacher les yeux de Mickey et de la fée Clochette juchés sur un château illuminé. Elle lâche la main de France pour tournoyer avec Winnie l'ourson qui l'entraîne sur la moquette étoilée. Ses pieds sur ses grosses pattes, comme avec son père, elle pose sa tête contre son ventre moelleux. Les yeux brillants, elle s'approche des robes de princesse avec leurs grands voiles. C'est la jaune, celle de Belle, qui a sa préférence. Elle lui rappelle les soirs avec Hélène, quand elles se passent en boucle la première valse de Belle avec la Bête. France pose une jolie couronne sur sa tête. Pas une en papier comme celle de la galette, une vraie, une en dur avec de faux rubis collés.

— C'est pour moi ?

— Pour la plus belle des princesses.

Dans les miroirs, les reflets, les rétroviseurs, Romy se sourit. Rue Saint-Jean, elles flânent de magasin en magasin et France déniche quelques accessoires : une ceinture cloutée, des boucles d'oreilles pendantes et une nouvelle barrette qu'elle promet de prêter à Romy. Chez Sephora, elles se repoudrent et essayent les vernis à ongles. La fillette choisit des boules effervescentes pour leurs futurs bains à deux.

« Je vais te montrer de vrais trucs de filles », dit France avec un clin d'œil. Elles franchissent la devanture rose barbe à papa. Dans la boutique de lingerie, les mannequins en plastique à moitié nus portent de longues perruques blondes. Seules des lignes suggèrent l'emplacement d'une bouche et des yeux.

France ondule entre les rayons de nuisettes, de bodies, de soutiens-gorge et de porte-jarretelles. Des articles en dentelle rouge ou noire se succèdent entre ses mains. Elle délaisse les couleurs pastel et convoite perles, chaînes, strass et paillettes. Quand elle passe devant un miroir, elle s'observe et ajuste une mèche rebelle ou une posture. Elle approche les sous-vêtements de son visage pour voir s'ils s'accordent avec son teint. Romy tourne autour d'un buste à poitrine arrondie avec un soutien-gorge qui s'ouvre sur le devant, et des fesses grises à paillettes qui mettent en valeur une ficelle perlée.

Dans les cabines d'essayage, des lycéennes gloussent et s'échangent des ensembles coquins derrière les rideaux. France et Romy entrent dans la cabine pour handicapés. La fillette s'installe sur le pouf à côté du miroir pendant que

France sépare les articles sur les patères. Sa queue-de-cheval se défait lorsqu'elle enlève son pull et ses cheveux électrisés par le froid lui donnent l'allure d'une lionne. Entièrement nue, France enfile un soutien-gorge en dentelle relié au string par une chaîne. Elle se tourne pour mieux voir ses fesses et attrape ses seins qu'elle arrange au-dessus de l'armature. Elle resserre les agrafes et sautille pour voir s'ils restent bien en place. Romy s'en amuse et se lève pour se secouer aussi. Dans la glace, elles font des moues et se penchent d'avant en arrière. « Celui-là. Le maillot de bain noir », suggère la fillette. France attrape le body échancré et lui demande de l'aider à fermer les pressions placées en dessous de son sexe. La petite s'agenouille pour relier chaque côté et frôle les poils roux. France remet ses talons pour marquer sa cambrure.

— Tu me trouves comment ?

— Très belle.

Toutes les deux choisissent les articles que France doit absolument acheter. À la caisse, elle ajoute un range-pyjama en forme de mouton. « Comme ça, tu penseras à moi avant de te coucher. » À la sortie de la galerie marchande, la fillette entraîne France dans un photomaton : un dernier souvenir de cette belle journée. France dévisse le tabouret et Romy s'assoit sur elle. La fillette redresse la couronne et arrange ses cheveux qui dépassent. France se passe la langue sur les dents pour enlever une trace de rouge à lèvres. Elles se sourient, puis fixent l'objectif. 3, 2, 1, flash ! De manière furtive, Romy l'embrasse sur le coin des lèvres.

La tête haute, chacune avec son sac rose à la main, elles se dirigent vers une terrasse de la place Stanislas. Il fait froid, mais France veut profiter des premiers rayons de soleil. Les pavés de la place éblouissent, Romy cligne des yeux. Elle mélange le chocolat et le lait apporté dans un pot à part. C'est la première fois qu'elle ne boit pas de la poudre qui fait des grumeaux. Elle savoure, bien droite sur sa chaise pour ne pas faire tomber sa couronne. Elle souffle sur ses mains bleuies et les cache dans ses poches. France regarde sa montre plaqué or. Il faut partir. Sur sa main, la petite dépose une chenille de baisers. France empoigne les boucles blondes, tire sa tête en arrière et l'embrasse en lui laissant une marque rouge. « On fait la course jusqu'au bus, princesse ? »

Chapitre 11

Aujourd'hui, la classe part à Verdun pour leur excursion printanière, encadrée par Serge, le directeur du club d'aviron. Présent une fois par semaine pour le cours d'éducation physique, il prépare les élèves depuis Noël à la course d'orientation. Il claque dans ses mains en permanence : top départ, fin de partie, rassemblement, punition. Dès qu'il ouvre la bouche, il hurle tellement que les enfants ne savent plus quand il est en colère.

Derrière les grilles, deux mamans attendent. Vêtue d'un trench beige et de grandes bottes en plastique bleu nuit, France parle avec l'autre femme. Elle remplace Hélène encore malade. Romy s'écarte du groupe pour lui dire bonjour, mais France ne la regarde pas et poursuit sa discussion. Elle retourne au bout de la file se mettre à côté d'Adeline, la redoublante qui montre ses seins aux garçons en échange de bonbons, suivant les traces de sa mère, travailleuse de nuit dans la vieille ville. Madame Tieule rejoint les mères devant le bus pour leur donner la feuille de route : visite du fort de Douaumont et de son ossuaire, pique-nique puis course d'orientation en forêt. Serge crie et frappe des mains, sans se soucier de Léo qui sort du rang et cherche à le provoquer.

France compte les enfants, vérifie qu'ils n'ont pas oublié leur sac à dos avec le repas de midi et les aide à se hisser sur la première marche. Romy profite de ce doux contact. Sur le siège à côté du sien, elle dépose son sac en tissu africain pour lui réserver la place, mais France s'assoit devant avec Madame Tieule. Son cœur cogne comme un poing dans sa cage thoracique. Elle commence à pleurer et regarde vers l'extérieur pour ne pas être vue. Le rire de France rebondit de fauteuil en fauteuil comme une balle de tennis qui vient s'échouer sur ses genoux. Talons sous les fesses, Romy se soulève pour apercevoir le chignon roux dépasser. Il a la forme d'une amanite qui danserait une valse sur le rebord du fauteuil comme les champignons dans *Fantasia*.

Pause toilettes sur une aire d'autoroute. Serge emmène les garçons, France, les filles. Le verrou d'une cabine est cassé, France maintient la poignée et attend le signal pour l'ouvrir. Romy compte les filles devant elle pour tomber sur les toilettes surveillées. D'un geste mécanique, France lui ouvre la porte et la referme sans dire un mot. Pour sortir, elle frappe un léger coup. « Suivante. »

Dix minutes de temps libre. Les enfants explorent l'aire de jeux ou achètent des bonbons à la station essence. Avec les cinq francs donnés par sa mère, Romy choisit un paquet de Schtroumpfs à la place d'un souvenir. Deux par deux puis trois par trois, les bonshommes bleus glissent dans sa trachée. Écœurée, elle finit le paquet sans respirer.

Debout dans l'allée, la maîtresse donne les instructions au micro. Les enfants s'agitent, pressés de descendre et de courir vers le fort. Bienvenue – Willkommen – Welcome. Un vieil homme les attend, il sera leur guide pour la matinée. L'index sur la bouche, il fait les gros yeux, sans obtenir le silence. Serge frappe dans ses mains. Le guide pose des questions et les doigts se lèvent. À chaque pas, ils se bousculent pour prendre la même photo avec leurs appareils jetables, la pellicule déjà bien entamée dans les bus avec les grimaces des copains ou les meilleures amies pour la vie. France surveille le moindre écart. Romy se retourne sans cesse pour l'observer. D'un mouvement de poignet, elle lui suggère de regarder ailleurs.

Devant chaque pièce, une pancarte avec une inscription traduite en trois langues. Cuisine. Boulangerie. Latrines... Le guide s'arrête devant une citation du capitaine Charles de Gaulle et évoque avec passion son histoire. Dans la pénombre, Romy se glisse à côté de France. Si elle coince sa tête entre les barreaux, est-ce que France viendra la sauver ? Si elle tombe dans un trou, est-ce qu'elle s'inquiétera de sa disparition ? Si elle se fracasse le crâne et qu'elle meurt, est-ce qu'elle pleurera ?

Les garçons n'écoutent plus et marchandent leurs cartes, aussitôt confisquées par Madame Tieule. France attrape Léo par le col pour le placer devant. Elle se retient de le frapper et se recule dans le fond de la chambrée des fantassins. Devant les lits superposés, il la nargue avec son sourire impertinent. Les enfants gloussent en se remémorant leurs souvenirs de colonie de vacances.

Les ventres gargouillent. Visite éclair de l'ossuaire. Entre les croix blanches, les garçons se tirent dessus avec leurs fusils imaginaires sans prêter grande attention à la tranchée des baïonnettes. Ils chahutent les filles et poussent des cris de guerre. Serge a beau s'énerver et hurler, personne ne l'écoute. Crânes et os entassés déclenchent des rires nerveux et des réflexions idiotes : « Regarde, c'est ton chien qui a ramené les os ! », « Hey, Maxime, faut ranger tes jouets », « J'ai retrouvé ta sœur ! » Le guide tape sa canne contre un mur pour les faire taire, le temps de prendre congé. Madame Tieule lui offre des gâteaux maison en s'excusant du mauvais comportement de ses élèves.

Les adultes se répartissent entre les groupes. Les enfants comparent leurs repas et s'échangent les desserts. Romy ouvre son berlingot : le lait concentré gicle et s'étale sur son manteau rouge. Elle s'approche de France qui sort un vieux mouchoir du fond de son sac. Elle attend en vain qu'elle lui propose de prendre place à côté d'elle avant de se réfugier dans un coin pour lécher ses doigts poisseux.

Dernière récréation avant la course d'orientation, foot pour les garçons et jeu à l'élastique pour les filles. France applaudit les figures impressionnantes et encourage les fillettes. Romy rejoint Adeline qui ne saute pas par peur de décoller sa serviette hygiénique. Comme tous les garçons sont occupés, elle lui propose de montrer ses seins mais Romy tourne la tête.

Serge distribue des papiers numérotés pour former les binômes à qui il fournit les boussoles. Léo se retrouve avec Romy. Il râle et demande à changer de partenaire avant de se résigner. Il applique les consignes à la lettre. Il vérifie que l'aiguille n'est pas bloquée et s'assure qu'aucun champ magnétique ne perturbe la boussole. Il ne laisse pas Romy regarder l'instrument. Elle doit seulement noter les données sur un calepin : lui seul a le droit de pointer la flèche de visée et de tourner le cadran. Il avance d'un pas rapide. Il veut gagner. Dans la forêt, les duos se dispersent et on n'entend plus que des voix stridentes au loin. Les rayons du soleil transpercent les nuages et tombent en pluie dorée au milieu des feuillages.

Léo l'insulte et la menace de se venger s'ils ne remportent pas la course. Il shoote dans les bois morts et lâche violemment les branches qui fouettent le visage de Romy. Elle se retient de lui sauter dessus. D'un coup, il se retourne et lui arrache le calepin des mains. « Je me débrouille tout seul. » « Dépêche, dépêche ! » crie Léo qui n'aura pas la médaille s'il arrive sans elle. Elle ne quitte pas des yeux le jogging noir à bandes blanches. Dans une montée, le garçon lui prend la main pour la première fois, les semelles de ses bottes glissent sur les feuilles humides. Sa gorge lui fait mal à force de haleter. Léo crache sur le côté comme au foot. Il le sent : ils sont proches de l'arrivée.

Arrivés en haut de la butte, ils aperçoivent les adultes au milieu de la clairière. « J'ai gagné ! » hurle Léo qui court à toute vitesse dans la descente et se jette dans les bras de sa mère. Romy dérape et termine sur les fesses. La maîtresse les félicite et Serge inscrit leur temps. Les binômes arrivent les uns après les autres, fatigués et énervés ou riant à gorge déployée. La remise de médailles est rapide. Ils sont déjà en retard pour le retour.

Les parents les attendent devant la grille. Toutes les autres classes sont déjà sorties. Hélène, assise sur le muret à côté du lampadaire, se tient le ventre et guette sa fille. France passe dans l'allée pour une dernière vérification. Romy reste à sa place, elle espère un mot, un sourire. Rien.

Hélène serre sa fille contre elle.

— La journée s'est bien passée ?

— Très bien. Ce sont nos petits champions.

France pointe leurs médailles. Romy a les yeux qui brillent, pressée de la montrer à son père.

Sur le chemin du retour, les enfants ne s'adressent pas la parole. Ils marchent l'un derrière l'autre comme les handicapés de Bois-le-Comte et ralentissent le pas devant le McDo. Léo veut la nouvelle figurine Power Rangers du Happy Meal et Romy espère juste prolonger la journée avec France. Elle se moque de la poupée Sailor Moon. Sans céder à leur caprice, les mères se séparent. Romy suit France du regard jusqu'à ce qu'elle disparaisse dans son bâtiment.

Chapitre 12

Assise sur son lit, Romy appuie son front contre le mur. Elle porte la couronne de France, sa poupée Corolle dans les bras. Les yeux écarquillés ne se referment jamais, même la nuit. Elle retourne sa tête contre sa poitrine et l'étouffe : elle ne veut pas lui montrer ce qu'elle s'apprête à faire. La lumière jaune fluorescente du McDo éclaire la chambre et la veilleuse Mickey brille faiblement. La porte est entrouverte, les rayons bleus de la télévision traversent le couloir. Il n'y a pas de son. Hélène s'est endormie sur le canapé. Philippe était déjà couché quand elles sont rentrées. Il ronfle. Romy bascule d'avant en arrière comme sur le cheval de l'aire de jeux. À chaque fois que sa tête approche du mur, elle frappe un peu plus fort. Avant elle tapait avec son poing pour réciter l'alphabet morse appris avec son grand-père. Pierre avait été responsable télégraphiste en Algérie. En même temps qu'elle répétait TATITA, les impulsions longues et courtes résonnaient dans sa chambre. Ce langage codé lui plaisait. Sur son cahier à grands carreaux, elle inscrivait points et tirets pour commencer une conversation avec lui. Le plus souvent, il dessinait un triangle à l'envers, signe de fin de transmission, et ouvrait le livre de mathématiques.

Romy se cogne de plus en plus fort. Bras croisés comme une reine égyptienne, elle laisse sa tête tomber en arrière pour mieux s'écraser avec l'élan. Le crépi s'imprime sur son front. Des fourmillements parcourent son visage et troublent sa vue. Ses ongles s'enfoncent dans la couture centrale de la poupée qui se déchire et laisse échapper la mousse. France ne lui a pas parlé de la journée. Est-ce qu'elle la trouve laide à présent ?

F. Deux courts, un long, un court. Le choc descend dans ses vertèbres en une décharge électrique. Des larmes s'écrasent sur ses chevilles. Les pieds joints, elle secoue ses genoux comme les ailes d'un papillon qui se poserait sur l'épaule de France.

R. Un court, un long, un court. Elle passe sa main sur son front boursouflé. Du bout des doigts, elle redessine ses sourcils en forme de croissant de lune.

A. Un court, un long. Le souffle saccadé, elle sanglote, une main devant sa bouche. Des taches noires obscurcissent sa vue. Ses cheveux lui font mal.

N. Un long, un court. Des araignées rouges tapissent le papier peint. Une goutte de sang dégouline le long du mur. Son front est couvert d'impacts.

C. Un long, un court, un long, un court. Le voisin hurle et tambourine de l'autre côté. Romy ravale sa morve. Son corps tremble et frissonne. Elle pleure et pose ses mains sur ses oreilles qui bourdonnent.

E. Un court. Une dernière fois, la tête contre le crépi. Noir. Le visage ensanglanté, Romy s'effondre sur sa couette.

Hélène fixe la toile d'araignée dégoulinante. Le petit corps gît, bouche et paupières semi-ouvertes. Paralysée, elle agrippe le chambranle de la porte et finit par appeler Philippe. Il dort profondément sous l'effet de l'alcool. Romy gémit. Elle se précipite enfin pour la prendre dans ses bras, mais elle a peur de lui faire mal. Défigurée par sa bosse, les yeux dans le vague, elle prononce des mots sans suite et cherche sa poupée. Hélène effleure les jambes nues avec la mousse. « Je suis là. Je suis là. » Elle l'enduit d'arnica. La pommade froide la soulage. Des larmes perlent et mouillent son oreiller. Sa respiration se calme. Hélène masse cette excroissance comme si elle avait le pouvoir de la faire disparaître et dépose quelques granules homéopathiques que Romy laisse fondre dans sa bouche. Elle lui retire son pyjama trempé de sueur et l'enveloppe dans un peignoir chaud. Elle la cajole, la couvre de baisers. « Pourquoi ? Pourquoi ma chérie ? » Toute la nuit, elle guette sa respiration comme lorsqu'elle était bébé.

À l'aube, elle entend les moineaux piailler. Ils piquent les frites et les miettes de cookies encore surgelés sur la terrasse du McDonald's. Le sang de la toile d'araignée est sec. Hélène la gratte doucement pour effacer les écailles de ce mauvais souvenir. Le réveil indique 9 heures. Aujourd'hui, Romy n'ira pas à l'école.

Un pied sorti de la couette, puis le deuxième, Romy cherche ses chaussons. L'appartement embaume le pain grillé, l'odeur du dimanche matin. Elle évite la salle de bain. Elle ne veut pas se voir.

Hélène lui a préparé des tartines de Nutella disposées en fleur dans le panier en osier. Romy croque et suce de petits morceaux pour les ramollir. À chaque bouchée, ses mâchoires s'entrechoquent, accentuant ses maux de tête.

Philippe est au travail. Il reviendra en milieu d'après-midi. Le vendredi, il termine toujours plus tôt. Hélène se presse pour gagner le centre-ville. Elle veut éviter la sortie d'école de 11 h 30. Elle a promis à sa fille des cartes d'animaux et l'album pour les ranger. Elle s'offre un Morpion qu'elle gratte immédiatement. Perdu. Comme toujours.

Elles jouent aux 7 familles en écoutant les classiques de Disney. Enfoncée dans le canapé avec un plaid, Romy ne bouge pas et s'efforce de se montrer la plus souffrante possible. Hélène est aux petits soins et lui apporte ce dont elle a besoin : télécommande, peluche, livres, lait chaud.

Philippe suit Éric à la salle de sport, à proximité des chambres réservées aux militaires en célibat géographique. Sur le tapis de course, Éric fredonne des chansons paillardes : « L'artilleur de Metz », « Ave le petit doigt », « Elle sentait Tagada ». Les hommes rient, quelques femmes de la base aussi. Il le met au défi de coucher avec Sylvie ou Juliette, deux capitaines. « Il faut qu'elles en prennent pour leur grade. Comme si elles pouvaient me donner des ordres ! » Philippe esquisse un sourire mais reste concentré sur ses haltères, son visage sévère, cerné et ridé. Il enchaîne les pompes, récitant en lui-même la litanie de ses résolutions : s'abstenir de boire, arrêter de fumer, oublier les guerres, reconquérir Hélène, être un vrai père pour Romy.

— Combien d'enfants en Afrique ? demande Éric.

— Aucun.

— Arrête de mentir. Ici, on en a tous au moins un.

Éric fait le tour de la salle pour mieux observer ses collègues féminines sous des angles différents. Il s'est donné pour mission de toutes les avoir. Les mutations dans l'armée lui offrent un nouveau vivier chaque année. La plupart, seules et éloignées, acceptent. Les heures sont toujours plus longues en fin de journée. Jamais ils ne s'accouplent dans un lit. Interdiction d'entrer à deux dans une chambre. Ils baisent dans le petit bois derrière la base ou sous le pont Sainte-Catherine.

En ce moment, il tourne autour d'Amélie. Il s'est mis en tête qu'il devait faire son éducation. Un corps d'enfant, des bonnes joues, un regard interrogateur, des petits seins cachés sous une brassière et un boxer moulant : elle l'excite. Il pose sa main sur son ventre pour voir si ses abdos travaillent, redresse son dos pour améliorer ses postures. Rouge, elle se laisse faire et accepte ses mains baladeuses. Les hommes observent le manège et ouvrent les paris. Philippe préfère se rhabiller. Dans le vestiaire, il repense à Bintou, la seule avec qui il a trompé Hélène. Il a craqué pour sa peau noire aux reflets dorés. Sur la plage, il l'entendait arriver avec ses bracelets qui tintaient et renvoyaient les rayons du soleil. Ses longs doigts caressaient avec délice chaque partie de son corps qu'elle vénérait. Il se sentait viril et puissant à son contact. Derrière de gros rochers, il la culbutait, elle se cambrait, le laissait attraper ses hanches et la prendre par-derrière. Il ne la regardait pas et enfouissait sa honte dans son cou. Parfois, il venait seulement pour une fellation. La première fois, il lui avait demandé si elle avait le sida. Aucune protection. Dans le fond, il ne voulait pas le savoir et s'était contenté de sa réponse rassurante. Juste avant d'éjaculer, Philippe se retirait. Il lui interdisait de parler le sango qui lui rappelait à quel point elle était noire. Durant ses cinq mois en Centrafrique, chaque jour de repos avait été consacré à Bintou, celle qui appartenait au continent des secrets. Dans les avions, son image lui revient. Qu'est-elle devenue ? Est-elle encore vivante ?

Il descend la rue de la Justice et l'avenue Foch à pied. Plus que quatre points sur son permis. Il passe devant le bar sans jeter un coup d'œil. Il sait bien que s'il ralentit, une connaissance l'appellera et lui offrira le premier verre. Saoul, les autres tournées seront pour lui. En bas de l'avenue, il salue son carrossier qui a réparé à maintes reprises la 205. C'est le seul immigré algérien qu'il tolère. Il fait du bon travail.

La cage d'escalier du bâtiment A sent le neuf qui camoufle le vieux. La peinture fraîche recouvre l'ancienne couche de beige. Il récupère le carton dans la boîte aux lettres : le moteur de son nouvel hélicoptère T-REX qui l'occupera tout le week-end. Il cherche ses clefs au fond de ses poches. Hélène lui ouvre sans le regarder. Elle rafraîchit un gant de toilette pour le front de sa fille et ramasse les affaires de Philippe pour les laver. Son linge doit être propre pour la reprise lundi. Le dimanche soir, elle vérifie si elle doit repasser sa tenue de sortie en cas de cérémonie militaire ou de remise de médailles. Elle passe la tête dans la salle de bain :

— Je te prépare quoi pour le dîner ?

Ce soir, il mangera seul avec sa fille. Il est temps qu'elle comprenne qui est son père.

— Pas ce soir. Elle s'est fait mal à la tête. Elle doit se reposer.

— Il ne faut pas qu'elle s'écoute. Je vais l'entraîner à la piscine et on mangera une pizza. Romy, prépare ton sac de natation !

La gorge serrée, Hélène ne lui répond pas. La fillette se lève du canapé pour rassembler ses affaires, vider son sac d'école et y mettre une serviette et son maillot de bain. D'habitude son père l'ignore ou l'évite. Il ne fait pas froid, pourtant elle enfile sa cagoule. Philippe veut voir ce qu'elle dissimule. Il recule.

— Qu'est-ce que c'est que ça ? On va croire que je la maltraite !

— Elle est tombée. Je te l'ai dit, elle a mal à la tête.

— Romy, dépêche-toi. On y va.

Assise à côté de son ancien rehausseur, elle observe son père dans le rétroviseur. Les mains crispées sur le volant, Philippe ne parle pas.

Ils se séparent aux vestiaires. Péniblement, elle revêt son maillot de bain trop petit qui lui rentre dans les fesses. Elle tire dessus pour se couvrir un peu plus.

Dans les douches, les femmes se pressent pour le cours d'aquagym du vendredi. Romy préfère le samedi matin réservé aux bébés nageurs. C'est plus calme. Les corps striés de vergetures violines, les seins qui tombent et les ventres mous après plusieurs grossesses, elles affichent leur cellulite avec fierté, sans se soucier de leurs cuisses qui se touchent ni des poils qui dépassent du maillot et des aisselles. Elles plaisantent sur leur future ménopause, rient des histoires de maris, d'amants et d'enfants. Romy se coiffe d'une tresse maladroite qu'elle n'arrive pas à rentrer dans son bonnet en silicone. Il lui tire la peau et lui fait des yeux bridés, mais sa bosse est cachée. Elle ressemble à un têtard affolé.

Elle rejoint son père qui choisit un couloir. Philippe l'entraîne toujours chez les confirmés, à l'autre bout. Sous l'eau, elle passe les lignes de séparation. Les hommes nagent à la chaîne. La cadence est rude. Elle se faufile entre deux nageurs et s'élance dans un crawl effréné. Son père lui a appris l'endurance et la discipline militaire. Sur le rebord, il hurle des conseils. Ses bras pagayent. Elle ne reprend pas son souffle. Dans le brouhaha de l'eau, elle entend le sifflet du maître-nageur, les clapotis des grosses jambes qui remuent au rythme d'une musique de boîte de nuit et les plongeons. Son bonnet remonte à la surface tel un poisson mort. « Ne t'arrête pas. Je chronomètre. Avance ! » Romy fixe le marquage au fond de la piscine. Elle rattrape les meilleurs et les dépasse quand ils font une pause.

La grande horloge indique 19 heures. La fin est proche. Romy attrape le rebord et reprend son souffle. Le jet masse son ventre. Son maillot vibre sous la puissance du courant qui la chatouille. Elle se soulève légèrement pour le mettre à la hauteur de son sexe. Elle ouvre ses cuisses en position de grenouille et se colle tout contre. Elle écarte son maillot de bain. Le jet la caresse aussi bien que les mains de France. Les yeux fermés, la bouche ouverte, sa respiration s'accélère. Ses doigts glissent sur le rebord, ses ongles s'accrochent aux joints du carrelage. Elle se retient de crier. Son corps tremble, envahi de spasmes. Ses épaules hors de l'eau frissonnent. Ses chevilles se cognent contre le mur.

Son plaisir est coupé net par le maître-nageur qui lui tend une frite pour la ramener à l'échelle. Elle peine à se relever tant elle est encore secouée par cette vague de sensations brûlantes. Discrètement, elle replace son maillot de bain et rejoint son père de l'autre côté de la piscine. Assis en apnée au fond de l'eau, il tente de battre son record.

Sur le carrelage mouillé, les yeux rouges, la fillette frotte ses bras pour se réchauffer.

Il fait encore jour. Direction « La Bonne Pâte », la pizzeria tenue par Khaled, rue de la République. Philippe commande une bambino et une calzone. Romy a faim. Assis à côté d'elle, son père la réprimande parce qu'elle mange la croûte. Pourquoi acheter de la nourriture pour la gaspiller ? Elle ne comprend pas. Elle s'enfonce dans la banquette pour échapper à ses critiques. D'un geste plus doux, il passe sa main sur sa bosse et la regarde, désolé. Il la serre dans ses bras, et l'écrase contre son torse en secouant la tête.

Dans le salon, Hélène repasse les affaires de Philippe pour la semaine. Elle étale les vêtements soigneusement pliés sur le canapé : les tee-shirts kaki, les slips kangourou bleus, les chaussettes. Romy lui tend sa serviette de piscine et son maillot trempé. Elle déplie l'étendoir, plus souvent sorti que caché derrière la porte du salon. Romy aime l'utiliser comme cabane.

Sur le feu, un bouillon de poule chauffe. Hélène a faim, mais rien ne passe. Elle se promène avec une bouillotte collée contre son ventre par une écharpe nouée autour de sa taille. Elle appelle sa fille pour lui remettre de l'arnica. Il faut estomper cette vilaine bosse.

Philippe rôde autour d'elle, l'effleure, la retient par la manche, caresse sa joue. Elle ne réagit pas. Furieux, il la coince contre le frigidaire : « Je ne suis pas un chien. Je te fais pitié, c'est ça ? Je bois et alors ? Tu as un toit, de quoi vivre et habiller la petite. Qu'est-ce que tu veux de plus ? » Il postillonne et ne maîtrise plus son débit. Hélène agrippe ses poignets pour qu'il retire les mains de son cou. Ses pouces appuient avec tant de force. Elle soulève un genou pour le frapper, mais il se colle à elle. La bouillotte s'écrase au sol dans un bruit de gifle.

Dans l'encadrement de la porte, la main dans la poupée éventrée, Romy les regarde. Quand il l'aperçoit, Philippe se détache d'Hélène, qui penche la tête à droite puis à gauche pour débloquer ses cervicales. Il s'accoude à la table. Elle jette sa soupe froide dans l'évier.

Les réverbères s'allument. Il commence à y avoir du monde au McDrive. Les fesses serrées, Hélène se précipite vers les toilettes : elle a peur de ne pas arriver à temps.

Chapitre 13

Romy tire la boîte transparente de sous son lit. Elle contient ses costumes des spectacles de fin d'année, de danse classique et de carnaval. Un à un, elle les suspend aux poignées : porte, fenêtre, armoire. Elle ne sait lequel choisir pour ce jour d'anniversaire. Robe de gitane coupée dans une nappe florale. Chapeau de matelot en papier crépon. Bandeau à plumes et ceinture à franges. Oreilles de chat en carton. Elle imite France face au miroir pendant sa séance d'essayage.

Poupées et peluches assistent à son défilé. Elle fronce son nez et recroqueville ses doigts pour mimer le chat. Une main sur la hanche et le menton relevé, la voilà transformée en grande dame. Le dos courbé, les cheveux devant les yeux, un rire persifleur, elle devient une sorcière. Une jambe repliée, talon aux fesses, un cache-œil et la voici femme pirate.

Elle chante en playback sur la cassette des Minikeums, ses héros de l'heure du goûter sur France 3 : « Sois Hip, sois Hop », « La sirène », « On va la gagner ». Debout sur le lit, elle reproduit les chorégraphies. Elle contrôle ses gestes. Hors de question de piétiner l'oreiller où sont dissimulées les photos volées chez France. Le samedi soir, sa mère l'autorise à regarder les émissions de variétés. Elle aime voir les filles en mini-jupe entrer sur scène allongées sur un piano. Leur peau scintille sous les projecteurs, leurs lèvres flamboyantes collées au micro articulent exagérément tandis qu'elles passent une main dans leurs longs cheveux.

Au fond de la boîte il reste une jolie robe blanche couverte de fleurs. Le cadeau de sa grand-mère pour son sixième anniversaire, déniché dans une vieille malle lors d'une vente aux enchères. Isabelle racontait qu'elle avait appartenu à une princesse russe. C'était en fait une robe de demoiselle d'honneur soldée à moitié prix chez Tati Mariage. Trop grande pour Romy mais à ce prix-là, impossible de passer à côté. Des couches de mousseline recouvrent la robe pour accentuer son bouffant. Isabelle y avait ajouté un voile, des gants, un boa et des perles. Quand Romy la portait, seuls ses grands yeux noirs ressortaient, perdus dans l'écume. Aujourd'hui, la robe est à sa taille.

Elle enfile les gants jusqu'aux coudes, accroche le voile dans ses cheveux, humecte son cou de quelques gouttes de parfum. Elle traverse la chambre, la robe ouverte dans le dos. Elle n'a pas réussi à remonter la fermeture éclair. Elle jette des pétales sur son sillage. Au cimetière, quand sa mère nettoie la tombe de sa grand-mère, Romy en profite pour couper les têtes des roses artificielles aux couleurs étincelantes : rouge-violet, gris perle, ocre ensoleillé, bleu marine.

Son voile traîne sur le tapis de roses. De la main droite, elle salue son public. Elle réajuste ses épaules mais elles retombent immédiatement. Dans le couloir les pans de sa robe frôlent les murs. Légère comme une meringue, elle vole sur un nuage de mousseline. Hélène prépare le gâteau au chocolat. Romy ne résiste pas à la tentation : elle trempe son doigt dans le saladier. Elle compte les bougies roses et bleues. Il y en a bien dix. Plus une. Mais celle-ci ne compte pas. Placée au centre, elle scintille plus longtemps que les autres.

Debout sur son tabouret, Romy fouille dans les affaires de sa mère. Le maquillage quotidien est rangé méthodiquement sur les côtés du lavabo. Avec un gros pinceau, elle s'applique un fard à joues qu'elle estompe avec ses doigts. Elle choisit un crayon violine pour le contour des lèvres. Elle tremble. Difficile d'être précise avec la buée sur la glace. Elle repasse plusieurs fois, déborde un peu, en met sur ses dents. Le violet est trop terne pour cette journée spéciale. Elle ajoute une touche de gloss transparent effet mouillé. Le tour est joué, ses lèvres brillent. Sur ses paupières, un fard bois de rose puis un trait de crayon noir.

Hélène somnole sur le canapé devant le téléfilm de l'après-midi. Le gâteau encore chaud est posé sur un plat de Lunéville. Romy pique les miettes du bout de son index mouillé. Sur la table, il y a des fraises Tagada, des Schtroumpfs, des Smarties, des sucettes et des perles en sucre pour décorer le gâteau. Elle choisit des bonbons dans chaque paquet pour décorer le plat.

Ses chaussures ! Elle a oublié d'enfiler ses sandalettes à sequins bleus. Où sont-elles ? Elle se jette sous la commode où elle croit les avoir laissées. Il fait très chaud, des gouttes de sueur coulent dans son dos. La porte d'entrée s'ouvre avec fracas au point de décrocher l'éternel rameau de buis. Philippe balance les clefs et ses boots. Il sent l'alcool.

— Debout Romy ! T'es pas une serpillière.

— Je cherche mes chaussures.

— Obéis !

Elle s'exécute, les yeux rivés au sol. Son père soulève son menton, il trouve ce barbouillage ridicule : des joues de clown en fin de carrière, une bouche de prostituée, des cils de poupée tout droit sortis d'un film d'horreur. Il la tire vers la salle de bain. « Penche-toi ! » Elle reste droite, pieds joints, fesses serrées, bras le long du corps. Elle fixe le carrelage rose saumon et se mord les lèvres. Philippe lui tient la nuque au-dessus de la baignoire. L'eau est froide. Il frotte énergiquement. « Ça pique, ça pique ! » Elle essaye de se relever mais Philippe l'enjambe pour mieux la tenir. Réveillée par les cris, Hélène se précipite et ferme le robinet. « Qu'est-ce que tu fais ? Tu pues l'alcool. Sors d'ici. » Ses lèvres tremblent. Son cou se couvre de plaques et sa veine ressort. Cette veine au milieu de son front, Romy la déteste. Elle apparaît seulement quand sa mère souffre ou qu'elle est très en colère. « C'est ma fille, proteste Philippe. Elle me doit obéissance. Quand est-ce que je me ferai respecter dans cette famille ? » Sa voix tremble. Hélène se radoucit : « Va prendre l'air. Va marcher, ça te fera du bien. »

Hélène essore les cheveux de Romy et démaquille doucement ses yeux de panda. Elle applique sa crème pour le visage sur sa peau rougie et passe un gloss sur ses lèvres. La robe blanche tombe à ses pieds dans une mare. Romy, debout torse nu, renifle sur son collier de perles, les bras croisés sur sa poitrine. Sa mère lui tend un pantalon turquoise et un tee-shirt à col marin.

Hélène détache sa croix en or qu'elle accroche au cou de sa fille.

Elles ajustent la nappe à pois et dressent la table. Pour cette occasion, Hélène a acheté des verres et des assiettes en carton couleur pastel. Romy inscrit les prénoms en doré, comme ceux qu'il y avait au Nouvel An : France, Léo, Max, Aurélie, Sophie, Elsa, Adeline et Pierre, son grand-père. Hélène a choisi les invités et contacté les mères des fillettes voisines. Romy n'a pas voulu distribuer ses invitations pendant la récréation, de peur d'essuyer des refus et des moqueries.

La sonnette retentit. Les invités se sont donné le mot pour arriver en même temps. Ils se débarrassent des cadeaux qu'ils jettent dans les bras de Romy. Même si certains ne sont jamais venus, ils connaissent la répartition des pièces. Les logements des bâtiments A, B et C sont tous identiques. Les enfants s'assoient sans un regard sur les étiquettes personnalisées. Ils attendent le gâteau, les bougies, les cadeaux, et au revoir. S'ils sont là, c'est à cause de leurs mères : elles ont accepté l'invitation d'Hélène à prendre le thé. Les femmes la félicitent pour sa décoration : une banderole « Joyeux anniversaire » au-dessus de la porte du salon et des ballons gonflés à l'hélium. Un peu trop « Baby Shower » peut-être. Romy embrasse chaque mère et s'arrête à la hauteur de France. Elle ne sait comment s'y prendre. France l'attrape fermement par les épaules et lui colle une bise sur chaque joue. La radio enchaîne les tubes de l'été : « La tribu de Dana », « Tomber la chemise », « Ces soirées-là »... Sur « *Around the World* », les enfants imitent la chorégraphie robotique du clip MTV.

Les mères s'éclipsent dans la cuisine. Exceptionnellement, Hélène a sorti son service à thé Lunéville. Les bredele maison, les cigares roulés au chocolat et les crêpes dentelle sont disposés sur un joli plat. Elles parlent vacances, caves à vider, inscriptions scolaires et déménagements. Leurs maris sont militaires par vocation, contrairement à Philippe. Il avait pris les armes à dix-huit ans. Une échappatoire pour sortir du chaos familial. Au divorce de ses parents, il s'était retrouvé à s'occuper de ses deux sœurs pendant que son père se noyait dans le travail à la papeterie familiale et que sa mère roucoulait au soleil avec son Noël.

Les fillettes se déhanchent au rythme de la musique. Elsa mène la danse, les autres suivent en miroir. Elle laisse glisser ses bretelles pour bien montrer la brassière sous son tee-shirt. Adeline soulève le sien en la narguant. Elsa a encore de la marge. Près de la fenêtre, Romy aussi imite Elsa. Elle gesticule de gauche à droite mais se trouve ridicule dans son pantalon de bébé. Les autres portent un jean avec des broderies chinoises et un tee-shirt en V qui tombe entre leurs petits seins. Elle attend en vain son tour pour jouer à la chorégraphe. Léo et Max sont occupés à remplir leur paquet de bonbons en y ajoutant ceux qui décorent la table et à dessiner des sexes avec leurs doigts tachés de chocolat avant de replacer les assiettes par-dessus.

On frappe à la porte. Un court, un long, deux courts. L. Un court, un long. A : Là. C'est Pierre. Jamais il ne sonne. Romy se précipite pour lui ouvrir. « Bon anniversaire ! » Son grand-père a mis son costume de fête et sa cravate jaune du désert. Il lui tend un sac Lidl avec ses cadeaux avant de se réfugier dans la cuisine. La marmaille est bien excitée. Les enfants visent les ballons avec des fourchettes en plastique. Hélène lui prépare un café. Son père ne se fait pas prier pour piocher un cigare au chocolat. Hélène lui pose un torchon sur les genoux afin d'épargner son beau costume.

Léo et Max sont en piste. Ils dansent le pogo en bousculant les filles qui hurlent à chaque coup dans les côtes. France arrête la musique et place les enfants à table. Romy attend de souffler ses bougies avec impatience. « Joyeux anniversaire », entonnent les mères qui incitent les enfants à les accompagner. Hélène s'avance vers son bébé. Romy a les yeux qui brillent. La bougie magique crache ses étoiles dorées. 1, 2, 3. Inspiration. Elle souffle. Noir. Hélène a oublié la photo. Elle rallume les bougies pendant que France tend les cadeaux aux enfants. Un bracelet en perles, des fils à scoubidou, une mallette de peintre, une peluche Marsupilami et le ballon de la Coupe du monde 98 : Romy est gâtée. Le dernier paquet est celui de sa mère : un œuf Tamagotchi en plastique rose. Romy devra s'occuper d'un lapereau virtuel en pixels noirs et blancs. Il réclame lorsqu'il a faim ou soif. Il peut tomber malade et exiger beaucoup d'attention. Un vrai bébé à éduquer. « Ce n'est pas un vrai chien, je sais bien. Mais tu connais ton père : pas d'animaux à la maison… » Romy esquisse un sourire. Elle pourra enfin être comme les autres.

« L'idée du ballon, c'est les garçons, s'excuse France. Ils n'en démordaient pas ! Ils voulaient même lui offrir le poster de Zidane ! » Romy fait la bise à chacun sans oublier les mamans et son grand-père. Hélène dépose des masques à décorer sur la table. Elle distribue le même nombre de feutres à chacun et installe le matériel au centre. Les filles se jettent sur les paillettes. Les garçons préfèrent le sable coloré en copeaux de craie. Romy admire leurs dessins : cocotiers et requins pour Max, planches de surf et tortues chez Léo.

— Ils sont jolis vos masques. On se croirait en vacances.

— On va y être tout le temps, triomphe Léo. On part à La Réunion dans une semaine. Mon père, il a demandé les îles à son chef !

Est-ce que c'est vrai ? France part vivre sur une île ? Loin ? La fillette se concentre sur son masque. Les yeux remplis de larmes, sa lèvre inférieure tremblote. Le pinceau glisse entre ses doigts. Sans réfléchir elle se ressert du gâteau et ajoute une dose de chantilly à chaque bouchée. Elle avale plusieurs boîtes de Smarties d'un coup. Frénétiquement, elle peint son masque pour en finir le plus vite possible. Presque 17 heures, affiche le magnétoscope. Ils devraient tous bientôt partir. Elle aimerait rejoindre France à la cuisine. La boule au ventre et l'estomac qui se soulève, Romy continue de s'empiffrer. Schtroumpfs, fraises Tagada, biscuits, gâteaux. Elle boit en même temps pour faciliter le passage. Son pantalon la serre, elle défait le bouton. La bouche grande ouverte, elle ingurgite la fin de la bombe chantilly jusqu'à la dernière goutte.

Une main sur le ventre, l'autre sur la bouche, elle se retient de vomir. Elle ravale le mélange de gâteau et des petits pois-jambon du déjeuner. Pour oublier ses haut-le-cœur, elle joue avec son Tamagotchi. Il bipe. Il a faim.

Il est temps de rassembler les affaires. France va emmener les enfants se défouler au parc avant le dîner. Une dernière photo sous la banderole avec Romy. Vite, Hélène essuie la bouche de sa fille et reboutonne discrètement son pantalon. Les trois filles prennent la pause, Adeline met ses seins en avant et les garçons tirent la langue. Léo termine par un doigt d'honneur. « Dehors », hurle France. Les enfants dévalent les escaliers du bâtiment A. Romy court sur le palier rejoindre France qui se retourne sur la troisième marche. Leurs visages à même hauteur, leurs souffles se mêlent. Romy respire une dernière fois son parfum patchouli. Elle la fixe droit dans les yeux et tend ses bras. France lui sourit. Elle approche ses lèvres rouges flamboyantes de celles de la fillette, puis se recule aussi vite. Elle lui enfonce son index orange corail dans la bouche. Romy le lèche et le retient doucement avec ses dents. France effectue un va-et-vient avant de poser son doigt sur les lèvres de la fillette. « Chut ! » Romy la regarde tourner et disparaître. Bip, bip. Le Tamagotchi a faim.

DEUXIÈME PARTIE

14-18

Je suis toute décousue.

LOUIS CALAFERTE,
La mécanique des femmes

Chapitre 14

Pseudonyme : Petiteloulouteduu54.
Sexe : Femme.
Situation : Célibataire.
Cheveux : Châtain clair.
Yeux : Bruns.
Taille : 1m55.
Poids : 43 kg.
Loisirs : Natation et danse.

Jolicœurtatoué : — Tu as un copain ?
Petiteloulouteduu54 : — Non.
Jolicœurtatoué : — Tu as déjà couché ?
Petiteloulouteduu54 : — Non.
Jolicœurtatoué : — Tu aimerais ?
Petiteloulouteduu54 : — Je ne sais pas.
Jolicœurtatoué : — On pourrait essayer ?
Petiteloulouteduu54 : — …
Jolicœurtatoué : — Et une chatte ? Tu as déjà léché une chatte ?

Romy lâche la souris. Bip. Bip. Bip. France introduit une carotte dans mon vagin et mon anus, je suce les grandes lèvres de France, je frotte mon sexe contre les pieds du lit, France me dévore le clitoris, elle utilise sa salive comme lubrifiant, nous regardons des vidéos pornographiques sur l'ordinateur d'Éric, je me mets à quatre pattes et je joue à la petite chienne qui doit être punie, France me fouette avec un torchon humide, elle dépose de la chantilly sur ses seins et je la gobe jusqu'à avoir envie de vomir, France m'enferme nue dans un placard, j'essuie France quand elle sort de la douche, je lui glisse son gode jusqu'à buter dans le fond de son vagin et je passe la langue dessus juste après, je m'assois sur son visage et je m'agrippe aux barreaux du lit, j'ai un bandeau sur les yeux et je frissonne au moindre bruit, je respire par la bouche pour ne pas sentir l'odeur de son sexe, je me frotte avec le gant de toilette jusqu'à être toute rouge, je me cambre le plus possible pour monter mes fesses, je l'embrasse à pleine bouche et j'y mets la langue, je la doigte jusqu'à avoir mal au poignet, j'étouffe sous la couette jusqu'à ce qu'elle jouisse, jusqu'à ce que je l'entende respirer comme une truie et pousser des petits cris, je cache la culotte toute mouillée au fond du panier à linge sale, j'utilise un rouleau de papier toilette par jour, je suce des bonbons à la menthe entre le bâtiment C et le bâtiment A, je me brosse les dents à me faire saigner les gencives, je retrouve un poil pubien sur ma peau encore humide, la sueur dégouline dans mon dos, et puis l'attente, l'envie, le besoin, la frustration, la gêne, l'humiliation, le désir, la soumission, les punitions, les jeux, les regards, les insultes, je te prends, je te jette, tu m'appartiens, tu es ma chose, mon amour.

Romy a quatorze ans. Quatre ans depuis le départ de France. Il ne se passe pas une seule journée sans qu'une odeur, une image, une musique la ramène à l'année 99, l'année de ses neuf ans. Romy a les mains moites, la sueur perle entre ses deux petits seins et dans le creux de sa nuque. Elle a la gorge sèche, sa respiration s'accélère. Elle se griffe et tire sur sa peau. Sur le bureau, en dessous de l'écran, elle fixe la paire de ciseaux qu'elle aimerait planter dans sa poitrine, son ventre et son sexe. Tuer la fillette, éventrer la jeune fille, massacrer la femme. Jusqu'à 10, elle compte pour oublier cette idée. 1 : inspire, 2 : bloque, 3 : expire, 4 : inspire, 5 : bloque, 6 : expire, 7 : inspire, 8 : bloque, 10 : expire et ne respire plus. Elle déteste le chiffre 9, l'âge de sa mort. Elle ne le cite jamais.

« Tu as déjà léché une chatte ? Tu as déjà léché une chatte ? Tu as déjà léché une chatte ? » Des fenêtres de propositions de discussions avec Ophélie-l'espiègle, Charline-la-grosse-coquine, Tiffany-jolie-touffe s'ouvrent en bas à droite de l'écran, « Coucou, tu réponds ? », « Hum j'ai envie de toi », « Je te plais ? ». Des images de femmes nues ou en petite tenue arrivent par dizaines. Des bruits de claquements de cuisses, de succions, de jouissances, de râles sortent des enceintes. Romy baisse le volume et, avec le clic droit de la souris, ferme les photos cochonnes qui ne cessent de réapparaître. Blondes, brunes, rousses tirent la langue vers le filet blanc qui dégouline entre leurs gros seins refaits. Un clin d'œil aguicheur, une main qui écarte les lèvres ou les fesses, un doigt dans la bouche, elles regardent droit devant elles.

Romy éteint l'unité centrale et se lève de sa chaise tournante qu'elle propulse sur le côté contre le canapé. Le visage entre les mains, elle tourne autour de la table basse et respire fort. Elle se cogne aux angles qui déchirent sa peau à travers son jean usé aux genoux. Elle se gifle pour éviter la bosse au milieu du front. Des traces de doigts marquent ses joues roses. D'un pas vif, elle se dirige vers le tableau en liège au-dessus de l'ordinateur. Sur chaque photo, elle punaise son visage jusqu'à le couvrir de trous. Yeux percés, bouche muselée, front explosé, nez et joues troués. Un par un, elle attaque les souvenirs de ces quatre dernières années : la balade dans les Vosges sous un grand soleil, une image d'Épinal, un sachet contenant les étoiles de la colline de Sion, la visite à la verrerie-cristallerie de Vannes-le-Châtel, la journée au lac de Gérardmer. Sur chaque photo, elle se tient de la même façon : avachie, les épaules en avant, la poitrine rentrée, la tête penchée, les cheveux sur le visage, le regard noir, à l'écart de son père ou de sa mère. Elle ne sourit pas. Le teint blafard, elle est absente. Perdue dans ses vêtements trop larges, elle ne sait que faire de ses bras ballants. Le lecteur DVD affiche 19 h 12. Elle a juste le temps avant le retour de sa mère.

Sur la gazinière, l'eau bout pour les ravioles fraîches cuites en trois minutes. Elle bat six œufs avec de la crème et enfourne un paquet de gruyère râpé qu'elle fait glisser avec des yaourts. Une grosse cuillère dans le pot de Nutella, elle décongèle la glace à la vanille pour ne pas avoir mal aux dents. Les remontées acides ont attaqué l'émail et les ont rendues très sensibles à force de vomir. Une barquette de lasagnes aux épinards dans le micro-ondes, le poulet curry au lait de coco à suivre, elle mélange les ravioles à la crème et aux œufs. Pour ne pas en perdre une miette, elle se penche au-dessus de la gamelle, et gobe cuillère après cuillère. Des pâtes retombent de sa bouche et de la crème dégouline aux coins de ses lèvres. Son pull est taché d'éclaboussures. Bip. Elle attrape les plats dans le micro-ondes en se brûlant les doigts. Pas de temps à perdre, elle les laisse refroidir et sauce le plat avec du pain de mie. Lasagnes et poulet sont encore trop chauds, alors elle ingurgite le pot de Nutella et la glace liquide. La bouche encore pleine de chocolat vanille, elle dévore les plats réchauffés. Les morceaux de poulet piquent sa trachée. Elle ne mâche rien. Pour aider à la descente, elle boit une bouteille d'eau. Son ventre gonfle, elle pose ses mains dessus comme une femme enceinte. La nourriture remonte déjà dans sa bouche pourtant elle cherche dans les placards s'il n'y a pas encore quelque chose à vomir : des gâteaux apéritifs, des biscottes, des petits pains au lait, une plaque de chocolat. Elle emporte une nouvelle bouteille d'eau. Une main devant la bouche, elle prend deux serviettes-éponges dans la salle de bain avant de filer aux toilettes. Elle sait qu'elle va en mettre partout. Entre ses doigts coule la mixture aux relents de curry chocolat vanille qui déborde de son gosier. Elle attache ses cheveux en chignon et se penche au-dessus de la cuvette. La langue tirée, elle enfonce deux doigts. Des jets éclaboussent les murs et le sol. Ses larmes jaillissent. Les yeux sortis des orbites, des vaisseaux sanguins éclatent. L'œsophage brûle. L'acidité remonte. Elle enfonce ses doigts le plus loin possible et touche sa glotte pour continuer de dégobiller. Elle accélère la cadence dans un mouvement de va-et-vient et compte trois fois jusqu'à 10 en sautant le 9. Quand elle sent qu'il ne reste quasiment plus rien, elle descend un litre d'eau pour nettoyer son estomac. Elle ne recrache plus que des glaires. Une dernière fois, elle se force à vomir. Rien ne sort… Elle a tout évacué.

Sur le sol mouillé, elle s'effondre. La lumière orangée l'éblouit. Elle cache son visage entre ses genoux. Ses mains gluantes tremblent et ses jambes flageolent. Elle se force à garder les yeux ouverts, il ne faut pas s'endormir maintenant, elle doit ranger la cuisine avant le retour de sa mère. Elle s'agrippe à la cuvette et s'y assoit pour frotter les murs. Elle jette dans la machine à laver les serviettes sales et se rince la bouche avec de l'eau tiède. Jamais elle ne se brosse les dents après une crise, l'acidité ne ferait que les abîmer davantage. Elle applique un anticernes pour camoufler les rougeurs et se parfume pour masquer l'odeur de vomi. Lessivée, elle se roule dans sa couette. Elle règle son réveil dix minutes avant le retour de sa mère. Bip.

Ce soir, Hélène termine à 20 heures. Elle fait la fermeture de la caisse n° 9. Toute la journée, elle manipule des codes-barres. Elle connaît par cœur les références des fruits et des légumes. La cortisone a stabilisé son état. Elle a repris en mi-temps thérapeutique l'été des dix ans de Romy, puis à temps complet l'année suivante. Sa vie ne se résume plus à des crises répétées et des heures à se vider aux toilettes. Elle rechute une ou deux fois par an mais le docteur Bencheikh réajuste son traitement et la maladie est oubliée jusqu'à la prochaine fois. Philippe la tolère, elle fait du bon travail même si elle est arabe. La bouillotte est toujours au-dessus du réfrigérateur et les médicaments sur le plan de travail. Hélène suit un régime strict et prépare ses repas à part. Souvent carencée, elle a besoin de récupérer. Elle fait une sieste le dimanche et son jour de congé pendant que Philippe joue sur l'ordinateur ou avec ses hélicoptères sur le plateau d'Écrouves. Le soir, une soupe et au lit. Impossible de veiller.

À la pause, elle traîne dans les rayons de bougies parfumées, de plantes et de vaisselle pour que son appartement rivalise avec les photos des magazines. Elle ramène souvent une bricole, un ramasse-poussière à poser dans l'entrée ou sur une table de nuit : photophore, vide-poche en forme de plume, coupelle à bijoux. Des objets en soldes ou avec un léger défaut pour la réduction. En quatre ans, elle a repeint trois fois les plinthes et les encadrements de porte. Elle applique un voile joyeux sur les jours sans lendemain, cache la misère.

Jamais elle n'oubliera les mains de Philippe autour de son cou, son regard furieux, ses paroles violentes à chaque dispute. À la maison, il agit comme sur le terrain. Hélène reste sur ses gardes. Ses gestes sont maîtrisés, ses mots choisis pour ne pas déclencher une colère. Chaque jour, elle fait un signe de croix en regardant le petit Jésus au-dessus de la porte d'entrée, elle réajuste le buis et prie pour ne pas faire de crise. Elle sait à quel point Philippe ne supporte pas de la voir diminuée. De quoi pourrait-elle se plaindre de toute façon ? Romy est en bonne santé, lui ne touche plus une goutte d'alcool (ou presque), et ils partent en vacances une fois par an sur la Côte d'Azur chez la vieille tante. La nuit, elle ouvre en grand la fenêtre de la cuisine et se penche pour gober l'air. Elle jette un coup d'œil à l'emplacement de Paco. Pas un jour ne se passe sans qu'elle songe à cette nuit où tout aurait pu basculer si elle n'avait pas été malade, s'il n'avait pas dû l'emmener à l'hôpital sur sa Honda.

Hélène aimerait que Philippe demande sa mutation. Quitter Toul. Puis elle chasse vite cette idée. Ils emporteraient tous leurs problèmes dans les cartons. Elle continuerait de le soupçonner de boire en cachette. Elle l'attend au tournant. Il le sait. La veine du front apparaît, elle s'énerve. Il crie. Elle pleure. Il claque la porte. Elle va se coucher. Il revient et la prend. Sa seule échappatoire reste le jeudi soir, quand il est en mission : elle continue à poser pour le cours de dessin, salle Lamarche. Le même rituel. Elle fonce se changer derrière le paravent, enfile un peignoir et s'installe au milieu des chevalets. Elle aime se voir sur les grandes feuilles Canson. Le temps épargne son corps. Romy ne l'accompagne plus.

Hélène s'accroche à sa fille. Elle est sa raison de vivre. Romy est différente des autres, elle le sait. Des tocs l'envahissent. Elle vide trois à quatre bouteilles de gel douche par semaine et ne contrôle pas certaines pulsions comme se cogner le front contre le mur. Combien de fois Hélène a-t-elle nettoyé les gouttes de sang avec un chiffon imbibé d'eau froide ? La nuit, elle la retrouve assise sur son lit ou dans le couloir près de la porte d'entrée, les yeux grands ouverts et le visage figé. Elle la prend par la main, la recouche et dépose entre ses bras sa vieille poupée en mousse recousue de tous les côtés. À table, Romy mange peu ou trop. Elle garde la nourriture dans la bouche plusieurs minutes ou avale tout en une seconde. Elle remplit les assiettes à ras bord et débarrasse pour terminer les restes. Hélène retrouve des paquets de gâteaux vides et des sachets de bonbons recrachés sous son lit quand elle passe l'aspirateur. À la sortie du collège, elle se ravitaille au centre commercial avant de rentrer faire ses devoirs. Hélène s'inquiète mais n'en touche pas un mot à Philippe. Elle a trop peur qu'il la punisse.

Philippe est en Côte d'Ivoire. Il devrait revenir pour les fêtes si tout va bien. À son retour, ils organiseront les vacances du mois d'août. Sans doute iront-ils chez la vieille tante à Fréjus, celle qui envoie des étrennes. Elle leur prête son lit et dort sur le canapé. Romy a le droit à un matelas d'un lit bébé à même le sol. Elle dort recroquevillée pour ne pas dépasser. Tous les jours, ils mangent du vacherin, le gâteau préféré de la vieille tante. Philippe déteste mais préfère ça à la famille d'Hélène. Pour leurs premières vacances, ils sont partis à Quimper avec sa cousine Élisabeth et ses enfants. Philippe n'a pas supporté l'insolence de Clément et les crises de Mathilde qui négociait une glace tous les deux mètres pour arpenter le Mont-Saint-Michel. Il serrait les poings en attendant la fin du séjour. Au retour, il a fait jurer à Hélène : plus jamais de vacances avec les « gogols ».

Hélène trouve Romy devant l'ordinateur. Il fait nuit. Elle n'a pas allumé la lampe de bureau, elle préfère rester dans le noir. Philippe s'était renseigné auprès de ses collègues avant de le choisir. Crédit sur six mois grâce à sa carte de fidélité Cora. Dommage qu'Éric ne soit plus là, il en connaissait un rayon. Plus aucun contact avec lui, les amitiés ne résistent pas aux mutations. Il s'est aussi offert un simulateur de vol pour jouer depuis la chaise tournante récupérée au dépôt-vente en face du port. Puma, Dauphin, Lama, Tigre, Gazelle, Cougar, à chaque niveau, il gagne un hélicoptère de plus. À Noël, l'ordinateur lui appartiendra, il pourra envisager un autre emprunt pour changer de machine à laver. Elle date de leur mariage et n'essore plus. Hélène est obligée de tordre les vêtements au-dessus de la baignoire.

Avant l'entrée de Romy au collège Valcourt, Philippe a aménagé un coin bureau dans le salon pour surveiller ses devoirs. Il veut reprendre son éducation en main, affirmer son autorité. Il faut qu'elle poursuive sa scolarité au lycée Louis-Majorelle. Elle est en quatrième et le choix de l'orientation commence à se poser. Pas question qu'elle finisse à Cora ou à l'armée. Le lycée Camille-Claudel, c'est bon pour les auxiliaires de vie, pas pour Romy. Rien que d'imaginer sa fille torcher des vieux ou les frotter dans leur baignoire lui donne envie de vomir. Romy a de bons résultats en français et en arts plastiques. Si la gosse travaille, c'est grâce à lui, il n'a rien lâché. Ses entraînements à la natation lui ont appris rigueur, ponctualité et discipline. C'est sûr que ce n'est pas Hélène qui la pousserait vers le haut. Elle est trop douce, elle manque de poigne. Heureusement qu'ils n'ont pas eu de deuxième gosse.

Chapitre 15

« *Wilfried macht seine Hausaufgaben in seinem Zimmer. Die Nachbarin klingelt an der Tür. Sie kommt, um Hallo zu sagen und dem kleinen Jungen Süßigkeiten zu geben. Sie steigt die Treppe hinauf und betritt ihr Zimmer. Überraschung! Es ist Franziska.* »

« Wilfried fait ses devoirs dans sa chambre. La voisine sonne à la porte. Elle vient dire bonjour et donner des bonbons au petit garçon. Elle monte les escaliers et entre dans sa chambre. Surprise ! C'est Franziska. »

En salle 201, Madame Rosenthal dicte un texte, il contient les nouveaux mots de vocabulaire. Depuis deux mois, les élèves de quatrième 7 suivent les aventures de Wilfried et sa famille. Sur sa feuille à grands carreaux, Romy se concentre pour ne pas oublier les *punkte*, les *kommata*, et les *punkte-kommata*. Stylo plume dans la main droite, effaceur dans la gauche, elle s'applique. Ses professeurs utilisent une loupe pour décrypter ses pattes de mouche. Florine a mis un classeur debout pour ne pas que Romy triche. Elles se disputent la meilleure note depuis le début de l'année. Pour les verbes irréguliers, elles se soufflent parfois une réponse : c'est l'exception.

Madame Rosenthal parle fort. Entre les rangs, elle déambule dans sa minijupe en cuir bordeaux, jette un coup d'œil furtif sur les copies et accentue certains mots pour sauver des destins tout tracés : des vies entières à l'armée, au Cora, à l'usine Kleber ou chez Kimberly-Clark, la fabrique de papier toilette. Sa fermeture éclair n'est pas complètement fermée en bas du dos. Elle dissimule sous des chemisiers à froufrous amples et colorés les sept kilos pris depuis sa rupture. Ses élèves savent tout de sa vie amoureuse, bien plus croustillante que la vie de Wilfried et de sa famille. Tous les matins, son visage bouffi et des traces noires sous les yeux trahissent les larmes qu'elle verse sur le trajet Nancy-Toul. Elle leur raconte les cabrioles de Léon, ses croquettes préférées et l'accueil qu'il lui réserve après une journée harassante en leur compagnie. Au moins son vieux Scottish Terrier lui reste fidèle.

Romy relit sa copie. Wilfried se fait-il toucher par Franziska la voisine ? Est-ce qu'il prend sa douche avec elle et étale du savon sur tout son corps ? Sous ses ongles, elle passe son compas et retire les saletés, elle l'enfonce assez loin pour saigner. Le sang colore ses cuticules. Florine détourne le regard, dégoûtée. Elle aimerait changer de voisine, mais elle tient à sa place, collée au bureau de Madame Rosenthal. Romy fouille la poche de son sac à dos Eastpak à la recherche d'un vieux mouchoir. Le sang coule en abondance. Elle serre son pouce entre ses genoux pour stopper l'hémorragie.

Madame Rosenthal sort une grande enveloppe kraft pour distribuer le courrier des correspondants allemands de

Hamm-Mitte, la ville jumelée avec Toul. Ils sont excités. Qui leur a-t-elle attribué ? Une fille ? Un garçon ? Beau ou laid ? Cool, sérieux ? Pourront-ils changer de correspondant s'il ne leur plaît pas ? Elle leur fait les gros yeux, pousse un soupir désespéré et claque ses talons aiguilles sur le carrelage. Lili, Capucine, Adrien, Lucas, Mohamed, Céline C, Christophe, Marion, Céline M… Elle les appelle un par un à son bureau pour leur remettre la première lettre. Assise en face de Madame Rosenthal, Romy ne se déplace pas. Elle attrape la belle enveloppe doublée avec son prénom en bleu turquoise entouré de cœurs. Elle contient des photos de sa correspondante et de sa famille. Lena a seize ans, bientôt dix-sept. Les correspondants ont tous deux ou trois ans de plus qu'eux. Ils sont déjà au gymnasium. Sorties nocturnes, sexe, alcool et joints occupent sans doute leur vie.

Piscine, palmiers… vacances à Marrakech. Avec ses cheveux coiffés à gauche et ses lunettes de soleil, Lena pose sur le balcon. Elle porte un tee-shirt blanc en dentelle avec un jean taille haute. Sur l'autre, toute la famille est en tenue de cérémonie pour un mariage. Il y a aussi des photos de chaque pièce de la maison. Au dos, Lena a inscrit en français avec un feutre : « chambre de ma sœur Susanne », « suite de mes parents », « salon », « salle de jeux », « salle de sport », « jacuzzi »… Lena parle très bien français, ses parents adorent Paris. Sur du papier à lettres Diddl, elle raconte ses loisirs, ce qu'elle aime manger, les voyages avec son père diplomate et sa meilleure amie, Katarina, qui viendra elle aussi au printemps. Les portraits des Allemands défilent dans les rangs. Lena remporte les suffrages des garçons : la plus belle de toutes. Ils projettent des sorties ensemble. Une soirée bowling chez Didi – une fête chez Lucas dans sa grande maison de l'avenue Foch – une virée à Nancy…

Romy ne répond pas. Elle ne sort jamais en groupe. Personne ne l'invite. Elle dérange.

À la sonnerie, les élèves se précipitent à la cantine. Dans la queue, Lucas cherche Romy pour négocier les activités de leurs correspondants. Il s'est mis en tête qu'il perdrait son pucelage avec Lena. Romy acquiesce pour s'en débarrasser.

Elle choisit une place au fond de la cantine, collée au mur. À la fin du repas, elle se désinfecte les mains avec son gel antibactérien. À force de s'en mettre plusieurs fois par jour, sa peau craquelle. Romy les cache dans des mitaines, de vieux gants volés à sa mère qu'elle a coupés pour tenir plus facilement son stylo plume. La boule au ventre, elle se dirige vers la sortie. D'un geste furtif, elle pique un bout de pain sur la desserte à côté de la laverie. Bientôt 13 h 30, le troupeau de la quatrième 7 se rassemble dans la cour : Monsieur Dupuy les emmène aux vestiaires.

Ça sent le renfermé, un mélange de transpiration et de sécrétions hormonales. Dans son coin, elle se change dos aux filles. Elle a honte de son soutien-gorge grisâtre sans armature. Vite, elle enfile un vieux tee-shirt militaire et ses baskets trop grandes. Les filles qui ont leurs règles s'enferment dans les toilettes, non par pudeur mais pour bien signaler qu'elles sont des femmes. Elles aiment se passer des serviettes hygiéniques sous les portes et froisser le papier qu'elles jettent en évidence dans la poubelle. Il y a celles qui sont pour les tampons et les autres qui ont peur d'être déflorées. Christophe demande aux filles de se dépêcher : le professeur les attend. Hystériques après son intrusion, elles gloussent comme des poules.

Bras dessus, bras dessous, elles rejoignent les garçons sur le stade, derrière le centre commercial. Le professeur enchaîne les phases de course et d'échauffements. « 10 talons-fesses, 10 montées de genoux, 10 sauts écarts, 10 moulinets de bras et on repart ! Allez la jeunesse, vous n'allez pas vous laisser dépasser par un vieillard comme moi. » Les élèves entretiennent la rumeur qu'il carbure à la cocaïne. Il doit se fournir à la cité de la Croix-de-Metz.

Monsieur Dupuy a ses favoris, Romy en fait partie. Il l'apprécie pour sa rigueur, sa ponctualité et sa discipline. Elle ne parle pas beaucoup et ne ménage pas ses efforts pour être la meilleure. Devant les autres, elle court à grandes enjambées, le regard droit devant elle. Elle brûle les calories de sa crise de boulimie de la veille. 8 foulées pour les œufs, 8 foulées pour la crème, 8 foulées pour les pâtes, 8 foulées pour le Nutella, 8 foulées pour la glace, 8 foulées pour le pain de mie… Les lèvres retroussées comme un chien enragé, elle grogne dans le vent. À pleins poumons, Romy respire l'odeur des sapins qui bordent le stade. Ils se sont bien étoffés depuis la tempête de 99. Son cœur palpite. Poum ta. Poum ta. Poum ta. Poum ta. Elle fatigue. « Ne t'arrête pas. Ne t'arrête pas ! » Romy se donne des ordres du matin au soir : « Mange, vomis, apprends, lis, nage, cours, remercie, souris, sois polie, punis-toi, fais plaisir, sois gentille. Pas d'histoires. Merciii ! »

Elle transpire. Front, nuque, torse, dos, aisselles trempés. Les autres élèves la rattrapent. Le bruit des pas est oppressant comme une marche militaire. Lucas tente de la dépasser. Il se colle à elle. Romy aimerait le pousser et griffer sa figure de blondinet. Elle ralentit le rythme et pose une main sur sa poitrine. L'élastique glisse le long de sa queue-de-cheval, elle le remet à son poignet.

Le vagin de France, le clitoris de France, l'anus de France, les seins de France, l'odeur de France, sa peau, ses différentes lèvres, son déhanché et sa façon de marcher, ses doigts et ses ongles orange corail, son parfum patchouli, ses sous-vêtements, sa musique préférée, son regard, son livre de chevet jamais ouvert, ses bijoux, son maquillage outrageux, son gel douche aux saveurs de vacances, sa brosse, son peigne, son gode : Romy se rappelle tout dans les moindres détails. Elle aura toujours neuf ans. Les caresses et les jeux de France sont ancrés dans son corps. Ses poils se hérissent. Elle a chaud et froid en même temps. Elle ventile son tee-shirt pour faire passer l'air. Dans son crâne, cogne le sang comme si elle avait un cœur à la place du cerveau. De première, elle passe à dernière. Monsieur Dupuy lui tapote le dos, « C'est bien ma grande, continue, encore un petit effort ! » et il rejoint le groupe.

Derrière le grillage qui sépare le centre commercial du stade, Romy aperçoit une femme qui ressemble à sa mère. Assise sur des palettes, elle fume une cigarette avec un homme. Sans énergie, elle s'approche et agrippe ses doigts à la ferraille rouillée. Oui c'est bien Hélène, son grand tee-shirt bleu au logo Cora dépasse de son manteau. Romy reconnaît Paco, le forain qui vend des sapins à Noël. Hélène semble heureuse, elle est différente. Légère et rayonnante. Pas à pas, Romy recule dans l'herbe mouillée et regagne la piste. Elle reprend le dernier tour avec les autres. Elle est au coude à coude avec Florine. Les garçons sont loin devant. Certaines filles ont abandonné et attendent le signal pour regagner les vestiaires. Même si Romy doit arriver dernière, elle termine le tour.

Elle attend que les filles se rhabillent pour se changer. Toutes s'aspergent de déodorant, elles se bousculent aux toilettes pour partager un bout de miroir et remettre du gloss. Elles se précipitent pour ne pas manquer leur bus. Dans les poches des sacs, elles se glissent des petits mots, se font la bise à plusieurs reprises et s'enlacent comme si elles se voyaient pour la dernière fois. Des « ma puce », « mon amour », « ma chérie » s'échangent dans une excitation proche de l'hystérie. La porte claque. Romy se retrouve dans la pénombre. À son tour, elle vide son déodorant. Vite, elle enfile son tee-shirt et un pull trop large qui descend sur ses mains. Trois tours d'écharpe pour dissimuler le bas de son visage. Direction le centre commercial avant de rentrer.

Deux paquets de Schtroumpfs gélatineux, un paquet de cookies et un de Pépito. Elle vérifie qu'elle a assez dans son porte-monnaie. Le prix d'une crise. Finalement, elle repose un paquet de bonbons. Elle vide des fonds de tiroirs et fait les poches de ses parents. Une fois, elle s'est servie dans le sac à main de sa mère qui s'en est aperçue. Hélène n'a rien dit. Elle déteste les conflits et se bat déjà assez avec Philippe. Au rayon hygiène, Romy s'arrête devant les tampons. Toutes ces boîtes colorées ressemblent à des pochettes-surprises. Elle examine chaque emballage : deux gouttes, mini, trois gouttes, normal, quatre gouttes, super. Avec applicateur ou sans applicateur. Dans la salle de bain chez France, c'était une boîte verte qui était posée sur l'étagère.

Elle l'attrape et cache les Schtroumpfs et les Pépito derrière les dentifrices en rayon. Elle renverse ses pièces sur le tapis, à l'opposé de la caisse n° 9. Sortie côté cafétéria pour être certaine de ne pas croiser sa mère.

17 h 30, Romy se dépêche de rentrer dans la nuit. Les odeurs du McDo lui donnent envie de se gaver de hamburgers, de frites et de nuggets. Ce soir, elle se contentera de pain de mie et de beurre. Peut-être reste-t-il du Kiri, plus doux pour la trachée. Derrière les portes du bâtiment A, les plats mijotent. Chez Romy, il n'y a pas de bruits, pas de vie. Dans sa chambre, elle dépose ses affaires. Sa mère l'a redécorée l'année dernière. À la place du masque de Belle, un grand drapé de Shiva aux tons ocre tombe jusqu'au sol. Romy l'a choisi au marché de Toul un mercredi matin. Elle dépose la lettre de Lena en évidence sur sa table de chevet pour se souvenir de lui écrire. Quelles photos lui envoyer ? Sur toutes, son visage est troué. Elle retire son jogging de son vieux sac de sport pour ne pas qu'il s'imprègne de l'horrible odeur de ses baskets et sort ses devoirs. Le pain de la cantine est réduit en miettes. Elle secoue son sac au-dessus de l'évier. Sa mère va bientôt rentrer, elle n'a plus le temps de manger, vomir et nettoyer. Elle s'énerve. Vite, elle court dans sa chambre et déchire le portrait de Lena à Marrakech. Romy la déteste déjà. Elle allume l'ordinateur. Jolicœurtatoué est en ligne.

— Salut. Excuse-moi pour hier. Je suis peut-être allé trop loin. Tu me pardonnes ? T'as l'air d'être une fille cool. Tu veux bien qu'on se voie ? Tu peux me faire confiance. On se parle depuis deux mois. T'es ok ?

Romy hésite. Le curseur clignote en attente d'un mot. Oui, non ? Avant la fameuse question, elle aimait lui parler tous les soirs après les cours. Il est différent des autres et l'accepte comme elle est. À lui, elle se confie, un peu. Il semble plus âgé. Il évoque ses concerts de metal et de hard rock, ses talents de dessinateur, son fils qu'il ne voit pas beaucoup. Sur MSN, il lui envoie les croquis qu'il réalise pour une bande dessinée sur le Toulois. Parfois, il lui montre des ébauches de tatouages : des lettres entremêlées, un prénom, un aigle, la tête de Johnny, des vierges sexy ou des fleurs. Il en rit. Finalement, il tatoue souvent la même chose. Après les cours, après les crises, après les ordres de son père, après les doléances de sa mère, grâce à lui elle s'évade. Sur ses lèvres, un sourire se dessine. Elle mouille. Cette sensation est aussi étrange qu'agréable. Les doigts sur le clavier tapent trois lettres : O. U. I.

Chapitre 16

Assise en chaussettes, cuisses écartées devant la glace de l'armoire, Romy regarde son clitoris et ses lèvres violettes. Elles ont la même couleur que la bouche de son père lorsqu'il boit trop de vin. Elle déteste ses poils pubiens bruns bouclés. Le temps a effacé la blondeur de l'enfance.

Aujourd'hui, Romy est seule. Hélène scanne les codes-barres à la caisse n° 9 et Philippe combat les rebelles en Côte d'Ivoire. Elle déteste le samedi et comble le vide par des crises de boulimie, des promenades dans le parc, ses leçons et ses chats avec Jolicœurtatoué. Entre un tatouage de fleur et une tête de Johnny, il lui raconte sa vie. Il adore parler de lui, de ses occupations d'adolescent attardé avant la naissance du « gosse ». Romy ne lui a jamais demandé son prénom ni celui de son fils. Elle sait déjà qu'il est brun aux yeux bruns, cela lui suffit. Cette relation fantasmée l'aide à se lever chaque matin pour supporter une journée identique à la précédente. Quand il y a du soleil, les heures défilent plus vite. Elle traîne au bord du canal, s'allonge dans l'herbe au niveau des écluses et attend le passage des bateaux. Tous ces coins, parsemés de seringues, de préservatifs usagés, appartiennent aux âmes errantes. Elle grimpe sur les remparts du port ou au-dessus du Théâtre du Moulin, le vide à cette hauteur lui donne un vertigineux sentiment de puissance.

Romy se renverse pour attraper la boîte verte sous son lit, à côté du paquet de Schtroumpfs mâchouillés qu'elle a oublié de jeter. Elle n'a pas encore ses règles, mais elle ne veut pas être prise au dépourvu. Elle revoit Adeline en CM1, marchant les jambes écartées avec sa serviette hygiénique. Sa poitrine est encore plus énorme, aujourd'hui qu'elle est en quatrième 1, la classe des cancres. Dans les toilettes du préau, elle montre ses seins pour cinq euros maintenant. Dix euros pour une fellation. Un vrai succès.

Elle nettoie ses mains au gel antibactérien avant de déchirer l'emballage. L'embout touche ses grandes lèvres. Elle est trop crispée, le tube ne s'enfonce pas. Elle mouille avec sa salive. France y engouffrait sa langue. Elle pousse sur l'applicateur pour dégager la ficelle. Avachie, cuisses écartées, lèvres ouvertes, culotte au sol, mains sur la moquette, elle se fixe dans la glace. D'un geste brusque, elle retire ses chaussettes poney. Un doigt dans le vagin, elle vérifie que le tampon est bien en place. Les poils autour de son nombril la dérangent, ceux de son sexe, de ses aisselles, le duvet au-dessus de sa bouche, autour de ses tétons aussi.

Elle prend le vieux rasoir posé sur le rebord de la baignoire et les ciseaux à ongles, s'enferme dans les toilettes et s'assoit sur la cuvette. Ses genoux touchent chaque côté du mur tant elle est ouverte. Elle se rase les poils de la vulve et de l'aine. Le rasoir posé sur la poubelle en inox rouillé, elle s'attaque aux poils de la vulve avec les ciseaux. Ils coupent mal. Elle s'y reprend à plusieurs fois.

La nuit, elle dort très mal. France s'invite et la menace. Quand elle se réveille en sueur, elle aperçoit son ombre sur le lit ou dans l'encadrement de la porte : un regard perçant, des lèvres pincées et un doigt sur la bouche. Hypnotisée, elle ne bouge pas jusqu'à ce que le mirage disparaisse. Elle a beau passer son visage à l'eau froide, France s'incruste comme une ritournelle : « Dans mon jardin, il y a une fleur qui s'appelle Biscarabis Carabos Soldat ! Si tu n'arrives pas à le répéter tu seras éliminée. Biscarabis Carabos Soldat ! »

Bientôt 11 h 30, Romy a déjà faim. Mais si elle mange maintenant, l'après-midi sera encore plus long. Jolicœurtatoué est-il connecté ? Elle veut lire des mots qui font rêver, des mots qui font oublier, des mots pour croire à demain. Absent. Ce week-end, il a son fils. Elle avait oublié.

Elle enfile sa doudoune noire et son bonnet, fait trois tours avec sa grande écharpe. Le porte-clefs africain dans sa poche avec les cinquante euros volés dans l'enveloppe destinée aux courses de la semaine, elle claque la porte.

La pluie fine perle sur sa doudoune. Elle se dirige vers les remparts, après les Grands Moulins, pour gagner le centre-ville. Surtout ne pas regarder à l'intérieur des bistrots place des Trois-Évêchés. Elle pourrait distinguer Jolicœurtatoué attablé avec son fils au café du Sport mais ils ne se sont encore jamais vus. Elle fuit la masse informe des buveurs de pintes pour entrer dans la pharmacie en se répétant la liste des médicaments : « Une boîte de Doliprane, du Donormyl et une boîte de Mercalm. » Elle fixe le stagiaire droit dans les yeux. Il termine son sandwich, des miettes sur son foulard. Le sac en plastique serré contre elle, elle file maintenant d'un pas rapide, direction rue Gambetta.

Les trois pharmacies sont séparées par deux salons de coiffure et un opticien. Seuls les coiffeurs, les opticiens, les boulangers, les auto-écoles et les pharmacies survivent ici. Les boutiques de vêtements et de lingerie, les papeteries et les restaurants gastronomiques déposent le bilan au bout de trois mois. Parfois un local vide sert de permanence à un parti politique le temps des élections. Dans la vieille ville, les volets restent clos comme dans une cité fantôme. Les vieux sortent seulement pour les besoins du chien. Les jeunes se planquent dans des maisons en ruine. Ils règlent leurs comptes entre eux ou jouent à qui fera le plus de bruit avec son scooter.

Chaque fois, Romy passe la même commande. Elle dissimule les boîtes sous sa doudoune, pour éviter les soupçons. Les pharmaciens ne sont pas très regardants. Les trois lui tiennent le même discours pendant qu'ils ouvrent les tiroirs : « Quel temps. Et ce n'est que le début. Comme c'est triste. On resterait bien chez soi… »

Bras croisés sur les médicaments, elle trottine dans les flaques. Baskets et bas de pantalon trempés, elle grimpe les marches trois par trois. Un coup d'épaule, la porte s'ouvre. Dans le verre Nutella décoré de pingouins, elle verse les quatre tubes de Donormyl et ajoute un à un les comprimés de Mercalm.

Il reste peu de temps avant le retour d'Hélène. Elle jette les emballages dans un sac pour le fourrer sous son lit. Une fraction de seconde, elle pense au visage de sa mère quand elle la découvrira. Et si la dose était insuffisante ? Elle ajoute l'intégralité du tube de Lexomil d'Hélène. Elle ingurgitera ensuite les Doliprane. Bientôt il ne sera plus question de se remplir, de vomir, de se faire saigner, de se cogner, de se mutiler, de guetter son reflet, de marcher jusqu'à l'épuisement. Elle oubliera son corps, ses seins, ses hanches, son ventre, son sexe, ses poils, France.

Le verre au bord des lèvres, une bouteille d'eau dans la main gauche, elle alterne une gorgée de médicaments avec une gorgée d'eau. Les comprimés collent au palais et butent sur les dents. Elle penche la tête en arrière, panique, s'étrangle, boit jusqu'à la nausée.

Les yeux exorbités, à quatre pattes sur le carrelage, langue pendante, elle recrache. Elle ramasse les comprimés un à un et les ravale avant qu'ils ne se désagrègent. Agrippée à la poignée du four pour se relever, les doigts crispés sur les pingouins, elle fait une pause avant d'engloutir les Doliprane. Son corps devient de plus en plus lourd, ses paupières se ferment, les bras tombent, la nuque penche, la respiration ralentit. Plus d'eau. Elle attrape la bouteille de whisky cachée sous l'évier. Le liquide amer fait glisser le dernier comprimé qu'elle avale tout rond. Elle remet la bouteille à sa place, se cogne le front sur le rebord de l'évier. Les pingouins sautent du verre. « Chut ! », « chut ! », « chut ! », font-ils en battant des ailes.

Agrippée aux murs, une main devant elle pour évaluer la distance, elle rejoint sa chambre, son lit. Elle tâte sa couette et tombe en avant, sa tête cogne contre le mur. Le choc résonne. Arcades douloureuses, nez écrasé, bouche ouverte, elle bave et glisse sur le côté. Sa tête pèse une tonne. Un oreiller entre ses cuisses, elle tente de tirer la couette sur elle, sans succès. Sa poupée en mousse tombe. Le ciel gris l'éblouit. Elle finit par s'enrouler comme elle peut. Elle suffoque. Son ventre ballonné gargouille. Elle caresse la peau tendue autour du nombril, s'arrête au niveau de son sexe répugnant. Comme elle aimerait le dissocier de son corps.

Elle flotte au milieu d'un étang, chatouillée par des têtards. Ses cheveux ondulent et ses bras se soulèvent au passage des carpes et des truites. Elle entend au loin des bruits de klaxons et des cris d'enfants. Son pouls bat lentement, son cœur ne cogne plus contre sa cage thoracique, il a sombré au fond du lit.

La porte d'entrée claque. Jésus et son buis tombent aux pieds d'Hélène qui dépose fièrement son bonsaï et l'arrosoir en fer achetés en promotion sur la table du salon. Jésus attendra. « Je suis rentrée. Qu'est-ce que tu veux manger ? » Pas de réponse. Elle s'affaire dans la cuisine. Soirée croque-monsieur. Il n'y a plus de gruyère. Quatre boîtes de Doliprane traînent sur le plan de travail. Hélène s'agite. Dans le couloir, elle ramasse les chaussettes poney. « C'est trop te demander de mettre ton linge sale dans le panier ? » Seuls les cheveux dépassent de la couette. « Tu dors ? Tu te sens pas bien ? » Elle soulève la couette. Romy est trempée de sueur et de bave. Elle lui soulève les paupières : « Romy, regarde-moi ! » Pas de réaction. Pas plus avec des gifles. Instinctivement, elle plonge sous le lit et trouve les boîtes vides.

Chapitre 17

Allongée sur les sièges, Hélène somnole. Elle a passé la nuit dans la cellule familiale à attendre des nouvelles. Livide, le visage bouffi, des poches sous les yeux, la veine saillante au milieu du front et des plaques dans le cou, elle pleure. Ses cervicales sont aussi raides que la lame d'une hache. Elle n'arrive plus à tourner la tête à gauche tant elle a guetté le bruit des sabots en plastique en direction de la porte. Les mouchoirs sont éparpillés sur la table basse au milieu des mots croisés gribouillés.

Longs couloirs, chambres impersonnelles, attente, manque d'informations, blouses blanches, équipe du matin, équipe d'après-midi, équipe de nuit, montres suspendues aux poches des infirmières, ton monocorde des médecins, sonnettes, odeur du gel antibactérien, pleurs, chariots, plateaux, repas à heures fixes, femmes de ménage, machine à café, fontaine à eau, distributeurs en panne, gens de passage égarés, visites, pronostics vitaux engagés, Hélène connaît. L'hôpital : sa seconde maison.

Combien de jours, combien de nuits a-t-elle passés ici, loin de Romy ? Aujourd'hui, le bon Dieu la punit. « Tu l'as désirée et mis ton couple en danger. Tu es tombée malade.

Tu n'étais pas là quand elle avait besoin de toi. Pas là non plus pour la consoler. Regarde-toi. Quel avenir lui offres-tu avec ton salaire de caissière ? Incapable. Bonne à rien. Regarde-toi ! Qui croyais-tu protéger avec ta croix et ton buis ? »

Les petites voix résonnent dans sa tête, impossible de les faire taire. C'est de sa faute, tout est de sa faute. « Et ton mariage ? Docile, soumise, tu le laisses faire sans dire un mot. L'alcool, les missions, pour lui tout est préférable à ton regard de cocker, de geignarde dépressive. Te voir te vider, comme tue-l'amour, il n'y a pas mieux. Et Paco ? »

Hélène tourne dans sa cage comme une louve et attend le verdict. Elle étouffe dans son gros manteau qu'elle n'a pas pris le temps de retirer. Des auréoles se dessinent sur son tee-shirt bleu. Si seulement elle pouvait prendre la place de Romy.

Les néons blancs. Dans l'entrebâillement de la porte, elle cherche à interpeller un médecin, une infirmière. Personne dans les couloirs. Dimanche, seules les urgences fonctionnent. Elle tourne en rond et se cogne le tibia contre l'angle de la table basse. Les mains sur les oreilles, elle étouffe le ronron de la machine à café, le grésillement des néons, le claquement de la serpillière. Sa tête lui fait mal. Elle n'arrive plus à penser. Le temps s'étire. Elle éclate en sanglots, la tête dans les genoux. Une infirmière la pousse vers la sortie. « Allez prendre l'air. On vous appellera. » Dans le hall, Hélène prend un Kit Kat au distributeur. Il lui faut du sucre pour tenir sinon elle se retrouvera dans le lit à côté de Romy. Elle mange en ravalant ses pleurs.

Devant l'hôpital, elle observe chaque fenêtre comme si Romy pouvait apparaître. Il fait encore nuit. Son manteau ouvert dans le froid glacial, elle fume cigarette sur cigarette. Sur son cou de moineau, ses veines se contractent à chaque bouffée. Elle expulse la fumée pour camoufler l'odeur de poisson. Elle déteste remplacer à la poissonnerie. L'odeur empeste encore ses doigts et ses cheveux. Son badge se balance toujours sur son nombril. Les minutes s'écoulent comme des heures. Avec ses clefs, elle gratte la mousse du muret qui se mêle aux mégots.

Les cloches de l'église Saint-Gengoult sonnent 6 heures. L'équipe de nuit quitte l'hôpital. Infirmières et aides-soignantes se détournent d'Hélène. Le malheur c'est contagieux. Ici, tout se sait. Une infirmière lui sourit discrètement avant de fouiller consciencieusement dans son sac. Hélène reconnaît Patricia à l'extrémité du groupe. Son ancienne camarade de classe évite son regard. La petite bande se disperse sur le parking.

« T'as pas une clope ? » Hélène lui tend le paquet. Son odeur la prend aux tripes. Son froc sous les fesses, Roger n'est pas méchant. C'est le clochard de Toul, une figure. Il délaisse Hélène pour rejoindre les femmes de ménage qui gloussent devant la porte de service. Leur café à la main, elles trempent les madeleines qu'elles n'ont pas distribuées aux patients. Elles blaguent sur les histoires de couples entre soignants avant d'enfiler charlotte, gants et surchaussures.

Hélène aimerait crier qu'elle est une bonne mère. Elle a toujours emmené sa fille chez le docteur Bencheikh au moindre symptôme, a surveillé ses vaccins, obtenu les certificats pour la danse et la natation. Jamais elle ne ferait de mal à sa fille.

Unité de soins intensifs. Derrière les vitres, Romy est allongée. La dernière fois qu'Hélène se trouvait de l'autre côté de la paroi, c'était après sa naissance avec un mois d'avance. Elle gigotait dans son pyjama rose, son bonnet trop grand pour elle. Hélène craquait sur sa bouche en cœur. Elle semblait ailleurs, comme aujourd'hui.

Son rythme cardiaque joue avec les courbes vertes de l'oscilloscope qui forment des vagues impressionnantes. Le lavage d'estomac l'a épuisée. Hors de danger. Des tuyaux dans les narines, une perfusion de glucose dans le bras : « Mon bébé », chuchote Hélène. Un interne l'éloigne : il faut qu'elle se repose. Il la tiendra au courant de son état. Elle ne veut pas quitter sa fille. Le jeune homme l'amène au poste de soins pour qu'elle se reprenne. Assise sur un fauteuil noir, elle se balance de droite à gauche et vide la boîte de mouchoirs posée sur le bureau. Elle les froisse et les met en boule dans les poches de son manteau. Les yeux fixés sur les carrés du plafond, une profonde inspiration, elle tapote son visage pour faire bonne figure. Agenouillé, l'interne tente de capter son attention. Hélène est troublée par la douceur de ses traits. Sa peau est lisse, aucune imperfection. Elle se sent vieille. Elle s'enfuit dans un sursaut, et sans ralentir s'enfonce dans la ville.

Hélène a contourné la place Ronde, elle ne veut croiser personne. Que dirait-elle ? « Romy est à l'hôpital, elle s'est suicidée. » Dans la poche de son manteau, elle tripote son téléphone. Elle passe ses doigts sur toutes les touches comme si par miracle ils allaient décider pour elle du numéro à composer. Son père ? Hélène préfère le préserver. Ses beaux-parents ? Jamais ils ne se sont intéressés à sa fille. Peut-être contacteraient-ils Philippe en Côte d'Ivoire. Hors de question. Sa cousine Élisabeth ? Sa fille Mathilde a le même âge que Romy. À Boucq, Élisabeth capte très mal, il y a peu de réseau au village. « Si tu m'entends, appelle-moi au magasin demain après-midi, ce sera plus simple », finit par dire Élisabeth avant de raccrocher.

Rue Michatel, Hélène s'arrête au « Rigny » pour acheter deux paquets de cigarettes et lire son horoscope dans un magazine. « Humeur : La sensation d'être impuissante. Ne vous découragez pas. Aujourd'hui, la vie vous met au défi. C'est le moment de prendre une décision radicale... » Hélène claque la porte en verre, les clochettes retentissent longtemps après son départ. Perdue sur le parvis de la cathédrale, elle regarde dans toutes les directions. Elle se fait klaxonner et insulter par de jeunes conducteurs.

Elle finit par envoyer un message à Paco. Elle n'a que lui. Depuis qu'ils se connaissent, Paco ne l'a jamais jugée et s'est toujours montré discret. Il ne pose aucune question sur sa vie. Ils sont toujours amoureux malgré les années. Mais qu'aurait-elle fait dans cette famille de forains ? S'occuper de trois ou quatre gosses dans une caravane ? Tenir le stand de pêche aux canards ou de barbes à papa et de pralines ? Elle avait rêvé d'un beau mariage, d'une grande famille, une vraie. Avec Paco, elle aurait quitté ses parents et tourné le dos à une vie toute tracée à Bois-le-Comte. Finalement, Philippe n'a été qu'un pis-aller, et elle s'est retrouvée dans un appartement réservé aux militaires, à élever seule sa fille avec un alcoolique.

Hélène pousse la porte en bois et trempe ses doigts dans le bénitier pour un signe de croix avant de s'asseoir dans le fond. Sa poitrine se soulève et retombe. Elle récite un Notre-Père les yeux fixés sur les vitraux.

La scène repasse en boucle dans sa tête. « Au fond à gauche », a-t-elle dit aux pompiers en bas de l'escalier. Sa voix est rauque, grave, venue d'ailleurs. Elle contient ses larmes face à l'urgentiste. « Allergies ? Médicaments ? Antécédents médicaux ? Diabète, asthme ? Son dernier repas ? Qu'a-t-elle ingurgité ? » Hélène répond mécaniquement. « Non. Non. Rien de particulier. Non. Non. Midi je pense. Tout ce qui est dans ce sac. » Au loin, elle entend : « Vous m'entendez. Si oui, ouvrez les yeux ou pressez ma main », « Son pouls est faible », « Intoxication médicamenteuse », « Pronostic vital engagé », « On la transporte », « Libérez le couloir ». Vite, elle attrape son manteau et son sac. Elle ne se voit pas fermer la porte à clef, se souvient juste des regards interrogateurs des voisins et des curieux aux fenêtres. Hélène monte à l'arrière. Elle serre la main de sa fille spasmodiquement, lui envoie un message en morse. La sirène à l'intérieur des remparts hurle dans toute la ville. Aux urgences, des brancardiers prennent le relais et stoppent Hélène devant les portes battantes. Elle accroche ses doigts aux rebords du hublot pour voir sa fille disparaître dans la lumière blanche des néons.

Une main touche son épaule. Elle ne se retourne pas tout de suite, ferme les yeux. Elle renifle l'odeur de l'huile et de l'essence. Elle attrape ses mains pour qu'il enserre son cou. Sa moto est garée devant la cathédrale. Elle veut rester près de l'hôpital si jamais on l'appelle et entraîne Paco vers le cloître.

Ils déambulent sur les pavés sans se parler, le regard dans des directions opposées. Hélène s'accroche à son bras et appuie sa tête sur son épaule. Elle scrute le ciel qui s'éclaircit enfin. Il est 9 heures, une odeur de café et de pain frais embaume la ville qui s'éveille. Elle glisse ses mains sous son blouson en cuir, lui réclame un joint. Il lui attrape les poignets et la coince contre un pilier. « Ta fille est à l'hôpital, ce n'est pas le moment de flancher », lui souffle-t-il. Hélène se dégage et le gifle.

— Pardon. Je suis désolée. Je ne voulais pas.

— Vas-y, frappe-moi. Cogne.

Son blouson jeté au sol, il bombe le torse. Les poings serrés, il lui montre qu'elle peut cogner. Hélène baisse les yeux. Elle ne peut pas. Il lui relève le menton tandis qu'elle essuie ses larmes et sa morve avec sa manche. Un coup faible sur son épaule.

— C'est tout ?

— Je ne suis pas une mauvaise mère.

— Plus fort.

— Je ne suis pas une mauvaise mère.

— Encore.

— Je ne suis pas une mauvaise mère.

Hélène l'assaille de coups. Quand elle atteint son buste, elle ferme les yeux et se rétracte. Paco la défie du regard. Elle le frappe jusqu'à s'en faire péter les phalanges, à bout de souffle. Paco attrape ses avant-bras avant qu'elle ne s'effondre. La tête contre son torse, ses jambes cèdent. Il la porte et l'allonge sur un banc au fond du cloître. Recroquevillée contre le mur, elle s'endort. Même dans son sommeil, elle pleure. Paco la protège de la lumière blanche qui se reflète sur les murs et le gravier des allées du jardin central.

Du coin de l'œil, il surveille Hélène en grillant une cigarette. Les cloches sonnent la fin de l'office. Il est midi. La sonnerie du portable retentit. C'est l'hôpital. Romy s'est réveillée.

Paco l'accompagne. Ils passent par les ruelles afin d'éviter la place Ronde. Elle court vers les portes coulissantes et se retourne un instant avant d'entrer dans l'hôpital. Il capte son regard une dernière fois.

Plus de Romy derrière la baie vitrée. « Où est-elle ? Où est-elle ? » hurle Hélène dans les couloirs. Une stagiaire tente de la calmer avant de la conduire à la chambre de sa fille. « Calmez-vous. Tout va bien », dit l'interne à l'autre bout du couloir.

Romy est allongée, attachée par des sangles aux barrières du lit. Les yeux dans le vague, elle déglutit, elle a soif. Hélène verse de l'eau dans un gobelet et l'incline doucement, mais l'eau tombe dans son cou. « Maman. Maman. Maman », hurle Romy. Elle frissonne, elle a peur. Elle tire sur les sangles. « Pourquoi j'ai des menottes ? Je dois partir, j'ai un contrôle demain. Tu aurais dû me laisser mourir. Je te déteste. » Elle fixe la fenêtre.

— Ma chérie, ma chérie… Que se passe-t-il ?

— Partez. Partez. Empêche le Tyrolien de chanter. Depuis tout à l'heure, il me nargue devant la fenêtre parce qu'il est dehors. Lalalaitou. Lalalaitou. Qu'il arrête. Fais-le partir. L'autre aussi.

Les pupilles dilatées, elle semble possédée. Elle se contorsionne pour se libérer. Avec ses dents, elle tente d'arracher le pansement de sa perfusion. Elle se débat avec ses hallucinations puis se calme, assommée par les médicaments. Sa mère la caresse entre les deux yeux comme lorsqu'elle était bébé. « Sors-moi d'ici maman, avant l'heure du goûter », chuchote-t-elle. Hélène ne répond pas. Ses douleurs au ventre reviennent. Elle s'éclipse dans la salle de bain, crache de la bile et rafraîchit son visage.

Péniblement, Hélène rejoint sa fille qui recommence à s'agiter et se débat dans ses draps. Ses poignets sont rougis par les sangles. « Ne me touche pas. T'approche pas de moi ! » hurle Romy. Les lèvres retroussées, elle montre les dents et se tord convulsivement. Des araignées grimpent sur son corps et pénètrent sa bouche. Elle sent leurs piqûres et le poison qui s'infiltre. L'interne explique qu'elle n'a pas encore éliminé tout ce qu'elle a ingurgité.

Rentrée chez elle, elle retrouve l'appartement en chantier. Jésus et son buis sur la commode, le jambon et la crème sortis pour la soirée croque-monsieur, le bonsaï desséché. À peine la porte fermée, Hélène s'effondre sur le canapé. Dans la nuit, elle se réveille plusieurs fois pour voir si Romy est dans son lit. Elle hésite à joindre Philippe en Côte d'Ivoire. Il a le droit de savoir. Mais comment lui dire ?

Chapitre 18

— Comment s'est passée votre grossesse ?
— Et l'accouchement ?
— Romy était-elle désirée ?
— Les premières semaines se sont-elles bien passées ?
— L'allaitement ?
— Avez-vous son carnet de santé ? Je voudrais voir les courbes de croissance.
— Le père s'est-il investi auprès de l'enfant ?

Hélène répond aux questions du professeur Lévy. La caissière et l'homme de science sont séparés par une table en formica. Il note les informations sans la quitter du regard. L'encre de son stylo Montblanc dessine le portrait de Romy et retrace sa vie depuis sa conception. Enfoncée dans son siège, Hélène croise et décroise ses mains, elle pèse chaque mot et mesure l'importance des silences.

Derrière ses grosses lunettes rondes, le psychiatre scrute ses lèvres. Elle balbutie, s'emmêle dans les dates, regarde le plafond à chaque fois qu'elle cherche dans ses souvenirs et se racle la gorge entre deux phrases. Quand elle hésite sur un mot, elle se mord les lèvres et arrête de respirer.

Ce matin, elle s'est préparée comme pour un entretien d'embauche. Elle a choisi un chemisier blanc qu'elle a fait dépasser sous un pull et un pantalon de costume. Un serre-tête en velours retient ses cheveux. Elle a étalé sur son visage un fond de teint hâlé et s'est aspergée de déodorant. Quelques gouttes de parfum sur les poignets pour lui donner confiance. Sa petite croix, héritage de sa mère, est cachée à l'intérieur de son pull.

Cernée au milieu des statuettes et masques africains, Hélène pense à Philippe. Il en a déjà rapporté des objets de ce style, surtout des animaux : des girafes et des éléphants. Ils sont dispersés dans l'appartement entre deux hélicoptères, mais dès qu'il repart en mission, elle les range.

Ceux du professeur Lévy sont de vraies œuvres d'art achetées à des galeries parisiennes. Il possède des reproductions de photos de la cour des « aliénées tranquilles » à la Salpêtrière. Chercheur avant tout, il parcourt le monde pour étudier les cas de catatonie aiguë et signe des articles scientifiques.

Sur son bureau, des piles de livres traitent des états limites, de l'autisme, de la schizophrénie, des troubles bipolaires, de l'hyperactivité, et autres psychoses et névroses. Les noms des maladies flottent dans l'air dans l'attente de se poser sur un patient comme une pluie fine. Certains titres troublent Hélène. Est-ce que sa fille est une malade mentale ? Si tout allait bien, elle ne serait pas dans ce bureau. À la différence des soignants, le professeur Lévy ne porte pas de blouse. Son style loufoque est minutieusement travaillé. Rien n'est laissé au hasard. Frustré de ne pas l'être à temps complet, il adore se faire passer pour un artiste déjanté. À ses heures perdues, il sculpte un tronc d'arbre qu'il a fait venir de Grèce.

Hélène demande un verre d'eau. Elle a la bouche sèche et les mains moites. Son pantalon colle à la peau.

« Quels sont les proches qui se sont occupés de Romy ? » La question du professeur Lévy tangue à la surface du gobelet et éclabousse l'esprit d'Hélène. La main sur le front, les yeux fermés, elle liste les personnes qui ont passé du temps avec sa fille.

— Son père, son grand-père, et moi.
— Personne d'autre ?
— Non. Enfin, les institutrices, les maîtres, les assistantes de vie scolaire.
— Quand ? À partir de quel âge ?
— Je ne sais pas. Depuis qu'elle est petite. À neuf ans, c'est surtout Philippe et mon père qui l'ont gardée. J'étais hospitalisée.

Le professeur Lévy l'interroge froidement. Il recherche l'indice, la faille qui lui permettra de résoudre l'histoire : pourquoi Romy a-t-elle voulu mourir ?

— A-t-elle souffert de votre absence ?
— Comment l'a-t-elle vécue ?
— Un sentiment d'abandon peut-être ?
— A-t-elle manifesté des signes de révolte ?
— Y a-t-il eu des accidents domestiques ?
— Comment s'est passée sa scolarité ?
— Romy a-t-elle de bons rapports familiaux ?
— Est-ce qu'elle communique facilement ?

— A-t-elle des troubles du sommeil ?
— Avait-elle des amis, petite ?
— Était-elle souvent invitée ? Anniversaire ?
— Vous a-t-elle parlé de choses qui vous ont surprise ?

Une avalanche de questions et de soupçons s'abat sur Hélène. Elle cherche à quel moment elle aurait pu commettre une erreur.

Elle enrage. Cet homme lui fait perdre la tête. Elle aimerait lui dire : « Vous croyez que c'est simple d'élever une enfant seule ? Est-ce que c'est vous qui étiez à ses côtés pour soigner ses bobos, pour l'aider à surmonter ses échecs, pour lui raconter des histoires, pour la rassurer quand son papa partait à la guerre, pour lui expliquer ce qu'il faisait en Afrique ? Est-ce que c'est vous qui tous les jours lui avez répété qu'il faut faire attention aux dépenses et que vous ne pouvez pas lui offrir ce dont elle rêve ? »

Le professeur Lévy la laisse reprendre ses esprits. Il tire un mot après l'autre et émet des hypothèses, des doutes. Doucement, sûrement, son questionnement s'immisce dans sa tête. Hélène panique. Le sang cogne fort dans sa carotide, son pouls s'accélère, des gouttes de sueur perlent sur son front.

Sa place est auprès de sa fille. Elle veut la rejoindre, la prendre dans ses bras, lui répéter qu'elle sera toujours là. Elle s'avance sur le bord de sa chaise et se lève pour clore l'entretien. Le professeur Lévy n'est pas de cet avis.

— Le suivi médical avec son médecin traitant était-il régulier ?

— Et vous, comment allez-vous ? Votre mari ? Votre couple ?

— Romy a-t-elle eu des traitements médicaux ?

— Surveillez-vous son alimentation ? Combien de calories par jour ?

— Pensez-vous que votre relation soit trop fusionnelle ?

— Comprenez-vous ce qui se passe pour Romy ? Voyez-vous une explication à ce geste ?

— Y a-t-il eu un premier amour ?

— Est-ce que quelqu'un aurait pu la mettre en difficulté ? Pensez-vous qu'elle aurait pu être victime d'une agression ?

Écarlate, Hélène serre les poings. Des images, des scènes, des paroles se succèdent dans sa tête et se cognent dans un bruit de glaçons que l'on décongèle du bac. Ce n'est pas possible. Elle l'aurait vu si sa fille avait subi des attouchements. Même si le professeur enrobe ses mots dans du papier bulle qui éclate à chaque seconde, il parle d'agression sexuelle.

Impossible de passer à côté. Elle aurait su la protéger. Mais elle n'était pas là pendant plusieurs mois… Philippe, oui. Il en voit des choses en Afrique. Il en fait aussi. Hélène absente dans le lit conjugal, alors que Romy, présente dans la chambre en face.

En sortant, elle se cogne contre la fontaine à eau et retient de justesse le bidon qui se balance. Dans sa tête, elle insulte Lévy.

Perdue dans les couloirs de l'hôpital, elle se trompe de direction.

Philippe ne peut pas avoir abusé de Romy. Il a ses défauts, mais c'est son père. Elle ne peut pas s'être trompée à ce point sur lui. Qui s'est occupé de sa fille ? Qui s'est approché d'elle ? Qui l'a touchée ? Un proche ? Un enseignant ? Un inconnu dans le parc ? Un voisin ? Philippe ? Impossible d'enlever cette idée de sa tête. S'il boit c'est pour oublier. Oublier quoi ? Jamais Romy ne veut rester seule avec lui. Elle ne se réjouit pas de ses retours de mission. Elle ne le regarde pas dans les yeux et ne reste pas plus de cinq minutes dans la même pièce que lui. Elle a peur de ses réactions si elle a une mauvaise note. Elle cherche à être la meilleure à la natation pour lui faire plaisir. S'il élève la voix, elle se protège derrière ses bras. Elle s'excuse avant même de parler, a toujours peur de le déranger, marche sur la pointe des pieds. C'est une évidence. Philippe touche Romy. Non. Si. Non.

Hélène n'a pas le courage d'aller voir Romy. Elle fume cigarette sur cigarette sans en terminer aucune. Elle traverse les Promenades en courant.

Arrivée à l'appartement, elle se dirige immédiatement vers la chambre de sa fille et ramasse tout ce qui traîne sous son lit. Rien. Des anciennes Barbie, des paquets de gâteaux, des Schtroumpfs mâchouillés, une boîte de médicaments oubliée. Elle ouvre son placard et jette ses vêtements sur le lit. Elle passe sa main dans le fond de chaque casier. Rien. Des petits mots, des autocollants, des bracelets brésiliens et des fils de scoubidou. Elle fouille dans son sac de cours et vide sa trousse. Rien. Des cahiers, des dessins, des emballages de chewing-gum, du papier à lettres Diddl, une photo de sa correspondante déchirée.

Assise par terre, Hélène crie et frappe des paumes sur la moquette. Elle n'a rien trouvé qui inculperait Philippe.

Elle est couchée, ses yeux fixent la table de nuit. Elle y trouve différentes notes : la liste des calories que Romy ingurgite jour après jour, des objectifs à atteindre, des récompenses à obtenir en fin de semaine, un carnet vierge, des stylos à paillettes, un baume pour les lèvres et du maquillage que Romy lui a volé. Il y a aussi un string orange fluorescent. Acheté sur le marché pour essayer ? Elle arrache le tiroir et verse le contenu : un compas, des tubes de laxatifs vides, des photos de stars rachitiques, des collages de coupes de cheveux qu'elle voudrait se faire, une brochure du planning familial, un article sur le dépistage du VIH et un catalogue de gélules pour un bronzage naturel, une belle peau, des ongles fortifiés, maigrir, avoir un ventre plat. Romy cache forcément quelque chose. Mais où ? Sa fille a grandi et elle ne la connaît plus.

Hélène se remémore tous les séjours de Philippe à l'étranger. Elle essaye de se rappeler des dates précises, anniversaires, fêtes d'école, repas de famille. Comment était Romy à ce moment ? Philippe était-il avec elles ou en mission ? Romy était-elle joyeuse ou triste ? Amochée, un œuf sur le front ou normale ? Elle recolle des pans de leur vie, devine ce qui a pu se passer pendant ses absences.

Minutieusement, lettre après lettre, elle examine le répertoire à côté du téléphone. Sur chaque nom de famille, elle met des visages, se souvient des circonstances de la rencontre, de l'époque. Elle déchiffre les noms raturés. Elle crayonne des inscriptions effacées pour faire ressortir des adresses, des numéros de téléphone. Il y a tant de personnes qui ont déménagé. Familles de militaires. Tout lui paraît si loin. Elle contacterait bien Philippe en Côte d'Ivoire, mais elle sait aussi qu'ils seront sur écoute. Elle pourrait ruiner sa carrière. Elle attendra son retour. C'est pour bientôt.

Si elle était Romy, où planquerait-elle ce qu'elle n'a pas envie que sa mère découvre ? Quel serait l'endroit le plus sûr ? Au plus près d'elle. Toujours contre elle. Aussi bien le jour que la nuit. L'oreiller. Vite, elle enlève la taie, ouvre la fermeture éclair du coussin. Il n'y a plus de ouate, mais une quantité incroyable de photos. Toutes de France et Éric. Son ancienne voisine est magnifique dans son maillot de bain deux pièces à côté de son mari. Quand elle souffle ses trente bougies. Dans sa robe de mariée. Devant le sapin, avec toute sa petite famille. Assis tous les deux dans une barque. Accroupis devant des rosiers.

Sur chaque photo la tête d'Éric est gribouillée ou découpée. Au milieu de cet amas d'images, quatre photos de photomaton. Romy est assise sur les genoux de France. Elle porte une couronne et l'embrasse sur le coin des lèvres. Cette image dérange Hélène. Elle n'aime pas l'attitude de France : son clin d'œil et la façon dont elle plaque la fillette contre elle. Pourtant Romy lui a beaucoup parlé de cette fameuse journée à Nancy quand elle était à l'hôpital. Oh combien elle avait été jalouse de France. Elle se souvient d'avoir eu peur qu'elle prenne sa place.

Pourquoi avoir volé et caché ces photos ? Pourquoi les avoir gardées ? Pourquoi avoir supprimé le visage d'Éric ?

Romy est assise dans son lit. Elle n'est plus attachée par des sangles. Les cinq derniers jours se sont écoulés sur le même rythme : prise de sang, analyse, pesée, un cachet de potassium, visite matinale du professeur Lévy et de ses internes, garder le silence ou donner peu de réponses, toilette, repas, sieste, visite de sa mère, mal à la tête, télévision, somnoler, lecture, huit pompes, boire beaucoup, dormir quatre heures dans la nuit, se masturber.

On la flique. On la traque. Chaque geste, chaque réaction, chaque battement de cils est interprété comme un signe. Elle devient paranoïaque et a peur d'être filmée, y compris dans la salle de bain. On lui interdit de tirer la chasse d'eau après être allée aux toilettes et on lui demande d'attendre une heure avant de s'y rendre après un repas. L'infirmière, une rousse à l'accent de l'Est, analyse ses plateaux et note ce qu'elle a mangé ou laissé. Elle revient dans l'après-midi pour lui demander de choisir les menus du lendemain. Ensemble, elles cochent les cases. Romy opte à chaque fois pour un plateau végétarien. Avec le dos de sa fourchette, elle écrase les légumes et les cache sous un croûton de pain. Il est plus difficile pour l'infirmière de jauger la quantité ingurgitée. Dans l'entrebâillement de la fenêtre, elle a essayé de jeter une partie de ses repas, mais l'ouverture sécurisée n'est pas assez grande, elle se coince la main. Alors, elle propose à sa voisine le fruit ou le yaourt. Elle récupère l'épluchure et le pot quand elle s'absente dans la salle de bain, assez fière de son petit manège.

Son envie de faire une crise la démange. Entre ces quatre murs, elle est obligée de se contrôler 24 heures sur 24. Obsédée par la nourriture. Se concentrer lors des entretiens médicaux lui demande beaucoup d'énergie. Cela la fatigue. Il lui est impossible de se réfugier dans la musique. Les écouteurs sont bannis, les soignants ne lui font pas confiance : elle pourrait s'étrangler avec le cordon. Quand sa mère lui a apporté des baskets pour sortir dans la cour, ils ont immédiatement retiré les lacets.

Constipée, elle n'est pas allée à la selle depuis le début de son séjour. La balance ne l'épargne pas. Elle est persuadée d'avoir pris deux tailles.

Dans la glace de la salle de bain, elle rentre son ventre le plus possible, mais il n'obéit pas. Derrière le cou, elle se griffe pour se punir et enfonce ses ongles jusqu'à obtenir un dépôt rouge sous ses ongles. Elle aspire ses joues pour mieux voir son ossature. Elle a demandé des laxatifs mais ils lui ont donné des pruneaux.

L'heure des repas est un véritable supplice. Tiraillée entre l'envie de tout manger et de ne rien toucher. Elle est fière d'elle quand elle n'avale rien et ressent ce vide immense et viscéral. Plaisir organique puissant. Toute son attention est focalisée sur ce contrôle. Persécutrice de son propre corps, elle se montre d'une rigidité effroyable avec elle-même.

Sous les draps, elle touche ses seins qui remplissent ses mains. Elle ne les a pas vus grossir. Ses rondeurs de femme l'irritent, elle est choquée par cette peau douce qui témoigne d'une sensualité naissante, d'un corps fait pour désirer et être désiré, pénétré. Ses fesses, ses hanches, son bassin la trahissent.

Les poils de son sexe ont repoussé. Ils sont courts et drus. Ils piquent et traversent le tissu de sa culotte. Elle passe sa main dessus, elle les sent dépasser, les attrape de l'autre côté et les tire. Cette douleur est agréable et lui procure un plaisir qu'elle prolonge par un frottement rapide avec la paume de sa main. Son sexe est chaud et humide. Elle enfonce sa tête dans l'oreiller pour étouffer sa respiration de petite jouisseuse. Elle soupçonne sa voisine d'en faire autant en plein milieu de la nuit.

Elle glisse les doigts à l'intérieur de son vagin pour mouiller sa vulve et retrouver les mêmes sensations que lorsque France lui crachait dessus. L'index, le majeur, l'annulaire. Elle les enfonce le plus loin possible. Sa main et son sexe lui font mal. Impossible de dire lequel est le plus douloureux. Un jour, elle le sait, elle y engouffrera tout son poing. Elle sait aussi qu'elle ne ressentira du plaisir que dans un immense déchirement physique et psychologique.

Elle effectue de petits mouvements rotatifs sur son clitoris. Elle le presse, le malaxe, accélère, ralentit, le tord, le tire, le triture, le torture, s'arrête avant l'orgasme, recommence. C'est un jeu. Mais quel jeu ? L'image des seins de France revient comme un boomerang. Elle se revoit lui lécher les tétons et les prendre à pleine main.

Entre l'index et le pouce, elle pince en cadence son bouton. Elle grogne comme un animal sauvage. Sa culotte est trempée. Un liquide chaud et visqueux coule le long de ses cuisses. Elle remonte sa main qu'elle fait glisser sur son ventre jusqu'à la base de son cou comme pouvait le faire France.

Ses doigts sont rouges, presque noirs. Romy baisse son regard en direction de son entrejambe, les draps sont imprégnés de sang. Elle comprend soudain. Elle contracte les muscles de son périnée pour tenter de retenir ses règles. Elle pleure. Elle ne sera plus une petite fille, celle que France aimait.

L'infirmière apporte la collation de l'après-midi : un jus de fruits et une madeleine. Sur la table de chevet, elle dépose le goûter et enlève les draps sales en silence. Elle l'emmène à la salle de bain et se met sur le côté pour que sa voisine ne puisse pas voir son pyjama taché.

Dans la douche, le sang éclabousse le lino. Romy profite du bruit de l'eau pour pleurer sans se retenir. Elle aimerait se fracasser la tête contre les murs. Le jet frappe sa peau qui forme des cratères tant la pression est forte.

Quand elle revient de son côté, une couche est déposée sur son lit. À l'hôpital, il n'y a pas de tampons, et l'infirmière n'a pas trouvé de serviettes hygiéniques, seulement des couches. Romy l'enfile et déballe un nouveau pyjama en papier encore sous plastique. Elle s'allonge dans le lit et tire le drap par-dessus sa tête.

Chapitre 19

Des bouts de paille tombent sur le carrelage. Romy gratte la chaise lorraine avec ses ongles. Déjà deux semaines qu'elle la dépiaute depuis son retour à la maison. Elle passe ses journées à la table de la cuisine, et regarde sa mère ranger l'appartement avant le retour de son père.

Philippe doit arriver aujourd'hui ou demain de Côte d'Ivoire. La date de retour n'est jamais précise. Elle a fait un saut à Cora pour se trouver une jolie nuisette vert d'eau à dentelle. Fendue sur le côté, elle laisse apparaître la fesse droite.

Paco a installé son stand de sapins à côté des Grands Moulins. Noël approche à grands pas. Ces fêtes n'ont pas la même saveur que celles des années précédentes. Elles ont un goût de mensonge, de trahison, de secrets honteux.

Hélène s'est mise en arrêt maladie pour surveiller sa fille. Elle ne lui fait plus confiance. Cache-t-elle d'autres photos, d'autres secrets ? Sans arrêt, elle l'appelle pour s'assurer qu'elle est bien en vie. Romy n'a plus le droit de s'enfermer dans sa chambre et les toilettes doivent rester entrouvertes quand elle y va. Hélène arrête de passer l'aspirateur, d'écouter la télévision, même de respirer au moment où Romy lève la cuvette. « Ça va ? » ne peut s'empêcher de crier sa mère quand elle dépasse le délai acceptable. « Ça va ? » : deux mots qu'elle prononce vingt fois par jour sur le même ton, aigu et larmoyant. Hélène se montre douce, compréhensive, puis ferme, menaçante. Punitions et récompenses s'enchaînent. Elle appréhende les réactions de sa fille. Une fois, elle l'oblige à terminer l'assiette, la fois suivante, elle l'autorise à sauter un repas. La psychologue du CMP, une grande brune, sûre d'elle et sans enfant, lui dit d'adopter une position calme et bienveillante. Oui, mais comment ? Hélène déteste ces rendez-vous obligatoires. Mais elles n'ont pas le choix. C'était la condition du professeur Lévy pour que sa fille quitte l'hôpital.

Romy est hypersensible, la moindre remarque ruine sa journée. Un jour, elle est un bébé sans défense, elle n'arrive pas à se relever. Le lendemain, elle se montre violente et se décharge sur Hélène en reproches, insultes, provocations. Une fraction de seconde suffit pour que règne un climat apocalyptique. Elle malmène Hélène, joue avec ses nerfs. Elle s'en veut, mais ne peut pas s'en empêcher. Finira-t-elle par l'abandonner elle aussi ? Pourquoi a-t-elle appelé les pompiers ? Pourquoi ne l'a-t-elle pas protégée ? Romy voudrait débrancher la machine pour échapper à son corps et à sa tête, perdre conscience encore une fois. Se déconnecter de la réalité, s'étourdir avec des médicaments, ne plus noter tout ce qu'elle ingurgite. Pomme : 52 kcal, haricots verts : 25 kcal, maïs : 108 kcal, blanc de poulet : 100 kcal, thon : 144 kcal, fromage blanc 0 % : 67 kcal, coquillettes : 122 kcal, pain de mie : 288 kcal, Nutella : 547 kcal, Big Mac : 503 kcal, grande frite : 448 kcal…

Le monde extérieur lui fait peur. Elle n'est pas retournée au collège malgré la carte des élèves : « Bon rétablissement », « Repose-toi bien », « À bientôt ». Romy ne se fait pas d'illusions, elle sait pertinemment que l'initiative vient de son professeur principal.

Comment sa mère a-t-elle justifié son absence au collège ? Romy ne pose aucune question et Hélène ne lui dit rien. Elle se contente de lui donner les leçons déposées par Florine dans sa boîte aux lettres.

La tasse de chocolat fume devant elle. Pour la tenir, elle l'attrape avec les manches. Elle hésite à ajouter de la chantilly (257 kcal), une demi-bombe, mais elle sait qu'elle culpabilisera à la dernière goutte avalée et qu'elle ira vomir. Les boissons chaudes sont le plus simple à régurgiter. Deux doigts dans la bouche et le jet sort aussi puissant qu'un torrent.

Romy alterne entre anorexie et boulimie pour se maintenir à 45 kg et éviter ainsi les remarques de sa mère : « On va devoir t'alimenter avec une perfusion si ça continue. » Ce contrôle continu l'empêche de se concentrer, de réviser, de parler, d'être présente. Elle fait beaucoup de sport : des séries de pompes et d'abdos plusieurs fois par jour. Elle court au bord du canal jusqu'au pont Sainte-Catherine. Là, elle attend qu'un train passe pour hurler sa rage.

Elle espère vite perdre les deux kilos pris à l'hôpital pour passer sous la barre des quarante. 39 kg : elle se sentirait mieux. Sa mère la suit pas à pas, la guette du coin de l'œil, essaye de la prendre en flagrant délit. Dès qu'elle a le dos tourné, Romy dévalise les placards ou commande avec l'argent volé deux ou trois hamburgers au McDonald's. Elle mastique en vitesse et recrache dans les boîtes. Le simple fait de mâcher satisfait pour quelques heures son envie de se remplir et de se vider. Elle rêve de s'enfiler une pizza quatre fromages, un kebab, une montagne de nems, des frites, des pâtes, du Nutella.

Dans les placards, il y a de moins en moins de tentations. Hélène cache le chocolat et les sucreries et achète des légumes, du jambon et des yaourts 0 %. Haricots verts, tomates, maïs : pas de quoi faire une crise d'envergure.

Elle regarde Romy. Adossée au plan de travail, Hélène attend l'eau pour sa bouillotte. La maladie de Crohn est de retour. La cortisone l'apaise. Pour l'arrivée de Philippe, elle se doit d'être en forme et de faire bonne figure.

« Victime d'une agression. » Ces mots se perdent dans une cascade d'images pornographiques. Des nuits qu'elle voit Éric enfoncer son sexe en Romy, ses mains la toucher, sa langue parcourir son corps. Des heures à ne pas dormir et à se réfugier sur le stand de Paco pour tenter de reconstituer l'histoire. Elle repense à toutes les fois où Romy se brossait les dents à n'importe quelle heure du jour et de la nuit, les innombrables bains et la quantité de gants de toilette utilisés, sa peur quand le téléphone sonnait, sa façon de vérifier que les verrous de la porte d'entrée étaient bien fermés. Elle n'a rien vu, n'a rien voulu savoir. Ce genre d'histoire, ça n'arrive qu'aux autres, ce sont des faits divers racontés dans *L'Est républicain* ou au JT. Pas dans une famille comme la leur. Ils ne sont pas des cas sociaux.

« S'il rentre en métropole, je lui règle son compte », lui a dit Paco hier soir, après avoir fumé un joint. Oui, Hélène veut se venger. C'est une obsession. Éric a volé l'enfance de sa fille. Les photos trouvées dans la chambre de Romy sont assez parlantes. France a toujours exhibé sa sexualité débridée avec Éric. Lors des soirées de vente à domicile, elle aimait raconter ses histoires cochonnes.

Une bière à la main, France se donnait en spectacle au milieu du cercle de femmes. Il lui arrivait après quelques bières et surtout une bouteille de vin rouge d'allumer certaines femmes, de faire allusion à de potentielles parties de jambes en l'air avec leurs conjoints respectifs. France était une femme libérée. Et si elle était l'appât d'Éric pour assouvir ses fantasmes ? Quand elle était malade, Romy passait beaucoup de temps chez eux et Éric était souvent présent. Comment n'y a-t-elle pas pensé quand le professeur Lévy lui a demandé qui s'était occupé de sa fille ?

Les mots aux bords des lèvres, Hélène hésite à poser la question qui l'empêche de vivre. Elle doit savoir pour se soulager, se prouver qu'elle s'est trompée et que sa fille fait juste sa crise d'adolescence. Hélène tourne en rond comme un chien devant sa gamelle vide. Elle peut encore se taire. Les jours passeront et on fera comme si de rien n'était. Comme si Romy n'était pas allée à l'hôpital, comme si elle ne vomissait pas. Comme si elle n'avait pas trouvé les photos. Philippe n'en saura rien. Enfin tous les trois réunis.

« Est-ce que quelqu'un t'a fait du mal ? » Romy sort de ses pensées, elle n'arrive pas à parler. Un regard vers la fenêtre, un autre vers la porte : elle doit sortir. Qu'est-ce qui lui prend ? Comment répondre à cette question alors qu'elle-même n'en sait rien ? N'a-t-elle pas ressenti du plaisir ? N'éprouve-t-elle pas une douce chaleur quand elle songe à tous ces moments avec France ? Sa culotte mouillée prouve qu'elle a aimé, non ? Sa peau senteur patchouli, son haleine mentholée, ses caresses et ses griffures, sa salive, sa chevelure rousse qui la chatouille, sa respiration, ses baisers : est-ce qu'elle regrette tout cela ?

Romy ne dit rien, elle fixe son chocolat froid. Hélène s'assoit à côté d'elle, appuie sa main sur son épaule et dégage ses cheveux derrière ses oreilles pour mieux voir ses réactions. « Je suis ta maman. Je m'inquiète. Je t'en prie parle-moi. » Romy déteste quand sa mère prend cette petite voix chevrotante. Elle aimerait la secouer, la provoquer au couteau. Elle a peur de devenir comme elle : dépendante d'un homme, sans caractère, sans ambition. Marre qu'elle fasse semblant d'être épanouie. Ras le bol de sa décoration et de ses plantes vertes. Si fragile avec sa maladie. Si fébrile face à Paco. Non, elle ne sera pas une copie d'Hélène. Plutôt mourir.

Romy plaque ses mains sur ses genoux pour les empêcher de trembler. Elle garde le silence et enfonce ses canines dans sa lèvre inférieure. Hélène caresse son dos. Elle sent les mains de sa mère passer sur les bretelles de son soutien-gorge. Cela la dérange. Elle se retient de lui donner un coup de coude. Elle comprend son père et son besoin de se noyer dans un verre de whisky plutôt que de faire face à cette petite chose fragile. Hélène entortille ses doigts dans les longues boucles.

— Arrête. Lâche-moi, crache Romy.

— Nous devons parler, ma chérie.

— Pour quoi faire ? Tout va bien. Lâche-moi, je te dis.

— J'ai compris pour Éric. J'ai trouvé les photos. Je sais tout.

— Tu as fouillé ma chambre ?

Romy se lève et va s'enfermer dans sa chambre en claquant la porte si fort qu'un des carreaux se brise. Maintenant, il n'y a plus de doute : Éric a abusé de sa fille. Elle n'a pas démenti. Vite, il faut remettre de l'ordre. La journée avance et Philippe est susceptible de rentrer.

Derrière la porte, Hélène parle à Romy. « Nous devons porter plainte. On t'a fait du mal. Romy, s'il te plaît, réponds. »

En boule dans son lit, Romy se bouche les oreilles. Dans mon jardin, il y a une fleur qui s'appelle Biscarabis Carabos Soldat ! Si tu n'arrives pas à le répéter tu seras éliminé. Biscarabis Carabos Soldat !

Que fait France ? Où est-elle à cette heure ? Sur une plage de sable fin ? A-t-elle aimé ou touché une autre petite fille ? Si Romy la croisait demain dans la rue, la reconnaîtrait-elle ? Que ressentirait-elle ? Est-ce qu'elles reprendraient l'histoire là où elle s'est arrêtée, un doigt sur sa bouche le jour de ses dix ans ? Est-ce que France accepterait ce nouveau corps avec sa poitrine, des hanches, des fesses, des poils, des règles, des odeurs différentes de celles de l'enfance ? Combien de fois Romy s'est-elle posé toutes ces questions ? Elle les chasse de son esprit, mais toujours elles reviennent comme le refrain d'une douce mélodie, celle qui berce l'ennui et comble le vide.

Hélène jure de trouver un bon avocat. Romy gagnera le procès et Éric payera pour son crime. Tout rentrera dans l'ordre. Elle se perd dans un monologue, fait les questions et les réponses. Romy se presse le crâne entre ses mains de toutes ses forces. D'un bond, elle ouvre la porte et crie :

« Mêle-toi de tes affaires. Va retrouver ton Paco et laisse-moi tranquille ! »

La nuit est tombée. Dans le salon, Hélène allume des bougies et la guirlande électrique du sapin. Elle réajuste les animaux de la crèche qui ne tiennent pas debout et ajoute de la fausse neige sur les boules. Tout est prêt dans la cuisine, reste à enfourner le gratin et cuire l'entrecôte. Patrick Sébastien présente *Le Plus Grand Cabaret du monde* pendant qu'elle découvre le lit, pose sa nuisette sur le radiateur, se lime un ongle cassé et se met du rouge à lèvres. La vie reprend son cours. Romy, installée devant l'ordinateur, chatte avec Jolicœurtatoué. D'un accord tacite, elles ne diront rien. Elles oublieront tout ce qui s'est passé. Hélène jouera le rôle de la mère et de l'épouse parfaite, Romy celui de la fille, l'adolescente qui n'aime pas la vie. Un classique.

Derrière la porte un bruit de raclement de gorge, puis une toux sèche. La clef dans la serrure. Philippe est là, en uniforme. Il porte encore son béret bleu marine. À ses pieds un gros sac kaki. Les cantines arriveront demain. Avec sa barbe de trois jours, il sent la transpiration. Philippe et Hélène s'étreignent longuement. Romy reste à l'écart, elle attend son tour pour saluer son père. Elle sourit. Quiconque trouverait la scène émouvante. Rien à redire sur les retrouvailles. Les trois comédiens jouent à la perfection.

Chapitre 20

Les femmes se préparent dans la salle de bain. Romy se maquille. Sa mère le lui a autorisé pour son retour au collège. Sur ses paupières, elle dépose un fard noir goudron et allonge ses cils avec du mascara XXL. Romy et Hélène ne se regardent pas directement. Elles passent par l'intermédiaire du miroir qui reflète dans leurs yeux les secrets, les silences et les menaces. Hélène a les traits tirés. Elle tremble. Philippe ne reprend le travail qu'après les fêtes, elle devra le supporter.

Cette nuit, il l'a prise de manière sauvage comme à chaque retour. C'est sa façon de la posséder à nouveau. Hélène observe leurs ombres qui descendent jusqu'au lit, griffent son esprit d'une empreinte coupable puis avalent sa tête. Dès que Philippe bute au fond de son vagin, elle se pince les lèvres pour retenir un cri qui se transformerait en une plainte effroyable, une confession. Il a joui. Elle a simulé. Il s'est retourné. Elle a rejoint Paco en pensée.

Par la fenêtre, Hélène regarde Romy prendre la direction du collège. Elle marche d'un pas décidé, rapide, tête baissée. Un seul bras se balance, l'autre est raide, mort.

Son carnet de correspondance à la main, les épaules rentrées, elle rejoint l'emplacement de sa classe dans la cour.

Au bout de la file, elle fait son possible pour s'effacer. Les élèves la dévisagent sans rien dire. La journée va être longue. 8 heures : français, 9 heures : histoire, de 10 heures à 12 heures : sport, 13 h 30 : technologie, 15 h 30 : musique. À chaque fin de cours, les professeurs l'appellent au bureau. Tous essayent de comprendre son geste et de s'assurer qu'ils n'y sont pour rien. Romy est une bonne élève et ils ont tendance à la pousser toujours plus loin. Elle mesure son pouvoir sur eux. Jouer à la fille fragile n'est pas être faible. Au contraire. En cours, elle n'écoute pas, mais développe son talent pour pleurer sur commande.

Seule, dans les grands couloirs, elle marche avec assurance. Elle s'imagine en héroïne d'un film d'action venue se venger. Des séquences de films avec Sharon Stone, Charlize Theron, Angelina Jolie défilent dans sa tête. Romy rêve de leur ressembler avec leur corps parfait, leur ambition, leur force. Elle veut porter des pantalons en cuir, des tee-shirts déchirés, des boots, des Ray-Ban, des robes de soirée sexy, assez amples pour cacher ses armes. Elle hypnotise sa proie, la séduit pour mieux la broyer. Elle dépose le baiser de la victoire sur la bouche de ses victimes et se retourne une dernière fois avec un sourire impertinent. Elle s'engouffre dans la nuit, se noie dans la foule, s'abreuve de l'énergie des passants avant de s'endormir dans un lit king size. Elle trouve le sommeil tandis que le soleil levant illumine la chambre. Romy choisit son passé, son présent, son futur, son physique, son caractère, sa vie. Dans ce vaste territoire qui lui appartient, elle est libre. Il s'agrandit un peu plus à chaque seconde. Romy marquera l'histoire. Pas comme sa mère. Pas comme son père. Elle deviendra une légende.

Dans son lit, elle rêve jour et nuit. En cours, elle n'y arrive pas. Les stylos qui tombent, les bruits des règles en fer, de la craie, les chuchotements et gloussements l'empêchent de s'enfuir. Montre, horloge, portable du voisin : elle regarde l'heure en permanence. Elle s'ennuie. Encore une bonne soixantaine d'années devant elle si tout va bien. Cette idée la paralyse.

Installé à la table du salon, Philippe vérifie les pièces de son nouvel hélicoptère pendant qu'Hélène brique l'appartement. Elle est douce avec lui, passe sa main dans ses cheveux, s'intéresse au modélisme, pose des questions évasives sur sa mission en Côte d'Ivoire. De toute façon, elle ne veut pas savoir. Philippe observe ce moineau affolé qui se cogne aux murs et aux meubles en cherchant la sortie. Montre, horloge, portable : Hélène regarde l'heure. Bientôt midi. Elle a sorti une bouteille d'eau gazeuse. Surtout pas d'alcool.

Salade, pâtes à la carbonara, plateau de fromage et tarte aux pommes. D'habitude, Hélène ne cuisine qu'un plat principal et sort des yaourts pour le dessert. Aujourd'hui, elle veut prolonger le déjeuner. Six mois qu'ils ne se sont pas retrouvés seuls. Ils s'observent, réapprennent à se connaître, essayent de se souvenir pourquoi ils se sont choisis. Philippe compte les jours avant de repartir outre-mer. L'appartement lui semble fade, Hélène, sans saveur, Romy, une étrangère. Il a raté toutes ses premières fois : ses vaccins, ses Noëls, ses anniversaires, la fête des Pères, les rentrées scolaires, le jour où elle a fait du vélo sans les roulettes, quand elle a essayé de boire à la paille, improvisé des chorégraphies. Il n'a rien vu de son premier chagrin d'amour à cinq ans avec Antoine, ni son dessin en sable coloré, ses cocottes en papier, ni ses crocodiles en perles fabriqués au centre de loisirs.

Philippe préfère la guerre.

Hélène cherche à le resservir, dans l'espoir de gagner du temps, de trouver les mots justes. Les bruits des couverts, de la bouche de Philippe qui mastique, du réfrigérateur, du robinet qui goutte et martèle le fond de l'évier crispent Hélène. Elle attend le moment propice. Philippe refuse sa tarte aux pommes. Hélène se lance.

— Tu as des nouvelles d'Éric et France ?

— Ils sont toujours à La Réunion.

— Ils vont bien ?

— Je suppose. Ils ne sont pas censés revenir. Pourquoi ?

— Je m'inquiète pour Romy. Je ne voulais pas t'en parler par téléphone.

— Quel rapport ?

Hélène quitte la table pour nettoyer la gazinière. Impossible de le regarder dans les yeux. Elle commence par lui parler du poids inquiétant de Romy. C'est un fait concret. Il faut lui présenter les faits sans sentimentalisme ni pathos. Philippe ne comprend les choses que si elles sont exposées sur un ton sec. Point par point, Hélène réécrit l'histoire, et guette ses réactions. Il est si imprévisible. Il pourrait se mettre à pleurer ou balancer un verre contre le mur. Quand elle évoque les photos dans l'oreiller, Philippe rit aux larmes. Il hoche la tête. « Il faut que tu ailles consulter un psy. Tu te fais des idées. Romy n'était qu'une gamine. Elle volait des photos ? Et alors ? C'était pour s'amuser. Un simple jeu. Et puis, arrête de t'inquiéter pour son poids. C'est une ado. Elle fait attention, c'est tout. » Philippe ne laisse aucune place au dialogue. « C'est toi qui ne vas pas bien. Romy grandit et tu ne le supportes pas. » Pas un mot sur la tentative de suicide. Elle sait trop bien ce qu'il dirait : « Tu l'étouffes tellement cette gosse. J'aurais fait pareil. Tu es trop possessive, tu l'empêches de s'émanciper. Même moi, je n'ai pas de place. »

Philippe fume une cigarette à la fenêtre avec son café. Il respire l'air frais à pleins poumons et trafique la clenche car l'ouverture à oscillo-battant ne fonctionne pas bien. Il aime bricoler tout et n'importe quoi, cela l'occupe. Il relève les cheveux d'Hélène pour l'embrasser dans la nuque et retourne au salon s'atteler à la construction de son hélicoptère, accompagné par Delpech, Sardou et Cabrel. Impossible de se concentrer. Il en veut à Hélène d'avoir introduit le doute dans son esprit. Les images obscènes se répandent dans son cerveau à la vitesse d'un virus informatique. Les blagues salaces d'Éric, les dossiers pornographiques trouvés sur son ordinateur, ses coucheries sur la base : tout cela, il l'a vu, et il n'a rien dit. Il l'a même couvert pour qu'il ne soit pas renvoyé de l'armée. Ils avaient affronté tant d'atrocités ensemble… Liés à la vie, à la mort. Il se souviendrait toujours lorsque Éric l'avait accompagné lors de la guerre du Golfe pour dépanner un hélicoptère en terrain ennemi, au risque de ne pas revenir. Éric ne reculait devant rien.

Philippe glisse la boîte de modélisme sous la table. Il n'arrivera pas à construire quoi que ce soit aujourd'hui. « Je vais faire un tour », crie-t-il à Hélène. En bas de l'immeuble, il hésite entre acheter une bouteille de whisky au centre commercial ou prendre son vélo. Il décide de rouler sans but.

24 décembre 2004. Noël à la ferme chez les cousins d'Hélène. Romy porte une minijupe et un haut beige à manches longues évasées. Ses jambes fines sont mises en valeur par des bottes neuves que sa mère lui a trouvées au dépôt-vente. Elles avaient encore l'étiquette. À quatorze ans, c'est la première fois qu'elle marche avec des talons aussi hauts. Pour se donner un style baba cool, elle a enfilé ses vieilles mitaines. Ses longs cheveux imprégnés de monoï lui tombent jusqu'aux fesses en cascade. Ils brillent. Elle joue à être femme. La tête sur le côté, elle se lance des regards de prédatrice dans le miroir et sourit. Le blush rosé cache ses joues creuses. Personne ne croirait Hélène si elle leur révélait que Romy était entre la vie et la mort quelques semaines plus tôt.

Ils montent dans la vieille 205, ils apportent des mignardises. Philippe roule vite. Hélène lui demande de ralentir. Il serre les dents. Romy est silencieuse. Elle a le trac. Cela fait longtemps qu'elle n'a pas vu sa famille.

Pagney, Bruley, Lucey, Lagney, Trondes. Ils traversent les villages aux maisons illuminées et décorées de couronnes, de Pères Noël, de crèches et de stickers aux fenêtres. À l'entrée de Boucq, Hélène pose la main sur la cuisse de Philippe. Limitation à 50 ! Il va finir par écraser quelqu'un.

Ils empruntent la route de Commercy pour rejoindre la ferme située après le panneau de fin d'agglomération. Au loin, la maison attenante à la ferme brille dans la nuit à la façon d'une bougie qui crache ses étincelles. On dirait que l'habitation prend feu. Les guirlandes suspendues à la gouttière volent. Ce soir, le vent est fort et la voiture tangue sous les bourrasques. Les véhicules sont garés en file indienne le long du fossé. La vieille Golf bleue du père d'Hélène est là aussi.

Bien droite, Romy s'oblige à regarder devant elle. Elle ne sait que faire de ses bras. Heureusement, le sac à main emprunté à sa mère lui donne une contenance. Elle peut le mettre sur l'épaule, le tenir à une main, deux mains, rechercher sa poudre, s'écarter pour écrire quelques notes sur son carnet (essentiellement les calories de la journée), prendre discrètement un tampon pour se changer aux toilettes.

Les cloches sur la porte d'entrée retentissent. Les chiens viennent les accueillir. Deux épagneuls, fidèles compagnons de chasse de l'oncle Jean. Ici, les animaux sont rois. Lapin, poule, oiseau ou chat sauvage se succèdent près du poêle pour leur convalescence. Bien souvent une histoire de renard. Ici, on les chasse à coups de fusil. La vieille tante Jeanne consacre sa vie à soigner ses bestioles. Quand elle est à table, ses yeux ne quittent pas l'alarme, elle a peur de voir le bouton rouge clignoter. Il n'est pas rare qu'on lui pique des bocaux de pâté, des terrines de viande, des saucisses et des poulets. Souvent, elle arrive trop tard et elle n'aperçoit qu'une ombre dans la nuit. Elle hurle « sale porc » avant de s'excuser auprès de ses bêtes. « Sale con, je veux dire. »

Les manteaux déposés sur le lit de Jean et Jeanne, Philippe rejoint les hommes qui en sont déjà au deuxième verre. Parmi eux, une seule femme surnommée tendrement Tata Ricard. Elle commence l'apéritif à l'heure du goûter. Son rire enroué de vieille fumeuse est reconnaissable entre tous. Elle n'attend personne pour se resservir, sa bouteille à portée de main. Au troisième verre, elle entonne « Au pays de Candy » avec des guirlandes sur la tête.

Les femmes tartinent les toasts en se racontant les derniers potins sur d'anciens camarades de classe, des amants oubliés, des histoires d'amour qui ont mal tourné. Muriel montre ses dernières créations. Elle répare la porcelaine abîmée, s'amuse à créer des univers de maison de poupée dans de petites vitrines, fait de la peinture sur soie… Elle est douée. Toutes les femmes lui passent commande. Élisabeth présente sa nouvelle collection pour les rondes. Elle a apporté une valise de sa boutique « Femmes en formes » pour sélectionner les pièces phares de cet été. Hélène se prête au jeu et enfile des tenues dix fois trop grandes pour elle. Robe à pois, pantalon rayé, pantacourt bouffant, jupon en mousseline passent de main en main. Elles s'amusent à créer des tenues affreuses au point de vexer Élisabeth.

Romy se fait la plus discrète possible. D'une pièce à l'autre, elle observe les jeunes qui jouent à la PlayStation et les plus petits qui bataillent avec des dinosaures. Clément s'est enfermé dans la salle de bain avec Lili. Depuis qu'il est en couple, on ne le voit plus. Romy s'assoit à côté du poêle, jambes croisées, agrippée à la malle. Elle hoche la tête au rythme de la musique et sourit. Hélène pétille grâce aux bulles de champagne et danse, sa coupe à la main. Elle fait signe à Romy de la rejoindre sur le tube de Blondie. Les cousines ont inventé une chorégraphie sur « *Call Me* » qu'elles répètent chaque année, tradition oblige. Romy serre les poings : elle déteste voir sa mère joyeuse. Une joie factice.

La fête bat son plein. Les cendriers débordent, l'alcool coule à flots, les bouteilles vides s'accumulent à côté de la cheminée. Les cousines prennent la pose devant le sapin, toujours dans l'ordre de naissance : la plus jeune à droite. Vient ensuite le tour de leurs maris, puis de leurs enfants, la joyeuse marmaille réunie. Romy fait partie des plus grands, elle se tient derrière, à côté de son cousin Clément. Leurs bras se frôlent, des frissons la parcourent. Romy l'a toujours admiré.

Dans un sursaut d'énergie, Tata Ricard se précipite pour mettre le CD de Noël. Minuit est passé et tout le monde a oublié de célébrer la naissance du petit Jésus. « Douce nuit, sainte nuit », « Ave Maria » et « Il est né le divin enfant » défilent en boucle. Un coude sur la stéréo, une main en l'air avec son verre, elle ferme les yeux et hoche la tête comme à un concert de rock. Romy fouille sans cesse dans son sac pour éviter les regards de ses oncles qui la dévorent des yeux. Clément lui non plus n'est pas insensible au charme de sa cousine. La petite a bien grandi.

Hélène s'est arrêtée de boire, elle sait qu'elle devra prendre le volant. Philippe titube et chante des chansons paillardes, lui qui les déteste. Poussé par les hommes de la famille, il choisit les plus graveleuses : « La petite Huguette », « La bite à Dudule ». Romy a honte. L'idée de terminer comme eux la terrifie. Elle se retient de se jeter sur la nourriture. Comme elle était victorieuse tout à l'heure de ne rien avaler en les regardant tous se goinfrer, faire tomber la nourriture au sol, laisser les chiens ramasser.

Elle est plus forte que les autres. Elle se contrôle. Pour faire croire à son ventre qu'il est plein, elle boit des litres d'eau ou suce longtemps un bonbon pour s'empêcher d'avaler quoi que ce soit d'autre. Recroquevillée dans son coin, elle dérange. Les heures passent et creusent ses joues, la poudre s'estompe, laissant apparaître sa mâchoire squelettique. Philippe s'écroule de tout son poids à côté d'elle. « Pourquoi tu racontes des conneries, Romy ? Pourquoi tu veux détruire la vie de ta mère et la mienne ? Pourquoi depuis que tu es née c'est la merde, Romy ? » Elle se dégage de son père et court dans la nuit noire sur la route bordée de sapins. Elle étouffe. C'est bon, c'est décidé : il faut crever.

Les ombres des roseaux au bord de l'étang ressemblent à de grandes pattes d'araignée qui gesticulent dans tous les sens. Elles tissent leur toile autour d'une vieille barque. La caravane où elle adorait se cacher est couverte de mauvaises herbes, on dirait un bunker.

C'est bon, elle en est sûre, c'est le moment de sauter, de s'enfoncer dans la vase. Elle enlève ses bottes, hésite longuement à glisser un pied dans l'eau glaciale.

Chapitre 21

Pour être belle comme les photos des magazines ou les squelettes des podiums, Romy prend des laxatifs. Au début, elle les avalait par deux le soir avant de se coucher comme indiqué sur la notice. Très vite, elle a augmenté la dose. Elle attend le vendredi avec impatience pour en ingurgiter une dizaine à la sortie des cours. Des crampes au ventre la plient en deux dans son lit. Le samedi est le jour qu'elle préfère, c'est le jour où elle se trouve maigre. Elle s'est vidée toute la nuit. Le lendemain, elle évite de boire pour ne pas que son ventre gonfle. Avec un mètre, elle mesure sa taille et resserre sa ceinture d'un cran. Elle flotte dans ses vêtements et cette sensation est agréable. Son esprit est plus puissant que son corps qui s'efface petit à petit. Elle adore relever ses cheveux pour souligner l'ossature de ses mâchoires et retrousser ses manches pour dévoiler ses maigres poignets. Hélène n'ose plus la toucher, de peur de la briser. Elle s'inquiète de l'entendre autant se vider. Et si Romy avait hérité de sa maladie de Crohn ?

Romy lui demande de l'argent sous des prétextes variés, quelques pièces tous les jours, qu'elle utilise pour s'acheter ses laxatifs. Elle dépense pour se remplir, elle dépense pour se vider, elle dépense pour oublier qu'elle s'est remplie et s'est vidée.

Elle passe son temps à tout calculer. À quelle heure doit-elle prendre les laxatifs pour aller aux toilettes ? Combien de calories a-t-elle ingurgitées ? Combien pèse-t-elle ? Quel jour aura-t-elle ses règles ? Combien de crises par semaine ? Quelle note doit-elle obtenir en français pour compenser ses lacunes en mathématiques ? Combien de longueurs doit-elle nager pour se fatiguer ? A-t-elle assez de monnaie pour aller à la pharmacie ? Quel est le délai raisonnable pour donner une réponse à Jolicœurtatoué ? Romy tient ses comptes dans des carnets bien distincts. Dates, heures, objectifs sont notés consciencieusement. Elle analyse et interprète les chiffres. Besoin de comprendre pourquoi elle pèse cent grammes de plus que la veille.

À différents moments de la journée, elle monte sur la balance. Elle se déshabille à chaque fois. Nue, elle fixe les chiffres du pèse-personne. Dans son carnet spécial IMC, elle s'assure qu'elle se situe bien dans la moyenne « insuffisance pondérale ».

À table, Hélène la laisse se servir, mais Philippe ne prend plus la peine de mettre son couvert. « À quoi ça sert ? à décorer ? », « On fait des économies avec toi », « Tu vas perdre un os, mange un peu de salade au moins », « Quel air de déterrée ! » Hélène refuse les invitations à dîner de ses cousines, elle ne supporte plus leur regard. Petit à petit, ils se coupent du monde.

Il est 20 heures. Ils fixent les blancs de poulet au milieu de la table. Hélène choisit des aliments peu caloriques pour inciter sa fille à prendre une bouchée. Philippe lui reproche de mettre tout le monde à la diète. Pour éviter de parler, il allume la télévision pour les informations. Dès que le journal parle d'un conflit à l'étranger, Philippe leur ordonne de ne plus faire de bruit. Les couverts de Romy posés de chaque côté de son assiette immaculée, elle déstabilise ses parents. Au centre des attentions, elle transforme le moindre événement en tragédie, ses phrases ponctuées de « très » et de « trop ». Ils subissent son côté mélodramatique et ses sautes d'humeur.

Schizophrène, tyrannique, suicidaire, angoissée, bipolaire, état limite, dépressive, égocentrique, destructrice, fragile, obsessionnelle, impulsive, anxieuse, anorexique, boulimique, antisociale, masochiste, passive, agressive. La psychologue du CMP sort à Hélène des mots effrayants à chaque consultation. Ils annoncent la Troisième Guerre mondiale. Hélène refuse de les entendre. Sa fille n'est pas folle.

« La Réunion frappée par la saison des pluies : déjà deux morts et plusieurs blessés... » Philippe se lève d'un bond pour éteindre la télévision. Entre ces quatre murs, certains mots sont bannis : tout ce qui touche de près ou de loin Éric et France. Il se rassoit, comme si de rien n'était.

Romy débranche le téléphone en soirée, surveille le courrier, observe son père quand il consulte sa boîte mail, s'inquiète quand on parle d'attouchements ou de réseaux pédophiles à la télévision. Elle écoute attentivement Philippe évoquer des mutations, des retours de collègues. Elle redoute les réunions Tupperware d'Hélène, comme si France pouvait en être. Elle est épuisée. Sa vie se résume à vomir, se vider et cacher un secret, cacher des emballages vides, cacher ses idées noires. Elle déteste toutes les sonneries : téléphone, interphone, minuteur, micro-ondes. Perdue, confuse. Pourquoi France l'a-t-elle touchée ? Ressemble-t-elle à un garçon ? Est-elle lesbienne ? Aura-t-elle un jour un rapport avec un homme ? Quel plaisir éprouverait-elle à embrasser une femme ?

Elle attend que ses parents s'éclipsent dans leur chambre pour consulter des sites érotiques. Elle lit des histoires dans différentes rubriques : couple, lesbiennes, gay, trio, orgie, sado-maso, exhibition, fétichisme, cuir, bourgeoise, dominatrice… Les mots éclaboussent l'écran sans qu'elle arrive à fermer les fenêtres.

Elle navigue aussi sur les sites d'écoles de théâtre. Elle n'oublie pas son rêve de petite fille : jouer sur une scène, faire de l'ombre aux projecteurs. Les photos des jeunes comédiens du Cours Florent défilent. Corps tendus à demi nus, regard sombre, du mascara à outrance, des gouttes de sueur : les comédiens dégagent une grande sensualité. Comme elle aimerait endosser un autre rôle que le sien.

Elle collectionne les brochures du Cours Florent et remplit la fiche d'inscription sans l'envoyer. Un jour, elle ira à Paris, c'est certain. En attendant, elle punaise les images en papier glacé et enregistre chaque reportage sur le théâtre. Son tour viendra ou elle en mourra.

— Tu es là ?

Jolicœurtatoué est en ligne. Déjà cinq mois qu'ils se parlent. Combien de fois l'a-t-il sauvée de ses pensées tourmentées ? Ils passent en revue leurs passions, leurs désirs de voyages, leurs questions existentielles. Romy s'est confiée, lui a expliqué son absence quand elle était à l'hôpital, ses crises d'angoisse. Elle se sent proche de lui, et pourtant, ils tournent en rond, répètent les mêmes mots. Jolicœurtatoué souhaiterait une relation plus profonde. « À quoi ça sert de discuter tous les soirs ? », « On se raconte nos vies alors qu'on ne se verra peut-être jamais, autant arrêter », « Je suis un mec bien, tu peux me faire confiance. » Il lui met la pression, il joue avec le silence, se connecte, ne se manifeste pas toujours. Romy patiente. Il finit par revenir, avec des désirs à assouvir. « J'ai besoin que tu me chauffes un peu. Je parle avec d'autres filles moins coincées tu sais. » Romy est piégée. Jolicœurtatoué pose les questions. Pour lui répondre, elle s'inspire des commentaires trouvés sur les sites érotiques.

— Quelle est ta position préférée ?

— La levrette.

— Qu'est-ce que tu portes ?

— Une nuisette avec des porte-jarretelles.

— Culotte ou string ?

— String.

— Tu suces ?

— Oui.

— Tu avales ou tu recraches ?

— J'avale.

— Pour ou contre la sodomie ?

— À essayer.

— Un plan à trois, ça te dit ?

— Pourquoi pas.

Romy écrit ce que Jolicœurtatoué veut lire sur son écran. Elle veut lui faire plaisir. Donner du plaisir, elle en est capable et elle le sait, mais à un homme ?

— J'veux te rencontrer. Demain ?

— Oui.

— Tu habites où ?

— Donne-moi un lieu de rendez-vous.

— Retrouve-moi aux Promenades, à côté des tables de ping-pong. Tu vois ?

— Oui.

Dans le salon, elle tourne en rond. Elle n'a pas sommeil. Elle s'allonge sur le canapé et regarde les phares des voitures qui dégoulinent le long des murs. Vendredi soir, il y a de la circulation. Les jeunes sont nombreux à se retrouver au fast-food avant d'aller à Nancy. Ils mangent un Big Mac, achètent quelques bouteilles au supermarché, se saoulent sur le trajet. L'alcool en boîte de nuit coûte trop cher. Ils sortent pour boire un coup et trouver le bon coup. Celui d'une nuit qui leur laissera une empreinte humide pour quelques heures. Inutile de s'embarrasser du prénom ou d'échanger son numéro. Un hall d'immeuble, une entrée de banque, entre deux poubelles, les toilettes publiques : pas besoin de chercher le luxe pour une branlette, une fellation, une levrette. Sexes comprimés, poitrines moulées arpentent le bitume à la recherche d'excitation.

Romy se masse le ventre. Les laxatifs font effet. La douleur est violente. Pour oublier, elle se concentre sur les cassettes et les DVD de son père, lit les résumés. *Full Metal Jacket*, *Apocalypse Now*, *Il faut sauver le soldat Ryan*, *Voyage au bout de l'enfer*, *La Chute du faucon noir*, *Pearl Harbor*, *Nous étions soldats*... Philippe les collectionne. Il adore les regarder seul avec sa bouteille de whisky.

Pas de lumière dans les toilettes pour ne pas réveiller sa mère. Romy perd des litres d'eau, se dessèche petit à petit et somnole sur la cuvette. Dans quelques heures, elle passera le test de la balance. Trois kilos en moins. Elle a soif. Pour éviter de boire, elle humecte ses lèvres avec sa salive.

Elle ne tient plus debout. Elle a mal. Un oreiller contre sa poitrine, elle sombre enfin dans un sommeil agité. France, joyeuse, fait tournoyer un paréo au-dessus de sa tête. Le soleil sublime ses taches de rousseur. Elle fixe Romy restée sur la plage et ondule au rythme des vagues. Délicatement, elle retire ses bretelles et se laisse flotter. Romy la rejoint.

Elle descend les escaliers en pyjama. Endormie, elle ne sent ni les marches froides ni les cailloux. Elle se dirige d'un pas déterminé vers le bâtiment C. Personne sur le parking. Ses doigts tapent le code, ils se souviennent de la danse sur le clavier, 2602C. L'odeur n'a pas changé, un mélange de peinture et de graisse. Au quatrième étage, elle s'assoit sur le paillasson et niche sa tête dans l'angle de la porte.

Réveillée par des crampes abdominales, elle sursaute. Que fait-elle ici ? Déboussolée, elle regarde à gauche, à droite. Ce n'est pas son palier, pas son bâtiment. Hélène, affolée, court et regarde à l'intérieur de chaque voiture. Elle lève les yeux au quatrième étage, le corps tremblant. Ces fenêtres et ces murs l'horripilent. Romy se jette dans ses bras. Elles s'endorment sur le canapé l'une contre l'autre.

Samedi

11 heures : réveil. Romy touche son ventre.

11 h 02 : balance. 40 kg. Déçue. Pas assez perdu cette nuit. Elle reporte le poids sur son carnet.

11 h 04 : brossage de dents. Elle a mal. L'acidité de ses crises a abîmé l'émail.

11 h 17 : choix des vêtements. Essayage. Elle s'énerve. Un string, un soutien-gorge en dentelle volé à sa mère, un jean, un débardeur, de grands anneaux argentés. Ne pas oublier le sac à main.

11 h 43 : se coiffe doucement. Ses cheveux cassent facilement et tombent par poignées.

12 h 30 : déjeune d'une soupe en poudre et d'une tranche de blanc de dinde.

12 h 38 : lutte pour ne pas vomir. Ne peut pas avoir les yeux explosés pour son rendez-vous.

13 heures : se rase les poils du sexe. On ne sait jamais. Jusqu'où iront-ils ?

13 h 22 : se maquille. Romy se cache derrière des fards violets et des traits d'eye-liner épais.

14 h 05 : regarde les sites internet d'écoles de théâtre.

14 h 27 : lit des blogs d'anorexiques qui s'encouragent à maigrir et qui donnent des conseils pour perdre davantage de poids.

15 h 42 : écume les articles sur les différentes méthodes pour mettre fin à ses jours.

16 h 01 : se perd dans les témoignages des premières fois. Comment cela se passe ? Avec qui ? Où ? Quel âge ?

16 h 13 : se renseigne sur les vols pour La Réunion.

16 h 18 : recherche des informations sur France.

16 h 30 : s'enferme dans les toilettes et se masturbe. Toucher son clitoris apaise ses angoisses.

16 h 41 : repasse par la salle de bain, remet du gloss et du parfum.

16 h 51 : départ.

Assis sur un banc à côté des tables de ping-pong, Jolicœurtatoué est à l'heure. La quarantaine, il porte une veste et un jean troué. Jambes écartées, adossé, il attend. Romy reconnaît immédiatement cette silhouette tant espionnée derrière les thuyas de son grand-père. Principale distraction de son enfance. Elle était aux premières loges pour épier ses transes créatrices : des sculptures monumentales érigées en écoutant du heavy metal à fond. Le jardin de ses parents était son atelier.

Charlou ne s'était jamais embarrassé de convenances. Il sautait sur tout ce qui bougeait et assouvissait les désirs des adolescentes, des femmes, essentiellement dépressives, des mères de famille. Toutes les chattes étaient bonnes à prendre. Il aimait en particulier les femmes couvertes de fond de teint, peinturlurées, aux ongles vernis bleus, rouges ou violets. Son côté artiste déjanté les excitait. Après son séjour à Paris, il est revenu s'installer comme tatoueur place du Couarail, à côté de l'auto-école et de l'église Saint-Gengoult.

Romy hésite à faire demi-tour. Trop tard. Il lui sourit. Plus le choix. Elle avance et se déhanche. Le parc est vide. Elle tremble. Sourire timide. Main dans les cheveux.

Jolicœurtatoué la reluque de haut en bas, intrigué. Cette fille a quelque chose de familier. Et soudain il fait le lien : la petite voisine, celle avec qui il bavardait au bord du bassin à poissons rouges. Elle a grandi, elle est mignonne.

Petitelouloutedu54, c'est elle. Romy s'apprête à lui tendre la joue, mais à la dernière seconde, elle le frôle et passe son chemin.

Chapitre 22

Mai.

Dans son grand manteau blanc, Lena est éblouissante. Ses lunettes de soleil cachent ses yeux fatigués. Huit heures de route. Avec délicatesse, elle descend les marches du bus, son regard vole au-dessus des adolescents qui attendent l'arrivée des correspondants. Elle cherche Romy. C'est Hélène qui s'approche la première pour l'aider avec ses grosses valises. Elle est la seule à avoir deux bagages. « *Danke*, *danke*, merci », répète-elle à Hélène. Déjà agacée, Romy observe sa mère qui fait des manières, aux petits soins pour cette étrangère. Elle se fraye un chemin au milieu de toute cette agitation. Dans une accolade, Lena décrète qu'elle est sa meilleure amie, sa *beste Freundin*. Hélène les prend en photo bras dessus, bras dessous. On dirait deux présidents qui se forcent à sourire devant des journalistes alors que leurs pays sont en guerre.

Traînant chacune une valise, Hélène et Romy ouvrent le chemin tandis que Lena envoie des messages à sa famille. Tout est fabuleux. Elle adore la France. Elle qui ne connaissait que Paris est charmée par la province. Elle décrit tout ce qu'elle voit : le centre commercial, le McDonald's, les

Grands Moulins, les bâtiments où habite sa correspondante, le parking, la cage d'escalier. Romy a déjà hâte de la remettre dans le bus.

Hélène lui fait visiter l'appartement à la façon d'un agent immobilier : le cadre idéal pour une semaine typiquement française. Lena dormira dans le lit de Romy, Hélène a acheté des draps fleuris spécialement pour elle. Elle y sera bien. Romy couchera sur un matelas pneumatique.

Lena installe ses vêtements sur le portant qu'Hélène a remonté de la cave. Elle leur a préparé un goûter dans le salon. Lena admire sa tasse en porcelaine de Lunéville. C'est si mignon. Elle a apporté quelques cadeaux pour la famille. Une belle broche avec une fleur en tissu et un livre sur l'histoire de Hamm-Mitte pour Hélène, une chaufferette à mettre dans les poches et un tee-shirt avec l'inscription « *Ich liebe dich* » sur un cœur rouge pour Romy, une bouteille de bière allemande que Philippe aura à son retour de Montauban. Il s'est arrangé pour effectuer des heures de vol en hélicoptère. Hélène ne cesse de répéter : « Il ne fallait pas. C'est trop gentil. » À son tour, elle lui offre un colis pour ses parents qui contient des spécialités de Lorraine. Depuis un mois, Hélène réfléchit aux différents menus. Elle veut lui faire découvrir les plats de l'Est : quiche lorraine, pâté lorrain, salade vosgienne… Elle a même imprimé les recettes pour Lena.

Romy enfonce ses ongles dans ses cuisses. L'idée de passer ses soirées à table avec sa mère et Lena lui répugne autant que la nourriture elle-même. Elle a fait le calcul : durant 7 jours, soit 168 heures, 10 080 minutes, 604 800 secondes, elle devra être gentille, polie, aimable, chaleureuse, généreuse, souriante, serviable. Romy devra accompagner Lena chez ses camarades de classe, lui proposer des sorties : chercher le pain, visiter la cathédrale et lui montrer la mairie, jouer au bowling et au billard, voir un spectacle de danse ukrainienne à la salle des fêtes, se promener au port, au bord du canal, prendre le bus pour aller à Nancy faire les boutiques.

Elles iront chez Jennyfer, Pimkie, Promod essayer des jeans et des tops ultra-moulants. Romy ne supportera pas le grand miroir cruel. Serrée, écrasée, compressée dans des vêtements qui soulignent ses formes. Lena essayera des boucles d'oreilles, Romy se sentira obligée de les lui offrir et demandera même un emballage cadeau pour faire bien. Sourire, merci, bisous, accolade, *danke*, *danke*, *danke*.

Lena poussera Romy à entrer dans le Disney Store. Une heure à déambuler au milieu des mugs, des costumes, des baguettes magiques, des peluches à chercher un cadeau pour la petite sœur. Une heure de musique enfantine, de paillettes, de tours Eiffel qui scintillent, de vendeurs qui distribuent des paniers, de gosses capricieux. Une heure à observer Lena qui se fond si bien dans le décor que l'on a envie de se prendre en photo avec elle.

Romy évitera le rayon des couronnes. Celle offerte par France gît toujours dans une boîte sous son lit. France est partout. Elle capte son reflet dans les yeux des ours en peluche ou des poupées. Comme elle aimerait les arracher, ceux de Lena aussi.

Il n'a fallu à Lena que quelques minutes pour se sentir comme chez elle. Bien plus que Romy ne l'a jamais été.

Dans l'appartement, elle se déplace avec aisance et grâce. Son corps ne l'encombre pas, elle ne se cogne pas aux meubles. Elle n'hésite pas une seconde à aider Hélène et connaît déjà le contenu de chaque tiroir. Romy n'arrive pas à lui parler. Elle lui sort par les yeux. Trop parfaite. Elle mange et ne grossit pas. Elle n'a pas besoin de se faire vomir, pas besoin de faire d'effort pour plaire et se faire aimer.

Tout est blanc chez Lena, ses dents, sa peau, ses vêtements, la lumière qu'elle dégage, ses phrases attentionnées. Elle prend des initiatives, transmet son énergie, distribue des sourires. Sa vie à elle regorge de paillettes, de cœurs, de soleil et de bisous. Pour fêter leur amitié, elle propose une soirée filles avec masque, gommage, soins des cheveux, fraises Tagada et chamallows. Une vraie professionnelle du bien-être.

Romy la regarde accaparer sa mère avec sa voix mielleuse. « Hélène, tu désires le vernis soleil des îles ? », « Tu veux faire une pédicure ? », « Je vais t'appliquer cette huile pour cheveux secs », « Pardon Hélène, je peux t'appeler Hélène au fait ? » Complices, elles savourent ce moment d'insouciance. Romy s'éclipse dans la cuisine. Pour une fois le frigidaire et les placards sont remplis. Elle avale de la crème, des mousses au chocolat et des carrés de cheddar spécial hamburger.

Au-dessus des toilettes, elle enfonce deux doigts dans sa bouche. Plus besoin de se forcer, elle commande son corps. Elle vomit. La crise est courte. Rapide et efficace, elle la soulage pour la nuit. C'est l'heure de se coucher, il y a école demain.

Sur son matelas gonflable, Romy a le mal de mer. Elle tangue. Comme dans un rodéo, elle empoigne chaque côté pour le maîtriser. Ses pieds dépassent, elle peine à trouver une position confortable. Imovane, Stilnox, Zolpidem, Zopiclone, Lexomil, Donormyl. Romy prendrait n'importe quoi pour quelques heures de sommeil.

Lena ronfle dans son lit tout propre. Romy se rassoit et l'observe. Elle baigne dans la lumière fluorescente du McDo. Paisible, sur le dos, la bouche légèrement ouverte, une jambe par-dessus la couette, elle dort profondément. Les bretelles de son débardeur en soie ont glissé et laissent entrevoir ses seins. Sa poitrine est belle et ferme. Son souffle sent le dentifrice. Romy mélangerait bien son haleine à la sienne. Et si Lena pouvait lui transmettre un peu de vie ? Ses cheveux en pagaille forment un doux nid dans lequel elle a envie de se réfugier. Sa main vole à quelques centimètres au-dessus de son corps, elle caresse ses courbes. Lena est à sa merci. Elle pourrait en faire ce qu'elle veut : la broyer, la toucher, la violenter, l'embrasser.

Éprouverait-elle du plaisir avec Lena sans penser à France ? Est-ce que chaque corps de femme lui rappellera celui de France ? Se souviendra-t-elle toujours de son odeur si présente encore ? Aimerait-elle toucher une autre poitrine ?

Lena ne ronfle plus, elle a ouvert les yeux. Elle attrape la main de Romy. « Il faut dormir maintenant », chuchote-t-elle avec un sourire coquin.

Lena est la star de l'école. Ses amis l'attendent à l'entrée du collège, les filles pour des conseils beauté et les garçons pour tenter leur chance. Lucas supplie Romy d'organiser une soirée. Elle ne s'occupera de rien, juste d'emmener Lena. Elle n'est même pas obligée de rester.

Vigile, assistante, secrétaire, Romy est son larbin. Elle doit gérer son emploi du temps, veiller à son confort, que nul ne l'embête ou la bouscule. Soirée barbecue, fête du printemps dans les champs, boîte de nuit, Lena doit refuser des invitations. Il n'y a pas assez de soirées pour combler les désirs de chacun. Elle insiste auprès de Romy pour qu'elle l'accompagne chez « Paulette », le pub rock de Pagney-derrière-Barine, un village proche. Toute la classe y va et elle a envie de danser avec ses copines. Romy esquive. Il lui faut l'autorisation de sa mère. Avec une moue charmante, Lena avance ses lèvres comme pour un baiser, puis soupire : « Je comprends. *Ich verstehe.* »

Soirée Mai 68. Des slogans tels que « Sois jeune et tais-toi », « Ouvrons les frontières », « La lutte continue », des poings levés suspendus ornent les affiches rouge et blanc. La piste de danse est vide. Il est encore tôt. Les filles, assises sur les côtés, se défient du regard. Laquelle osera se lancer en premier ? Les garçons commandent des bières. Les bras en l'air, ils tendent leurs billets pour être servis plus vite. Les photos de Paulette avec des rockers, des vrais de vrais, sont affichées partout. Trois générations se sont défoulées sur son parquet. Ici le rock est une religion. Celle qu'on appelle « la Pau » ou « Mammy rock » n'arrive pas à quitter le navire. Cette boîte, c'est toute sa vie. Elle collectionne les autographes et les articles dans *L'Est républicain*, figure emblématique d'une jeunesse libre.

Dans les loges couvertes de graffitis, chacun y a été de son petit mot. Les Wampas, Jean-Louis Aubert, Sinclair, Louis Bertignac, Chris Bailey, Dick Rivers y ont déchaîné les foules.

Installé au coin fléchettes face à l'entrée, Charlou mate les filles. Il dessine les affiches pour « la Pau ». Il s'est occupé du design et son logo est connu dans toute la région : un Mickey à rouflaquettes sur un corps d'abeille avec des mains et des pieds disproportionnés. Il trouve une partie de sa clientèle ici, des bikers et leurs copines, de vraies pin-up style années quarante : robe à pois et décolleté plongeant, des fleurs dans les cheveux, chapeau de matelot, talons aiguilles. Pin-up Navy, pin-up Asie, pin-up Beach vintage, pin-up Marilyn Monroe, Bettie Page, Rita Hayworth, Brigitte Bardot. Un véritable show. Leurs chairs gravées de cœurs, de fleurs et de noms de scène.

Combien de nuques, de bras, de dos, de chevilles a-t-il tatoués ? Charlou a un rapport particulier avec la peau. Il peut tomber amoureux d'un doigt, d'une ride, d'un cil, d'un grain de beauté. Il jouit pour le détail. La sensation de dépuceler chaque femme une nouvelle fois.

The Fatal Pigs accordent leurs instruments. Quatre types d'une trentaine d'années et une femme vêtus d'un tee-shirt noir où un cochon sourit à pleines dents sur une balançoire.

Le vigile se rince l'œil avant d'ouvrir. Lena est resplendissante dans sa robe moulante noire et ses talons compensés. En retrait, Romy marche dans l'ombre de la belle Allemande. Lena l'a aidée à se préparer et lui a prêté une jupe fendue. Elle l'a maquillée et coiffée exactement comme elle. Contrefaçon de mauvaise qualité, elle ressemble aux poupées imitation Barbie qu'elle gagnait à la foire. Les membres et la tête se détachaient toujours du buste. Mais c'est Romy que Charlou voit en premier. Il pense à elle depuis la rencontre ratée des Promenades.

Une odeur de transpiration et de bière flotte dans l'air. Les visages pleins d'acné encadrés de cheveux gras dévorent Lena du regard. Elle adore. Elle rejoint ses amis et oublie aussitôt Romy.

Clément, Lili et ses copains viennent d'arriver pour leur habituelle sortie du samedi soir. Enfin une figure rassurante. Romy rejoint son cousin mais Clément ne la reconnaît pas tout de suite. Elle paraît plus âgée dans cette tenue. Il lui offre un Coca et Lili l'entraîne sur la piste, au milieu des skinheads et autres bikers, pin-up et forains. Romy s'applique à reproduire les gestes de Lili.

À chaque pas, elle se redresse et sort un peu plus la poitrine. Elle prend de l'assurance. Les yeux fermés, elle bouge au rythme de la musique. Ses cheveux volent dans tous les sens et se colorent de confettis. À pieds joints, elle saute de plus en plus haut, son cœur se soulève, ses pensées s'échappent, ses souvenirs s'effacent. À l'autre bout de la pièce, Charlou ne la quitte pas des yeux. Romy l'a vu. Elle use de tous les artifices pour sortir de l'ombre. Ce soir, elle brille pour quelqu'un.

Les pas se font lourds sur le sol collant, la fin de la soirée approche. La faune se dandine, la bière s'échappe des mains, les phrases se terminent difficilement et les mots manquent. Les langues ne se trouvent plus. La sensualité fait place à l'obscénité. Lena commence à fatiguer. Romy l'ignore, elle veut profiter jusqu'au bout. Charlou lui fait signe de le suivre dehors.

La fraîcheur de cette nuit printanière est agréable. Charlou pose sa veste en jean sur les épaules de Romy. Son visage enfantin lui plaît. Plus gamine, mais pas encore femme. Elle l'excite. Plus de thuyas entre eux. Ce soir, ils ont le même âge. Elle frissonne de désir. Ses doigts parcourent les grosses veines des avant-bras de Charlou. Sa tête trouve refuge contre son torse. Il la serre fort. Il veut la prendre tendrement et sauvagement, sur le dos, sur le ventre, sur le côté, parcourir son corps sous les draps, sur la table de tatouage, un pied sur les toilettes.

Des boum-boum résonnent derrière la porte, des bagarres s'annoncent, bikers et pin-up enfourchent en vitesse leurs motos, les skinheads ont encore déclenché un scandale, on a appelé la police. Lena secoue Romy, elle veut s'en aller. Beaucoup moins jolie, moins fraîche qu'en début de soirée, elle ne s'amuse plus, elle veut partir. Elle appelle Hélène pour qu'elle vienne les chercher. Romy lui lance un regard noir. Jolicœurtatoué attrape son menton et l'embrasse au coin des lèvres avant de la quitter. Ils savent où se trouver.

Encore quatre jours à la supporter. Puis… *Auf Wiedersehen !*

Chapitre 23

Adrénaline, danger, excitation, euphorie, Romy s'épuise à provoquer les événements pour se procurer des émotions vives pendant ses vacances d'été. Oh combien elle préfère sentir le sang couler sur sa peau que la morosité du temps qui passe. Elle n'a peur de rien si ce n'est de l'ennui. Rasoir, ciseaux, couteau, compas : sa peau prend l'allure d'une peinture abstraite qu'elle exhibe avec fierté. Chaque lacération soulage son envie d'en finir. Quand elle n'a pas le courage de graver quelques croix et barbelés dans sa chair, Romy s'abrutit avec des somnifères et s'affale dans le canapé devant la télévision.

Depuis quinze jours, elle grimpe sur les remparts de la ville, observe les bateaux franchir les écluses, achète des Schtroumpfs, passe des heures à la maison de la presse place Ronde et feuillette les magazines aux mannequins squelettiques. Sur des feuilles blanches, elle colle les photos et entoure les parties du corps qu'elle préfère chez chacune. Elle redessine les tailles, diminue les nez, grossit les yeux, ajoute des cheveux. Elle crée son idéal.

Jour de marché. Romy déambule au milieu des nappes fleuries ou aux motifs de fruits, s'arrête devant un stand d'animaux en tissu remplis de sable, les gosses hurlent pour obtenir une de ces bestioles. Depuis le début des vacances, elle évite les enfants, elle ne peut plus les approcher. Elle se demande sans cesse si elle aussi arriverait à commettre les mêmes gestes que France sur plus petit qu'elle. Sur les petits garçons ? Non. Mais sur les petites filles ? Romy a la nausée. Quel monstre est-elle ? Faut-il l'enfermer ? Serait-elle folle ? L'air chaud l'enveloppe et l'étouffe. Elle pousse les passants sans s'excuser. Elle s'enferme dans les toilettes publiques cernées par les cagettes au milieu de la place de la République.

Gorge sèche, elle s'hydrate et humidifie son visage. Assise sur la cuvette, elle s'accroche aux rampes pour handicapés. Elle a le vertige, enfermée dans un corps de femme qu'elle déteste. Le bruit de la foule se fait lointain. Bientôt midi, les gens rentrent déjeuner. Romy entend les portières coulissantes des camions se fermer, les poubelles jetées contre sa cachette. Une dernière fois, elle mouille son buste et sa nuque, frissonne sous l'eau fraîche. Ses cheveux collent à son dos nu. Elle les attache avec un des élastiques qui cachent ses mutilations au poignet. Elle ne sait pas où aller.

Sur la devanture rouge et violette du salon de tatouage, des insectes, des serpents et de drôles de petites bêtes entourent la grande vitrine. Ils débordent sur les enseignes de l'auto-école et de la fleuriste. Écrits en lettres gothiques, les « O » de « Charlou tattoo » sont pourvus de bras et de jambes. De l'extérieur, on peut voir la table de tatouage et la télévision suspendue qui passe des clips de heavy metal.

Romy s'assoit en face, sur les marches de l'église Saint-Gengoult, au milieu de confettis en forme de cœur. Un par un, elle déchire les papiers de soie. Elle croise et décroise ses jambes, se redresse, prend une pose nonchalante, détache ses cheveux, les met en arrière, les rattache. À la façon de Lena, elle glisse les bretelles de sa robe pour laisser dépasser son soutien-gorge pour finalement les remonter. Avec un caillou, elle grave des croix et des barbelés sur les marches. Les mêmes que sur ses bras. Elle dessine des « R » ici et là.

Concentré sur son aiguille, Charlou tatoue la peau du biker. Dans son tee-shirt moulant et son slim noir, quelque chose de très sexuel émane de lui. Attirée par son âge, son assurance, sa barbe de trois jours grisonnante, ses ridules, les veines qui ressortent sur ses avant-bras. Romy le trouve beau, différent des garçons de sa classe, de son cousin, de ses copains.

Précis dans ses gestes, Charlou effleure l'épaule avec précaution, se recule, fronce les sourcils, attend quelques secondes avant de s'y remettre. Peintre devant sa toile, il scrute l'endroit où il gravera sa touche. Terminé. Les gants en latex claquent avant qu'il ne s'en débarrasse dans la poubelle. Panier ! Une photo de son œuvre pour les réseaux sociaux. Le biker admire sa roue de bateau entourée de roses carnivores.

Sur la place, il n'y a plus que Romy dans sa robe gothique. Le soleil cogne. Elle le fixe. Depuis deux mois, elle n'arrête pas de penser à lui, à cet instant au pub rock. Elle se souvient encore de son odeur. Sur le pas de la porte, Charlou ramasse les mégots. Il tient à montrer une image clean de sa boutique et du tatoueur. Aucun risque d'infection. Il en va de même avec les filles de passage, rapports toujours protégés. Charlou possède autant de boîtes de préservatifs que de gants.

Il sait que Romy l'observe depuis tout à l'heure. Le jeu des thuyas recommence. Il refuse de faire le premier pas. Petitelouloutedu54 l'a déjà fait trop attendre. Il laisse la porte ouverte et fixe ses dessins avec une bombe d'aérosol. En fouillant dans ses pochettes, il retrouve des ébauches de logos, des créations de décors, des esquisses de portraits, et au milieu de tout ce fatras, des dessins de son fils.

Romy n'en manque pas une miette. Les pierres sont brûlantes, pas un seul coin d'ombre. Dos trempé, elle sent la transpiration. Elle se décide enfin. Dans sa grande robe, elle semble flotter au-dessus des pavés.

Elle frissonne sur le seuil. De la fournaise au congélateur : la climatisation marche à fond. Charlou sourit, l'air victorieux. « Salut, petite chatte. » Il l'invite à le rejoindre sur le clic-clac. Romy soulève sa robe pour enjamber les dessins.

Droite, les fesses au bord du canapé, les mains sur ses jambes, elle ne respire plus. « Hey, pète un coup. Je ne suis pas le président de la République. » Charlou lui propose un verre d'eau. Sa clientèle préfère la bière comme l'attestent les fûts entassés derrière son paravent Marilyn Monroe. Impossible de rater sa bouche rouge grande ouverte sous laquelle est inscrit : « Une petite pipe ? »

Le plafond recouvert de posters de rock déchirés : AC/DC, Black Sabbath, Nirvana, The Offspring, Motörhead, Metallica… On se croirait chez la Pau. Des images de pin-up sont punaisées sur un panneau en liège, derrière le canapé, et un poster de Dita von Teese dans un verre de Martini géant orne la porte de la salle d'eau.

Charlou baisse le son. Il écoute Rammstein, un groupe allemand que Lena détestait. Pas assez raffiné à son goût.

Romy lui demande ses carnets de croquis. Il lui montre tout et lui explique à quelle période de sa vie il a créé tel ou tel projet, avec qui, où, pourquoi. Comme tous les artistes, il adore parler de lui. Qui de mieux qu'une gamine de quatorze ans pour s'inventer un autre monde, une vie meilleure ? Romy tourne les pages doucement. Pour l'instant, elle le tient à distance. Elle sait très bien qu'à la fin du dernier carnet, il voudra passer à autre chose. Ses gestes, ses regards et ses questions sont contrôlés. Tout est dans la retenue. Très vite, le silence s'installe. Romy ne s'intéresse pas plus aux tatouages qu'au rock. Quand Charlou essaye de la lancer sur un sujet, elle hoche la tête comme ces chiens posés sur la plage arrière des voitures. Parfois, elle sort un « oui », un « je ne sais pas », ou un « hum ». Elle aimerait partir, mais elle n'ose pas.

Le soleil descend derrière l'église Saint-Gengoult. Charlou pianote sur son portable, il cherche un PCS, Plan Cul de Secours. Hors de question de se coucher sans s'être fait astiquer le membre. Il s'énerve, aucune n'est disponible. C'est idiot, il n'a pas son gamin. La semaine prochaine, ce ne sera pas la même : jeux, sorties au parc, caprices, coquillettes, sieste, dessins animés.

Charlou se rapproche de Romy, prend sa tête entre ses mains et la fixe. Il attend son consentement. Pas un mot, pas un geste qui lui interdise de la toucher : elle est d'accord. Il fait glisser les bretelles de sa robe et embrasse ses épaules. Immobile, en soutien-gorge, elle regarde la porte. Si quelqu'un entrait ? D'un bond, Charlou ferme le salon à clef et déploie le paravent dans la vitrine.

Il touche ses tétons et guette ses réactions. Rien. Il la fait se lever, la robe tombe. Son visage est à la hauteur du sexe de Romy, il le caresse à travers la culotte. D'un doigt, il dégage le tissu sur le côté pour y engouffrer sa langue. Romy recule, réajuste sa culotte, et cache ses seins. Charlou s'énerve, puis se radoucit, elle est si jeune après tout. Debout contre le comptoir, en sous-vêtements, avec ses baskets imitation Converse, elle ne sait pas ce qu'elle attend, ne sait pas ce qu'elle doit faire. Charlou déplie le clic-clac et sort deux oreillers, il lui tend la main. Ils restent allongés nus l'un contre l'autre quelques minutes.

La peau de Romy est bien plus marquée de croix et de barbelés que celle de Charlou ne l'est de tatouages. Pas un seul, à part une trace d'aiguille sur le pouce. Ce n'est pas banal pour un tatoueur. Il aime s'en vanter, c'est sa particularité.

Dans la pénombre, Charlou enfile un préservatif et se frotte contre elle jusqu'à ce que son pénis la pénètre. Elle est fermée. Il s'aide d'une main pour ouvrir ses lèvres qu'il recouvre de salive pour fourrer sa queue. Elle a mal, ses ongles s'enfoncent dans ses épaules. Il ne se contrôle plus. Coup de boutoir sur coup de boutoir, de plus en plus rapides. Il jouit. Vite, Romy ramasse ses affaires et se rhabille. Un tour de clef, elle claque la porte.

Ruelles, passer devant l'hôpital, traverser la gare routière, digicode, cage d'escalier, appartement, salle de bain, douche, cuisine, Lexomil, chambre, sous la couette, dormir. Des écureuils envahissent son lit. Jours suivants : cage d'escalier, passer devant le McDo, acheter des gâteaux à Cora, rentrer, vomir, dormir. Rentrée scolaire. Faire acte de présence au collège. Attendre le week-end, voir Charlou, faire l'amour de façon humiliante, toujours de dos et à quatre pattes, se sentir exister.

Obtenir le brevet grâce au contrôle continu. Remplacer l'allemand par l'espagnol au lycée Louis-Majorelle. Arrêter la correspondance avec Lena. S'inscrire sur Facebook. N'accepter que des contacts inconnus. S'interdire de regarder les informations sur La Réunion, les pédophiles, les attouchements. Acheter des sous-vêtements en dentelle et les ranger au fond de son tiroir. Sécher les cours, prendre le bus, errer dans les rues de Nancy, attendre que le temps passe. Pompes matin et soir, course au bord du canal. Tomber raide morte de fatigue. Oublier France. Maigrir. Détester sa poitrine. Raser tous les poils. Être lisse. Inventer des chorégraphies devant son miroir. Apprendre des répliques de film par cœur. Éviter son père : pas de problème, trois séjours de cinq mois en Côte d'Ivoire. Détester les uniformes, l'autorité aussi. S'essouffler, étouffer. Ruiner sa mère en nourriture et en médicaments. Se remplir, se vider, se remplir, se vider. Augmenter les doses. Angélique. Cadavérique. 39 kg. Perdre ses cheveux en grande quantité et boucher la baignoire. Les attacher. Mettre des bandeaux pour cacher les trous sur le crâne. Aménorrhée, hirsutisme, carence en potassium, papilles gustatives brûlées, malaises. Encore combien de kilos à perdre pour s'accepter ? Première littéraire : se pointer aux épreuves du bac et s'en aller. Sur un coup de tête, décider de prendre un train direction Paris. Ne pas monter. Errer au bord du canal. Éviter sa mère : pas de problème, reste au lit, enfermée dans le noir. Jeûne. Remplir le vide de son existence. Oublier France. Des fêtes avec Clément et ses copains à Boucq, Trondes, Corniéville ou Jouy-sous-les-Côtes : feux de la Saint-Jean, anniversaires chez Paulette et Nouvel An à la baraque de chasse. Se déguiser pour chaque sortie. Premier joint. Premier verre. Premier portable. Ne rien savoir sur le thème « Renaissance et humanisme » au bac. Échouer en beauté. Dix-huit ans. Permis offert par son grand-père. Inscription à l'auto-école place du Couarail, juste à côté du salon de Jolicœurtatoué. Pratique pour se faire culbuter et humilier. Une leçon de conduite : une pipe pour Charlou. Code : second passage. Permis : troisième coup. Accident de voiture sur une route de campagne pour rejoindre son cousin à Boucq. Endormie au volant. Trois tonneaux. Hôpital.

TROISIÈME PARTIE

GUEULE CASSÉE

Je voudrais faire l'amour dans du sang.

LOUIS CALAFERTE,
La mécanique des femmes

Chapitre 24

Assise sur le canapé, Romy fixe l'écran de télévision derrière le plexiglas. Clips et pubs défilent. Elle n'a d'autre choix que de regarder des filles en petite tenue ou des comédiens ratés faisant l'éloge de la javel, de la pâtée pour chat, d'une banque, d'un club de vacances. Ici, c'est Franck qui commande. Déjà dix-huit ans qu'il est interné en psychiatrie pour avoir tué sa mère. Il est le doyen du lieu et le gardien des chaînes de télévision. Interdiction de regarder les informations qui rappellent l'extérieur. Parfois, il autorise un film de science-fiction, la météo de 19 h 50, ou une émission culinaire.

Dans la salle commune, états limites, schizophrènes, bipolaires, autistes, dépressifs cohabitent. Il n'est pas rare de surprendre certains patients en train de parler avec la Vierge Marie ou Hitler. Michel, lui, passe son temps à mettre ses doigts dans son nez pour retirer les mouches qui bourdonnent à l'intérieur de son corps. Il les chasse avec ses mains et essaye de les écraser. Catherine, elle, s'exhibe. Sans prévenir, elle se déshabille très vite et se jette sur n'importe qui, n'importe quoi. Elle se frotte aussi bien à une jambe qu'à un pied de table et crie : « Je suis passionnée, passionnée,

passionnée ! » Marco, personne ne sait vraiment ce qu'il a. Il est shooté aux médicaments, comme tout le monde, mais il a droit à une dose de cheval. La tête en arrière, les yeux dans le vague, le corps mou, il bave dans son coin sur le canapé, toujours côté gauche contre le mur. Marco, ce n'est pas un mec qui se fâche facilement, mais sa place, il y tient. Ça ne se discute pas. Flavien, c'est l'autiste, il se balance d'avant en arrière sur sa chaise comme il pouvait le faire petit sur un cheval à bascule. En perpétuel mouvement. Fils de vieux, il a été placé à contrecœur par sa mère. Elle a tout fait pour le garder le plus longtemps possible, mais aujourd'hui adulte, il la dépasse et fait deux fois son poids. Le porter, le laver, l'habiller, le nourrir sont des tâches trop lourdes à présent. Nathanaël souffre du syndrome de Gilles de la Tourette, mais il n'est pas enfermé pour cela. Hospitalisé à cause de ses pulsions suicidaires. Il traite Romy de pétasse à chaque fois qu'elle se trouve dans son champ de vision, mais s'excuse immédiatement et demande à faire un « check ».

Les patients acceptent les tocs et les comportements étranges des uns et des autres. À midi, on ne commence pas à manger tant que Yannick n'a pas fait un tour de table pour connaître le signe astrologique de chacun, Caroline doit réciter les plaques d'immatriculation des voitures qu'elle a croisées lorsqu'elle revient de permission de sortie avant de pouvoir converser, Ousman clame haut et fort ses humeurs : stressé, angoissé, fatigué, en colère… Depuis que la psychologue lui a dit qu'il avait le droit d'avoir des émotions, il se sent obligé de les partager pour se libérer.

L'HP, c'est une grande colocation avec des règles et des espaces à respecter. Le temps passe, la routine s'installe, on s'habitue, on appartient à cette grande famille bizarre, mais moins effrayante que les gens du dehors. Entre ces quatre murs, on accepte les personnages imaginaires, les tics et les tocs, les lubies, les obsessions, les convictions, les états d'âme. Plus besoin de choisir sa tenue, pyjama bleu pour tous, en papier ou en coton suivant que l'on est suicidaire ou non. Les activités, les sorties et les rendez-vous sont planifiés par l'équipe médicale : 7 heures : lever ; 7 h 15 : rassemblement devant la salle commune ; 7 h 20 : pesée et prise de médicaments ; 7 h 30 : petit déjeuner, interdiction d'échanger les aliments ; 8 heures : douche ; 9 h 30 : attente dans l'espoir de croiser un médecin pour obtenir une date de sortie ; 11 heures : désespoir ; 12 heures : déjeuner, crudités, pâtes et viande ou poisson, fruit ; 14 h 30 : sortie dans la cour de l'hôpital appelée le « jardin d'Ève » ; 16 h 30 : goûter ; 18 h 30 : dîner, brique de soupe et compote ; 20 h 30 : extinction des feux.

Tonneaux. Urgences. Jeanne-d'Arc. Hôpital psychiatrique. Romy se repasse la scène de l'accident en boucle. Comment est-elle passée d'une jupe d'été à un pyjama en papier ? Pourquoi s'est-elle trouvée démunie de tout objet personnel ? Pourquoi est-elle enfermée chez les fous ? Combien de consignes à respecter ?

— Permission de sortie interdite.

— Droit de visite : parents seulement.

— Coup de téléphone : un par jour. Carte téléphonique à puce de cinquante unités.

— Doit demander l'autorisation à un infirmier pour se rendre aux toilettes.

— Doit s'isoler pour manger, ne rien donner aux autres patients.

— Doit rendre ses écouteurs avant de se coucher, possibilité de s'étrangler avec le cordon.

— Doit mettre son déodorant et son mascara devant un infirmier, possibilité de s'asphyxier et de se percer les yeux.

— Peut demander à Bertrand, l'aide-soignant en charge des courses le vendredi, un paquet de cigarettes, des magazines, du chocolat, des tickets à gratter, une carte téléphonique. Tout ce qui ne représente pas un danger pour le malade.

Fin août, grand soleil. Romy se souvient de chaque minute de cette journée. Angoissée, pour la première fois, il n'y aura pas de rentrée, pas de projets. Elle s'est rendue à la mission locale, place de la République, pour trouver une formation. Vivre chez ses parents est devenu insupportable. Son conseiller, Malek, un jeune Nord-Africain, genre cool et style grand frère des jeunes défavorisés, lui a fait remplir un formulaire pour passer son BAFA, un moyen de se faire de l'argent facile en attendant de trouver un vrai métier. Chanter des comptines, taper dans un ballon, fabriquer des cocottes en papier, surveiller les gosses lors des trajets pour se rendre au gymnase : ce n'est pas bien compliqué.

Malek ne connaît qu'une seule et unique voie pour tous : l'éducation populaire. Il remplit les dossiers BAFA et place les jeunes comme animateurs au centre social de la Croix-de-Metz ou à la MJC de Toul. Romy n'a pas osé lui dire que les gosses l'horripilaient, qu'il lui était impossible d'être à leur contact. Essuyer leur merde, leur morve et leurs larmes, supporter cris et caprices : non merci. Mais c'était cela ou ramasser la merde des vieux des maisons de retraite Douzain et Les Ombelles. Quelle merde choisir ? Que ce soit l'une ou l'autre, elle serait enfermée du matin au soir. Elle n'avait pas non plus envie de faire une formation d'aide à la personne. Hors de question de jouer le rôle de serpillière : laver, éponger, absorber, essorer, rincer la crasse des autres. Vaporiser l'atmosphère et la camoufler par un faux sourire, des mots passe-partout. Enchaîner douze heures sans pause, avec l'interdiction de protester et de rechigner. De toute façon, on trouve toujours du monde pour ce genre de poste.

Romy parle correctement le français, elle est jeune, gentille et polie. Le savoir-vivre, elle connaît. Malek la rassure, elle possède toutes les qualités pour travailler dans le social. La tête de l'emploi, elle rentrera dans la case à cocher pour remplir son quota.

Énervée, Romy a pris le dossier avec la feuille des pièces à rapporter pour le prochain rendez-vous : carte d'identité, livret de famille, numéro de sécurité sociale, photo d'identité.

Hélène l'attendait dans la cuisine, elle avait parlé au directeur du centre commercial pour la prendre à l'essai une semaine comme hôtesse d'accueil. Elle commencera lundi, cela lui fera une expérience sur son CV encore vierge. Romy a serré les poings et s'est frappé les tempes de coups rapides et réguliers pour canaliser sa violence. Impuissante, Hélène l'a regardée, elle ne l'empêche plus de s'autodétruire. À quel moment a-t-elle baissé les bras ? Les années ont tué la lueur d'espoir qu'elle cultivait. Si éteinte, vieille avant l'heure. En fin de journée, elle retrouve un peu de force pour se rendre à la cathédrale et prier le bon Dieu. Elle lui demande d'apaiser les souffrances de sa fille. Romy ne supporte pas cette sensation de faire pitié.

Rentrer dans le moule, faire comme tout le monde, se lever, trimer, gagner trois sous, se marier pour moins galérer, trouver un logement social, ne plus avoir de quoi vivre le 5 du mois, tomber en cloque, remplir les papiers de la CAF, quémander pour trouver des vêtements de bébé, ne pas supporter la maternité, baby blues, échecs, frustrations, séparation, mère célibataire, attendre la fin. Quelle fin ? Mais il faut caser Romy. Que va-t-on faire d'elle ? Véritable déchet de la société, une cassos. Romy expulse avec rage l'avenir que ses parents projettent pour elle. Ils ne connaissent rien de sa vie, de ce qu'elle pense, de ce qui la construit, de son univers pour survivre. Sa place au sein de la famille se résume à une excroissance, une mauvaise herbe, une faute de parcours. C'est la folle. Il en faut toujours une, c'est tombé sur elle. Romy ne subira plus.

Le jour de l'accident elle a pris un Lexomil pour se calmer, s'est préparée pour la fête organisée par son cousin à la baraque de chasse. Elle a enfilé un débardeur en dentelle, une minijupe en jean et ses tennis imitation Converse avant de prendre le volant de la 205. Sur les petites routes sinueuses, Romy conduit bien au-delà de la vitesse autorisée. Elle ne se donne pas la peine de surveiller le compteur et remet sa vie entre les mains de n'importe quelle haute autorité : Dieu, le Destin, le Karma, le Hasard, le Grand Tout.

La radio de la 205 ne fonctionne plus, elle écoute sa chanson favorite, *Hysteria* de Muse sur son iPod. Le Lexomil fait son effet, Romy ferme les yeux. Les mains accrochées au volant, les écouteurs dans les oreilles, elle ne prend pas le virage à 90° mais fonce tout droit dans un champ de colza. Les roues avant butent contre le fossé, la voiture enchaîne trois tonneaux avant d'arrêter sa course. Les deux motards qui la suivaient, un militaire et sa femme, s'arrêtent à hauteur de l'épave. L'homme parle à Romy qui doucement reprend ses esprits, la tête à l'envers, pendant que sa femme appelle les pompiers. Deux heures pour la désincarcérer et la sortir par le coffre. Un corps enfermé dans un tas de ferraille. On l'immobilise dans une coque pour prévenir un traumatisme crânien et d'éventuelles fractures, le médecin urgentiste lui administre de la morphine. Romy ne se souvient de rien, juste qu'elle était en route pour sa soirée. Elle allait bien. Elle ne comprend pas pourquoi on l'emmène à l'hôpital. Plus tard l'équipe médicale dira à Hélène que sa fille a eu beaucoup de chance. Inconsciente, elle s'est laissé porter, et n'a pas cherché à reprendre le contrôle du véhicule en accélérant ou freinant. Finalement, c'est ce qui l'a sauvée. Romy ne reste qu'une nuit aux urgences, le temps de surveiller son état. Stable.

Assise sur le lit, elle attend sa mère quand deux ambulanciers viennent la chercher sans explications et l'embarquent dans leur fourgonnette, direction l'hôpital psychiatrique Jeanne-d'Arc. Accueil, sas, une infirmière lui retire ses vêtements et lui tend un pyjama en papier bleu, prescription de neuroleptiques par le psychiatre pour la contrôler, attribution de sa chambre, énonciation des consignes à respecter. Pet au casque. Larve.

Hélène et Philippe lui rendent visite tous les jours depuis trois mois. Souvent Philippe rechigne, il préférerait attendre dehors plutôt que de voir sa fille enfermée chez les fous. Alors, Hélène tire sur la manche de son manteau pour l'obliger à l'accompagner. Elle ne veut pas y aller seule. Au début, Romy ne les reconnaissait pas : les yeux dans le vide, elle bavait.

Mickaël lève son menton, lui ouvre la bouche, y dépose un cachet, la referme et lui tend un gobelet d'eau. Romy doit sortir la langue et la soulever pour lui montrer qu'elle a bien avalé.

Les entretiens familiaux se déroulent toujours de la même manière. Hélène lui caresse la main, et s'excuse de l'avoir placée ici, mais elle n'avait pas le choix, c'était pour la protéger. Comment pouvait-elle penser que l'on allait droguer sa fille au même titre que les autres patients ? Si elle avait su, elle n'aurait pas demandé de l'aide au docteur Bencheikh. Elle n'aurait pas accepté une hospitalisation sans consentement.

Livres et Schtroumpfs partent à la poubelle. Romy refuse tous les cadeaux de ses parents. Elle accepte de les voir dans la salle commune trente minutes pas plus. Au milieu des blouses blanches et des pyjamas, une scène traditionnelle d'une famille somme toute normale. Hélène sort du chocolat de son sac que Romy distribue aussitôt aux autres patients. Les deux visiteurs la laissent se donner en spectacle. Assis au fond de leur chaise, Hélène et Philippe attendent qu'elle regagne sa place.

Des patients viennent leur serrer la main pour les remercier. Philippe ne peut s'empêcher de s'essuyer sur son jean.

La mère de Flavien les rejoint après avoir passé une heure avec son fils. Besoin d'empathie et de compréhension. Entre parents de malades, on s'entraide. Hélène ne décroche pas un mot, Romy n'est pas autiste, pas schizophrène, pas bipolaire, elle traverse juste une période difficile, le soleil reviendra. Philippe écoute cette femme comme il écouterait une victime de guerre, par devoir.

À leur arrivée, Hélène et Philippe apportent un peu d'animation. Le bruit de la sonnette donnerait presque le sentiment d'être à la maison et de recevoir des invités pour le goûter. Cela change de l'alarme qui hurle en continu : « Intervention, renfort demandé. Intervention, renfort demandé ». Les patients ne l'entendent plus. Certains guettent « le bocal à poissons », comme ils l'appellent, pour désigner le poste de soins où sont enfermés les soignants. Ils attendent de voir dans quelle direction les infirmiers se dirigent et surtout s'ils tiennent entre les mains le « Si Besoin », un code entre eux qui signifie la piqûre tranquillisante. Les portes claquent, le personnel s'agite, des patients s'excitent et en profitent pour déclencher d'autres crises. L'équipe médicale est débordée, tout le monde s'énerve, se rejette la faute, s'en prend aux malades. Cela se termine par une punition collective à l'heure du repas, bien souvent, une privation de yaourt.

Durant les premières minutes avec ses parents, Romy les supplie de la faire sortir, elle s'énerve, s'agrippe à la table, étouffe ses mots pour ne pas que son comportement lui nuise. Elle déverse sa colère, vomit sa rage, puis elle se radoucit, attrape la main de sa mère, pose la tête sur son épaule, réclame un bisou sur la joue, rappelle un souvenir d'enfance.

Romy use de la sensibilité d'Hélène, de sa faiblesse, elle l'apitoie par tous les moyens.

Les lèvres d'Hélène tremblent, elle retient ses larmes, elle ne doit pas céder. Sa fille est en sécurité. Dans sa tête, elle se répète que tout va bien, Romy ne peut plus se faire mal. Hélène se sent obligée de parler aux autres patients, de leur demander ce qu'ils ont fait aujourd'hui, elle regarde les mandalas coloriés, écoute le vainqueur des parties d'échecs, accepte de lire l'horoscope de Yannick. Elle demande à Romy si elle s'est liée d'amitié avec certaines personnes comme elle le faisait à la fin de ses leçons de danse classique. Très vite, Hélène s'emballe, elle ne supporte pas le silence, il faut cacher les bruits bizarres de l'établissement, surtout ne pas les entendre, ne pas se rappeler que l'on est dans la maison des fous. Alors elle se lance dans un discours qui n'a ni queue ni tête sur la météo, des nouvelles du grand-père, des camarades de classe croisés au centre-ville. Les mots s'entrechoquent, Hélène en avale un sur deux, les phrases se coupent et s'emmêlent. Philippe lui presse le bras pour qu'elle se calme, elle interpelle un infirmier, demande à voir le psychiatre, il faut diminuer la dose de médicaments de sa fille, son bébé.

Pour mettre un terme à l'entretien, Romy se lève et retourne dans sa chambre. Ses parents attendent qu'un soignant vienne leur ouvrir la porte avec le pass si convoité. Bon nombre d'infirmiers et d'aides-soignants sont victimes d'agressions. Les patients rêvent d'obtenir cette clef qui représente le pouvoir, la liberté, la négociation, le chantage, et l'enfermement. Elle est suspendue par une cordelette autour des cous, sous les blouses blanches ou cachée au fond des poches. Argentée et dotée de deux crans, elle est reconnaissable entre toutes. Les stagiaires sont toujours très fiers quand on la leur remet pour la première fois. Pourtant, la frontière est mince. Patients et soignants cohabitent et la folie finit par contaminer tous ceux qui sont enfermés. Le fou n'est pas toujours celui qui porte le pyjama bleu.

Romy déteste le week-end, il ne se passe rien à l'HP. Plus de soins, pas de visites. De nombreux patients ont obtenu des permissions de sortie, moins de fous pour se distraire. Les soignants sont d'humeur exécrable, eux aussi sont isolés, contraints à s'occuper de grands malades, ceux qui ne respirent jamais l'air extérieur. Romy n'a pas le droit de rentrer chez elle le vendredi soir. Le psychiatre a peur qu'elle récidive, et puis il trouve Hélène encore trop fragile pour s'en occuper. Quant au père, entre la boisson et ses absences, il ne ferait que briser la stabilité que Romy retrouve peu à peu, à sa façon.

En HP, c'est la loi du plus fort. Entre le pass, les médicaments à donner, le choix des malades pour une sortie au « jardin d'Ève », la cour bétonnée entourée de barbelés, les patients ne font pas le poids. C'est l'infirmier qui décide. Soumission et docilité. Parfois, Mickaël apporte une balle en mousse pour des passes. Si Romy a compris une chose, c'est qu'elle a intérêt à la boucler et préparer ses coups en douce. Pas de règles, chacun pour soi.

Elle passe ses aliments sous la table pour ne pas manger, boit beaucoup d'eau pour gagner du poids avant la pesée du matin, ne dort pas la nuit pour être la première à la douche et éviter ainsi de se laver au milieu d'une quantité effroyable de poils et de cheveux, sourit à Mickaël pour qu'il accepte qu'elle intègre le groupe qui ira s'aérer en début d'après-midi, minaude auprès de Bertrand pour qu'il rajoute les centimes manquants pour un paquet de cigarettes lors des courses du vendredi.

Au fil des jours, Romy trouve sa place, devient de plus en plus agressive, se défend de toutes les attaques, sait même les anticiper. En HP, l'animal en chacun surgit. Enfermés dans une cage, lions, guépards, tigres, hyènes, léopards se griffent et se bouffent. Matin et soir, Romy s'acharne à faire huit séries de pompes, l'après-midi, Bertrand l'emmène au -1, chez les vieux dépressifs, pour faire du vélo d'appartement. À ce niveau, les personnes âgées bénéficient d'une salle d'activités pour passer le temps. Les mémés qui radotent tricotent et les pépés qui flanchent apprennent à coudre ou colorient des mandalas. Bertrand laisse Romy entre les mains de l'animatrice qui fait la tête quand l'aide-soignant lui descend un fou. Même inoffensif, il reste fou et représente un danger pour ses petits vieux. Quand Romy commence à pédaler, il y a toujours un papy gâteux qui arrête son activité pour l'observer.

Romy séduit, Romy excite, Romy manipule, Romy scandalise, Romy joue, Romy vit. Il n'y a que cela à faire en psychiatrie, s'amuser comme on peut. Dans un milieu d'hommes, elle drague soignants et patients, elle teste son pouvoir de séduction. Pas un seul ne reste insensible. Sous son regard noir goudron, la droiture de quelques infirmiers s'évapore comme des gouttes de Tercian, un puissant neuroleptique. « Intervention, renfort demandé. Intervention, renfort demandé. » Enfermés H24, la sexualité est omniprésente. Personne n'est épargné, pas même Hilda, l'infirmière psychorigide, mais certainement pas frigide. Le soir, dans les chambres, des râles de plaisir s'échappent. Chacun se masturbe avec frénésie et personne ne s'en cache, les cris de jouissance montent en puissance. Éjaculation collective. Romy se bouche les oreilles pour ne pas entendre certains crier son prénom.

Lou, le surveillant de nuit, n'hésite pas à lever la main pour se défouler. En plein divorce et garde partagée, il évacue sa colère sur un fou, jamais choisi par hasard. C'est Flavien qui prend pour tout le monde. Enfermé dans sa bulle, il ne répétera rien. Romy, il ne peut pas la toucher. Elle l'insupporte, son silence l'agace. Elle voit tout, entend tout, ne dit mot. Quand parlera-t-elle ? Quand le dénoncera-t-elle ? Tout ce qu'il peut faire c'est l'éclairer en pleine figure avec sa lampe torche, derrière le hublot. Il espère la coincer avec ses écouteurs sur les oreilles, il reste persuadé qu'elle ne les donne pas toujours avant de se coucher. Il la trouve assise, dans la position papillon de danse classique, elle l'attend. Au début elle protégeait ses yeux avec son avant-bras, puis elle s'est mise à cligner des yeux, maintenant elle le fixe jusqu'à en pleurer. Romy attend qu'il retourne dans le bocal à poissons pianoter sur son portable pour déambuler dans les couloirs, pieds nus. Elle se dirige vers le panneau lumineux vert qui indique la sortie, puis devant la porte, elle patiente. Dans l'obscurité, elle attend qu'un soignant entre pour se glisser dans l'entrebâillement et s'enfuir. Une occasion qui ne se présentera jamais.

Romy aime la nuit. Le temps est suspendu et tout semble possible. Elle s'invente des vies, se crée une nouvelle identité, imagine un autre monde : le monde de la scène, du bling-

bling, des paillettes et de l'argent. Sur les poufs en plastique, avachie, elle ferme les yeux et, dans le silence sombre, élabore des chorégraphies et confectionne des costumes sur des musiques qu'elle se passe dans sa tête. Elle se fait des promesses. Promis, juré, craché, elle ne sera ni comme sa mère, ni comme son père. Toutes ses pensées appartiennent à la nuit, personne ne brisera ses rêves. Impossible d'anéantir sa vie en copeaux de verre.

Tout bien comme il faut : pari tenu. Romy a utilisé les bons mots lors des entretiens avec les médecins, a pris trois kilos pour rassurer, a établi un « lien » avec les petits vieux, s'est mise dans une nouvelle « dynamique » de « réinsertion sociale », a participé à « l'élaboration d'un projet de vie », a travaillé « la confiance en soi » et « l'estime de soi » avec la psychologue. Elle a accepté, juste le temps de son séjour, les mots tels que cadre, ordre, autorité, hiérarchie, contraintes. Elle est rentrée dans le moule, a pris sa place de citoyenne ordinaire et a décidé de croire en la vie. Les petites voix suicidaires se sont tues. Devant le psychiatre, son discours s'est coloré de soleils, smileys et arcs-en-ciel façon Lena. Les éclairs, menaces et TS ont disparu du paysage. On lui a proposé des permissions de sortie pour le week-end. Romy a refusé. En quatre mois, elle s'est habituée aux odeurs, aux déglingués, aux pervers, aux mensonges, à l'enfermement, à la privation, aux jugements, aux censures, à la violence. Le psychiatre s'est inquiété, elle ne devrait pas se sentir comme à la maison. Canapé, plat réchauffé, pesée, pompes : même quotidien qu'au premier étage du bâtiment A, boulevard de Pinteville à Toul.

18 décembre. Entrée en été, elle sort en hiver. Philippe est venu la chercher seul. Hélène a fait une crise dans la nuit : la peur de retrouver sa fille. Sans doute Romy lui en voudra-t-elle ou cherchera-t-elle à se venger. Un jour, c'est elle qui les internera : sa mère pour dépression et son père pour alcoolisme. Dans le bocal à poissons, Philipe signe les papiers de sortie. De l'autre côté de la vitre, Romy l'observe. Pauvre vieux. Il a perdu de sa superbe : amaigri, le teint gris, petit homme.

Dans son jean et ses baskets, elle se sent serrée, elle n'est plus habituée aux vêtements civils. L'équipe médicale lui adresse quelques mots encourageants : « Bonne continuation », « Et que l'on ne te revoie plus ! », « À toi une nouvelle vie ! » Romy n'écoute pas, elle est déjà partie. Philippe embrasse son front, elle se dégage. Elle marche derrière lui. Elle reconnaît des bouts de couloir, un carrelage cassé, un néon plus jaune que les autres, les portes battantes, l'ascenseur chromé et ses touches orangées lumineuses, le parking. Trajet en sens inverse. Venue sous un soleil de plomb, sortie accompagnée par des flocons de neige.

Son père lui ouvre la porte côté passager, Romy bloque. Elle ne posera pas le pied dans cette voiture.

Les maisons et les réverbères sont décorés, les fenêtres sont entourées de guirlandes, les gens sont joyeux. Romy se met à courir.

Chapitre 25

À l'orée du bois, les poutres et le plancher de la maison isolée grincent. La fenêtre de la chambre est grande ouverte, des stalactites aussi pointues que des javelots pendent à la gouttière qui ploie sous le poids des années. Martin répare son tracteur dans le hangar à côté de la mare et profite de l'hiver pour s'occuper de ses machines, étudier les nouvelles technologies agricoles, retaper le poulailler et la niche de son berger allemand.

La neige recouvre les champs traversés par des chevreuils qui s'engouffrent dans la forêt. Le froid pénètre la pièce. Il paralyse le visage pâle de Romy, réfugiée au milieu de nulle part, seule. Depuis deux mois, elle veille la nuit et dort le jour, bercée par le bruit lointain des moteurs de motocross et des coups de marteau sur un toit en tôle. Elle vit encore au rythme de l'HP. Perdue sous les draps, elle ne s'habitue pas à ce grand lit où elle est libre de ses mouvements. Elle maîtrise les espaces confinés, les matelas pneumatiques, un bout de canapé. Élargir son territoire est impossible. Depuis des années, elle a appris à se faire toute petite, à s'effacer et se faire oublier.

Martin la laisse exister. Il a craqué pour ses oreilles de Minnie, son boa à plumes noires et sa robe rouge étoilée à la soirée déguisée du Nouvel An à la baraque de chasse. En un instant, elle a posé une note colorée dans sa vie mélancolique. Cachée dans son coin, elle sirotait un jus et évitait les regards, différente des autres filles trop sûres d'elles-mêmes. Martin a longtemps hésité avant d'engager une conversation. Clément était son meilleur pote et sa cousine, la plus jeune du groupe avec ses dix-huit ans. Elle faisait partie du décor, pas de la bande. Même si Lili, par de multiples ruses, la dévergondait et l'obligeait à se déhancher sur la piste de danse, Romy restait cette figure énigmatique. Insaisissable, un peu barrée. Personne ne trouvait grâce à ses yeux. Rien ne captait son attention.

Quand elle a appelé Martin ce 18 décembre, il n'a pas hésité une seconde. Il a foncé. Romy l'attendait en bas de l'immeuble, emmitouflée dans un vieux treillis avec un sac-baluchon militaire. Avant de l'aider à monter dans son 4 × 4, il a déposé une couverture rouge sur le siège pour la protéger des poils de chien et jeté à la hâte les mégots qui débordaient de son étui à lunettes cassé. Romy lui a juste demandé de s'arrêter au McDrive, le temps de commander un McFlurry nappage chocolat. Elle en rêvait depuis quatre mois. Elle avait encore le goût du plastique des barquettes de l'hôpital au fond de la bouche. Martin l'a regardée discrètement manger sa glace comme une enfant, sans prendre de précaution. Elle a raclé les rebords et léché ses doigts. Elle se comparait souvent à un aspirateur qui ramasse les miettes et les débris.

Enfoncée dans son siège, elle ressemblait à un bébé ou à une petite vieille, toute fripée, fragile, voûtée, lèvres pincées. Les mains bleuies par le froid, elle a retiré ses mitaines humides et augmenté le chauffage. Les yeux fermés, la tête contre la vitre, elle se laissait porter. Son corps se relâchait enfin, ses muscles se détendaient, les rides de son front s'estompaient peu à peu. Elle s'est endormie.

Son crâne lourd tire sur sa nuque. Romy passe ses doigts sur chaque vertèbre et roule ses trapèzes entre le pouce et l'index. Un courant électrique la traverse : un nerf coincé. Elle tapote chaque partie de son corps pour le réveiller. Bassin cloué au matelas, cuisses pesantes, chevilles ramollies. Du bout du pied, elle cherche ses chaussettes tombées sur le parquet. Elle les garde pour se coucher, mais les retire toujours au milieu de la nuit. Dans la grosse armoire en chêne, elle chipe un pull d'homme qui couvre ses fesses. Elle a froid, mais transpire entre les plis : aisselles, aines, sexe, raie, arrière des genoux. La nuit est tombée. Romy sort de sa cachette.

La maison entière sent le café, le tabac, la poussière et le vieux. Martin a racheté la propriété de sa grand-mère, celle qui l'a élevé, quand on l'a placée en maison de retraite, au foyer Douzain.

Sur la pointe des pieds, Romy va dans la salle de bain. Elle se met nue devant le miroir aux contours rouillés, elle défie son reflet, se fait des promesses de vengeance et se persuade de sa réussite future. Elle observe scrupuleusement ses grains de beauté en relief, les cicatrices sur ses avant-bras, les vergetures de ses cuisses et les boutons d'acné. Les sourcils froncés et le regard sombre, elle traque chaque imperfection. Rachitique, peau grise et joues creusées : pour la première fois son physique l'effraye. Omoplates et clavicules ressortent sous sa peau translucide. Une carcasse de poulet.

Ses mains descendent sur son torse de garçon et empoignent avec férocité ses mamelles atrophiées. Sur le sternum, autour de chaque sein, le long de la ligne blanche, ce trait vertical qui descend du nombril au pubis, de longs poils drus se dressent : excès de pilosité, conséquence de l'anorexie. Avec ses doigts, elle tire dessus. Ils bouclent en queue de cochon. Elle prend sa pince à épiler, les arrache un par un et les étale sur la vasque blanche. Une multitude de points rouges en relief se dessinent sur sa peau.

Romy perd ses cheveux, l'idée de ne plus en avoir la terrifie. Elle s'imagine le crâne chauve, à porter un bandana comme les petits cancéreux. Dans sa trousse de toilette, elle prend une seringue et deux ampoules de Bépanthène, traitement pour les alopécies diffuses. Elle applique de l'alcool sur un coton pour désinfecter la fesse gauche. Sa chair est cartonnée à force de la percer au même endroit. Elle doit s'y reprendre à plusieurs fois. Elle déteste ce bruit semblable à de la neige qui craque sous des pas. À mesure que le produit s'écoule, une agréable douleur se propage dans son corps et des endorphines se diffusent dans son esprit. Apaisée, elle rebouche la seringue et l'enveloppe dans du papier toilette pour la déposer au fond de la poubelle, cachée par des cotons, des boîtes de médicaments et de laxatifs, des peaux mortes et des boules de cheveux retirées de la brosse.

Romy plonge dans son bain bouillant. L'eau brûle sa peau, la chaleur l'engourdit. Dans cette maison reculée, à l'abri des regards, des médisances et des ragots, les heures glissent sur sa peau avec autant de facilité qu'une lame de rasoir. La mousse pénètre tous ses orifices. Pour sortir, elle s'agrippe à la clenche de la fenêtre au-dessus d'elle. Tension en chute libre. Elle dépose une serviette devant le trou de la serrure. Elle a peur d'être vue, encore un réflexe de l'HP. Combien de patients sont venus gratter à sa porte ? Romy badigeonne son corps de crème pour bébé. Elle adore enfoncer cette texture onctueuse et la douce odeur de nourrisson. Avec l'index et le majeur, elle se dessine une moustache qu'elle oublie parfois de retirer quand elle quitte la salle de bain. Quand Martin est dehors, elle en profite pour essayer les bagues et les sautoirs de la grand-mère. Elle ressemble alors à un sapin de Noël.

L'armoire de sa chambre regorge de fripes : robes à pois, à fleurs, à carreaux, blouses, tabliers et une multitude de rubans. Elle consacre ses soirées à rafistoler, ajuster, couper, raccourcir sa nouvelle garde-robe. Ceintures, boucles d'oreilles à clip, broches, barrettes, mouches, voilettes, talons aiguilles agrémentent ses tenues. La vie secrète de Romy foisonne d'idées de spectacles de danse, de théâtre, de mises en scène décalées, de personnages excentriques.

Dans la peau d'une de ses créatures nocturnes, elle déambule dans la maison au milieu des vieilleries. Jackpot participe à ses jeux. Le berger allemand la suit partout, il se couche près d'elle et tend son ventre pour des caresses. Parfois, elle s'endort à ses côtés, sur le tapis. Assis en haut, sur les dernières marches de l'escalier, Martin contemple entre les barreaux cette étrange fille qui ne cesse de le hanter. À distance, il surveille Romy et fait son possible pour lui rendre la vie plus douce. Un matin, sur la table de la cuisine, une machine à coudre. Un autre, une boîte à thé. Martin reste dans l'ombre. Il a trop peur que l'oiseau tombé du nid s'échappe. Romy le sait, elle se prête au jeu.

Le soir à 19 heures, ils se retrouvent autour de la grande table en bois à la cuisine. Martin concocte un plat avec les légumes bio qu'il cultive. Il adore préparer les repas pour Romy et s'est mis en tête de la guérir de ses crises de boulimie. Elle l'observe, assise sur le banc, les bras croisés autour de ses genoux. Aux fourneaux, il hume les gamelles, goûte, ajoute quelques herbes.

Le soir, il se fait beau pour elle. Après sa longue journée de travail, il fonce dans la salle de bain, se frotte au savon de Marseille, se rase, enfile une chemise propre et se met de l'after-shave. Un jean 501 Levi's, des chaussettes trouées cachées dans les baskets Nike, sa gourmette. Il attend que Romy daigne poser les yeux sur lui quand il descend. Elle lui dit qu'il sent bon. Cela s'arrête là. Elle ne voudrait pas que Martin puisse s'imaginer une vie à deux. Dans sa vie il n'y a pas de place pour lui, pour n'importe qui d'autre non plus.

La chemise de Martin est toujours trempée entre les omoplates. Il remonte ses manches pour saisir la queue des poêles et jette un torchon sur son épaule pour essuyer ses larmes quand il coupe les oignons. Sa main gauche est souvent planquée dans sa poche, il n'a plus d'index. C'est arrivé avec une disqueuse lors de la construction de son bateau. Il s'était mis en tête de tout plaquer et de faire le tour du monde à la voile. Mal recousu, il a une sorte de moignon dégueulasse. Pourtant c'est la partie de son corps que Romy préfère. Elle s'imagine embrasser ce bout fauché, le réconforter, le prendre dans sa bouche, lui montrer que pour elle, ce doigt en moins n'a aucune importance. Ses yeux bleus transparents, elle les aime aussi. Elle lit en lui. Hypersensible, hyperémotif, hyperactif, hyper négatif, hyper amoureux : Martin.

Romy aime jouer aux « questions débiles » : un petit jeu qui consiste à apprendre des choses sans intérêt sur l'autre. Martin attend ce moment. « Où aimerais-tu mourir ? », « Le film qui te fait pleurer ? », « Ce qui te rend agressif ? », « Mer ou montagne ? », « Quelle confiture sur tes tartines ? », « Chocolat noir ou au lait ? », « Combien de verres pour une cuite ? »

Martin pousse Romy à terminer son assiette, comme une enfant. Elle négocie. Deux cuillères, pas plus. Juste après le repas, il lui demande de l'aide pour la vaisselle ou lui propose de regarder la télévision. Au début, elle refusait pour aller vomir. Puis la peur de ne plus avoir de toit a été plus forte. Elle s'est contrôlée pour passer du temps avec lui. Petit à petit, son obsession s'est dissipée. Doucement, elle a appris à manger. Elle a commencé à remplir des assiettes à dessert afin de contrôler la quantité ingurgitée. Romy ne sait pas doser : nourriture ou sentiments, c'est toujours trop ou pas assez.

Dans cette maison reculée, elle apprend à respirer, se maîtrise pour ne plus compter jusqu'à 8, s'empêche de mettre deux doigts dans la bouche, ne se scarifie presque plus, a stoppé ses coups dans le mur. Elle aide Martin à entretenir la maison et à vendre ses paniers bio le lundi soir à Ludres. Dans son ciré bleu et des bottes trop grandes pour elle, elle bêche, retourne la terre, plante, arrache, désherbe. Ses déplacements deviennent naturels, elle s'approprie chaque recoin. Pense-bêtes, livre laissé ouvert à la bonne page, dé à coudre posé avec des rubans sur la grande table, rouge à lèvres, cheveux au sol, parfum monoï, radio allumée : elle prend possession des lieux avec son bazar. Martin veille à ne pas l'étouffer. Elle vit au jour le jour sans penser à la mort ni à France. Ici, elle est cachée. Elle n'a pas peur des sonneries : il n'y a ni téléphone ni sonnette. Pas besoin de surveiller le courrier et la boîte mail de son père. Elle n'écoute pas les informations à la télévision, mais lit *L'Est républicain*.

Le dimanche, elle appelle sa mère depuis la cabine téléphonique du village. Il lui reste pas mal d'unités sur la carte achetée chez les fous. Ses coups de fil ne durent jamais plus de deux minutes. « Mon bébé, je t'aime, je suis là pour toi. Promets-moi que tout va bien, que tu es en sécurité. Pardonne-moi. Je ne voulais pas t'enfermer à l'hôpital, mais je m'inquiétais tellement », Hélène se répète, emploie les mêmes mots, prononce les phrases dans le même ordre. Romy l'écoute, puis l'interrompt par un « Au revoir » sec. Parfois, Hélène lui laisse entendre que la situation avec son père est compliquée. Depuis son départ, Philippe boit beaucoup, découche. Ils vivent chacun de leur côté. Elle ne travaille plus au centre commercial. Le docteur Bencheikh l'a mise en arrêt maladie sous antidépresseur et anxiolytique : Effexor et Xanax. Pour ne pas se couper totalement du monde, elle aide sa cousine Élisabeth au magasin « Femmes en formes ».

Martin a trouvé un but à son existence : lui donner le goût de vivre. Il a compris qu'il devait la surprendre tous les jours, lui procurer de nouvelles sensations et la laisser choisir, contrôler, décider, n'en faire qu'à sa tête. Il sait qu'elle se réfugiera dans ses bras et que dans la seconde qui suit, elle le repoussera. Elle jouera, le testera, le manipulera, le poussera à bout pour connaître ses limites. Quand la jettera-t-il dehors ? Quand l'abandonnera-t-il à son tour ? Martin résiste et accepte les coups.

Ensemble, ils font de grandes balades, visitent les forts d'Écrouves, Bruley, Lucey. Romy contourne les militaires qui sécurisent les lieux. Elle déteste les treillis. Ils finissent toujours par entrer d'une façon ou d'une autre. Martin l'aide à grimper, lui fait la courte échelle pour escalader les murs tagués qui s'écroulent. Muni d'une lampe torche ou d'un briquet, il joue à l'éclaireur.

À chaque virée, il la prend en photo avec son vieil argentique. Il la photographie sur le vif. De dos, de profil, en train de marcher, de monter sur un tronc d'arbre, de s'étirer en tendant ses mains vers le ciel, le nombril à l'air, perdue dans ses pensées, adossée contre un rocher, en doudoune, en jean, en robe, les cheveux toujours détachés. Ils montent sur le plateau en fin de journée pour capter la lumière violine, s'amusent à faire le parcours de santé au ralenti, n'oublient pas un seul exercice et finissent par s'asseoir sur le banc en pierre au point de vue. En silence, ils observent les maisons qui s'allument chacune à leur tour, en un clic de souris.

Martin aimerait la prendre dans ses bras, goûter ses lèvres, sentir sa poitrine contre lui. Il ne le fera pas. En une seconde, il détruirait des heures de patience et d'écoute. Pourtant, la place de meilleur ami, il n'en veut pas. Il gagne du temps, continue de lui faire découvrir des abbayes, des chapelles, des ruines, lui propose la cueillette des champignons, du muguet, la récolte des mirabelles, des parcours de randonnée : le Val des Nonnes, le lac de Pierre-Percée, la Croix Louis, la vallée du Terrouin.

Romy savoure chaque seconde et respire à pleins poumons. Elle aime l'odeur de la terre, marcher pieds nus, sentir l'écorce des troncs sous ses doigts. Le shit aussi aide à oublier. Martin l'a habituée au joint « dodo » avant de se coucher. Au début, elle aspirait deux taffes. Rapidement, elle a eu droit au sien. Martin garde sa réserve dans sa poche, il veut éviter qu'elle se serve en son absence, elle fume déjà trop quand il est là. Dans quel état la retrouverait-il ?

Dans sa robe blanche en vieille dentelle, Romy est assise au bord de la mare. Les grenouilles sautent de nénuphar en nénuphar, les têtards clapotent au milieu des roseaux. Tout est prêt pour ce soir. Chaque année, la bande de copains fête la Saint-Jean chez Martin. C'est le seul qui possède un grand terrain et ne vit plus chez ses parents. Nico est venu plus tôt pour l'aider à réparer le moteur de la 4L. Martin veut l'offrir à Romy : ce vieux tas de ferraille ne sert à personne. Il l'a repeinte en bleu métallisé et a acheté un autoradio. Elle va enfin pouvoir reconduire. Depuis son accident, elle n'a pas retouché un volant.

Un pied dans l'eau, elle touche la mousse avec ses orteils. C'est un bel endroit pour crever. Les jours s'écoulent toujours de la même façon. Levée sur les coups de midi, tête dans le gaz, trop de fumette. Une heure à comater dans son bain. Rester bloquée devant le frigo, manger deux tranches de jambon et piquer quelques rondelles de saucisson dans l'après-midi. Lire huit pages de l'encyclopédie. Raccommoder un bouton. Enfoncer ses ongles dans la chair pour ne pas se cogner la tête contre un mur. Percer les ampoules, arracher des pans entiers de peau aux pieds au point de saigner et de marcher sur les talons. Éponger les lacérations avec un mouchoir. Essuyer les traces sur le carrelage. Se réfugier dans les bras de Martin. Pleurer et ne pas savoir pourquoi. Penser à France. Vomir à nouveau. Cracher du sang. Exploser les vaisseaux. Craindre l'extérieur. Ne pas franchir les clôtures.

L'ennui la rattrape. Elle n'est pas à sa place, rangée dans une jolie maison de poupée, enfermée comme à l'HP. À l'hôpital, tout était plus simple : pas besoin de réfléchir, de décider, de choisir. Elle n'appartenait à personne. Ici, elle est sous l'emprise de Martin qui se comporte comme un époux. Elle suffoque, se conforme à l'image qu'il désire : la parfaite ménagère, une copie d'Hélène.

Les amis arrivent, se garent sur le chemin de terre et dans le champ en friche. Ils plantent les tentes et sortent les sacs de couchage. Chacun a apporté une ration de chipolatas, de merguez ou de côtelettes, des chips, des bières et du vin. Les gobelets et assiettes en plastique circulent. On a sorti les gros sacs-poubelle. Romy les accueille, range la viande dans le frigo, propose une boisson fraîche. Pour la première fois, elle reçoit, mais ce n'est pas chez elle.

Autour du feu, on rit, on se fait des farces et on raconte des blagues. Les plus éméchés tombent dans la mare, ne trouvent plus leur tente, s'endorment au milieu d'une phrase. Les couples se font et se défont. On s'amuse pour une heure avec la bonne copine, la fille facile, la rigolote, la névrosée. On picole, on fume, on baise. Martin ne quitte pas

Romy d'une semelle. Il la colle, la prend par le bras, lui pose sa polaire qui pue le tabac sur les épaules. Joint sur joint, elle se défonce et se laisse approcher par Nico. Il l'embrasse dans le cou, effleure ses seins, remonte sa robe. Elle se laisse faire.

Martin arrive, furieux, il lui donne un coup dans le ventre. Romy le calme, attrape son menton et capte son regard. « J'ai trop fumé, aide-moi à me coucher. » Les yeux de Martin brillent, ses lèvres tremblent. Romy titube, il la porte et ils franchissent le seuil comme un couple de jeunes mariés. Il s'allonge à ses côtés, l'entoure de ses bras et glisse sa tête dans ses cheveux. Elle embrasse son doigt amputé et s'endort, la tête sur sa poupée de chiffon.

Il ne peut plus se passer de son odeur, de sa peau, de ses yeux, de ses mains, de sa fantaisie, de son air nostalgique, de son sourire. Elle n'a pas le droit de le quitter après tout ce qu'il a fait pour elle. Ils se comprennent, ont appris à vivre à deux, apprécient d'être seuls ensemble. C'est elle qui l'a appelé. C'est à lui qu'elle a pensé en premier. Qui répond présent quand elle pleure la nuit ? Qui la rassure en permanence ? Qui la respecte ? Qui lui prépare des plats équilibrés, l'empêche de vomir, l'emmène se promener pour crier dans la forêt ? Il l'a sauvée. Elle lui doit tout.

Les jours passent et raccourcissent. Depuis huit mois, Romy se lève face à ce paysage verdoyant qui change au fil des saisons et pourtant immuable. Elle y a trouvé calme et sérénité, mais quelque chose lui manque. Du mouvement, de l'excitation, des surprises, de l'euphorie. Personne ne viendra la sortir de son trou, de ce confort mortuaire. Si elle est encore là, ce n'est pas pour les bonnes raisons. Elle a peur que Martin fasse une bêtise. Elle a peur pour lui comme elle a peur d'elle-même.

Dans le fond de l'armoire, Romy récupère son sac-baluchon militaire, y fourre ses vêtements et les robes qu'elle a confectionnées. Elle change les draps, aère la chambre. Elle hésite à attendre le retour de Martin pour lui parler ou à laisser un mot sur la table de la cuisine. Le mot serait préférable : face à lui, elle sera vulnérable et il pourrait la convaincre de rester. Elle passe en revue les gens qu'elle connaît pour trouver un endroit où crécher quelques jours. Juste le temps de se retrouver, d'avoir les idées plus claires. Lili ? Clément ? Romain ? Nico ? Seb ? Alex ? Sylvain ? Tom ?

Elle pleure, se cogne contre l'angle du lit, s'étale de tout son long. Son épaule se fracasse contre l'arête de la porte. Elle hurle. Alerté par les cris, Jackpot monte à l'étage et lui lèche le visage. Impossible de s'en aller.

Quand Martin rentre, les lumières sont éteintes. Il s'inquiète, crie son prénom. Il la trouve sur la balustrade, assise en tailleur, elle se tient le bras, rouge, bouffie. Il essuie ses larmes, la prend contre lui, elle souffre, se dégage, il lui applique un gel froid. Pourquoi ce sac ? Pour aller où ? Il veut des explications. Elle n'est pas bien ici ? Romy s'excuse, elle a besoin de reprendre sa liberté. Martin s'effondre, sanglote comme un enfant sur les genoux de Romy. « Prends la 4L dans le hangar, elle est réparée, c'est pour toi. Les clefs sont dessus. » Martin prend Jackpot par le collier et s'enferme dans sa chambre.

À la façon d'un comprimé effervescent, Romy se dissout.

Chapitre 26

Le doigt sur la sonnette, elle hésite. Elle frissonne devant la porte. Trop tard pour repartir. Son épaule la fait trop souffrir, impossible de rouler plus longtemps. Par la fenêtre de la cuisine, elle aperçoit Nico.

Nico : habite chez ses parents. Lui prête le clic-clac de sa chambre pour dépanner. Couverts rangés dans le premier tiroir de la cuisine, à côté du four. Les vases dans la vitrine du salon, pour mettre les fleurs qu'elle rapporte parfois. Possibilité de prendre sa douche avant 6 heures ou après 8 heures. Machine à laver le vendredi soir. Repas de famille avec les cousins et les cousines tous les dimanches. Ne pas oublier les boules Quies : Nico ronfle.

Durée du séjour : deux semaines, et encore un autre séjour de deux semaines.

Position : sur le côté droit ou sur le dos. Très mal à l'épaule. Ça passera. 1 Lexomil au coucher.

Échange de services : rien.

Cadeau de départ : des fleurs des champs.

La valse des canapés commence.

Lili : en colocation avec Anne-So et Charlotte dans un appartement face à la salle des fêtes. Deux chambres, un salon. Romy dort avec une des filles sur le canapé. La chambre est réservée à celle qui ramène un mec. Couverts rangés sur l'égouttoir. Pas de vase. Utilisation de verres pour les rares occasions où elles reçoivent des fleurs. Pas de repas collectifs. À chacune son placard. Attention, la douche fuit.

Durée du séjour : quatre jours. Pas envie de rencontrer son cousin Clément. Accessoirement le copain de Lili.

Position : sur le rebord, toujours côté droit. La douleur ne part pas. Peut-être une entorse. 1 Lexomil au coucher.

Échange de services : nettoyer le frigo.

Cadeau de départ : rien.

Seb : squatte le studio au-dessus de l'épicerie de sa grand-mère. Accepte de partager son lit avec Romy si elle dort côté fenêtre. Couverts en plastique. Achète des assiettes en carton. Déteste faire la vaisselle. Commande pizza, japonais, kebab. La cruche fait office de cendrier, de vide-poche et de vase. Utilisation de la douche quand elle veut. Possibilité de fumer à l'intérieur.

Durée du séjour : une nuit.

Position : assise à regarder le réveil. Se tient l'épaule et serre les dents. Quelque chose ne va pas. Plus de Lexomil. 1 joint « dodo ».

Échange de services : une branlette.

Cadeau de départ : rien.

Alex : vit dans le grenier d'une maison de village, chez son oncle. C'est lui qui a aménagé les combles. Crise familiale avec ses parents qui sont maintenant ses voisins. Romy couche sur un matelas pneumatique caché par un paravent, à côté du dressing. Interdiction de prendre un bain. Il faut économiser l'eau et l'électricité. Soirée à la bougie un jour sur deux.

Durée du séjour : douze jours puis à nouveau six jours.

Position : bancale. Termine au sol sur une couverture épaisse. Probablement une fracture de la clavicule. 2 joints « dodo » et antidouleurs.

Échange de services : la voir nue.

Cadeau de départ : des fleurs des champs.

Sylvain : habite avec ses deux frères et ses parents. Sa famille prête la chambre de l'aîné parti faire ses études à Lyon. Repas en famille tous les soirs de la semaine. Poisson le vendredi. Messe le dimanche. Couverts parfaitement alignés dans le buffet qui appartenait à l'arrière-grand-mère. L'argenterie est réservée aux grandes occasions. Utilisation du lave-vaisselle seulement quand il est rempli. Un vase en Baccarat trône au milieu de la table à rallonges du salon. Deux salles de bain : une avec douche, l'autre avec baignoire. Mettre le linge sale dans le panier en osier de la buanderie.

Durée du séjour : cinq jours.

Position : au milieu du lit. Le bras tenu par des anneaux claviculaires. Rien pour trouver le sommeil.

Échange de services : se faire peloter les seins.

Cadeau de départ : un bouquet de fleurs de chez la fleuriste.

Tom : revenu chez ses parents après avoir perdu son boulot à l'usine Kleber. Dort sur le canapé en cuir griffé par les chats. Ses parents ont transformé sa chambre en bureau. Partage son duvet avec Romy. Couverts rangés dans le tiroir sous la table. Vase Ikea à côté de l'évier. Alimentation végétarienne. Possibilité de prendre sa douche le soir. Chacun participe aux tâches ménagères et aux courses. Repas préparés à tour de rôle.

Durée du séjour : trois jours.

Position : contre Tom. A retiré les anneaux claviculaires. Cela ne sert à rien. 3 taffes de joint « dodo ».

Échange de services : autorisation de poser la main entre ses cuisses, à travers la culotte.

Cadeau de départ : des fleurs des champs.

Une chaise. Romy est une chaise qui se plie, se déplie, se range sous la table, se cache derrière une porte, sur laquelle on dépose les manteaux, les livres, que les enfants retournent pour en faire une cabane, que les adultes adorent pour une position du Kama-sutra, que l'on rajoute dans le jardin pour un barbecue familial, que l'on case où l'on peut, qui fait partie du décor et qu'on finit par oublier. Elle est là, traverse les générations, les caves et les greniers, supporte les fesses des petits, des gros, les os pointus des maigrichons, les coups de pied des gosses. Elle s'adapte.

Romy intègre en un temps record le mode de fonctionnement de chaque famille. Vite, elle prend des habitudes qui ne lui appartiennent pas. Repas végétarien, sauter le dîner, manger salé au petit déjeuner, entrée-plat-fromage-dessert, thé ou café… En un coup d'œil, elle sait où sont rangés les couverts, les serviettes, les sets de table, les verres, les vases et les carafes. Ici, eau du robinet. Là, eau plate ou gazeuse. Ici encore, vin à tous les repas.

Elle ne sait plus ce qu'elle aime et ce qu'elle n'aime pas. Elle passe en dernier pour tout : la douche, les repas, les machines à laver. Pour se faire accepter, elle rend des services. Passer l'aspirateur. Mettre la table. Fermer les volets. Arroser les fleurs du jardin. Recoudre un bouton. Garder un bébé. Tenir compagnie à une personne âgée. Récurer la douche. Pièce rapportée, elle ne doit pas gêner, troubler, déranger, perturber le foyer. Romy erre dans les cuisines derrière les maîtresses de maison, attend d'être sollicitée ou propose son aide qui se résume à retourner les pommes de terre, ajouter du sel ou du poivre. Elle ne sait rien faire d'autre. Nourrie par sa mère, Picard, puis par Martin : pourquoi s'embêter à apprendre ? Elle fait ses propres courses qui se résument à du jambon, des yaourts, des gâteaux et du café. L'idée de passer pour une profiteuse la révulse. Elle offre des fleurs non pour remercier, mais pour s'excuser de sa présence. Souvent, elle confectionne un bouquet maison avec des fleurs des champs. Si elle a un peu d'argent, elle ira chez la fleuriste place du Couarail pour le plaisir d'avoir un bel emballage transparent avec du bolduc agrafé à la carte du magasin.

Romy ne s'étale pas, elle laisse ses affaires dans la 4L. Tous les soirs, elle va chercher des sous-vêtements pour le lendemain. La nuit, elle lave discrètement ses culottes et soutiens-gorge dans le lavabo de la salle de bain. Elle les dispose sur la plage arrière de la voiture pour les sécher. Précautionneuse avec ses robes, elle évite les sauces, les mouches, les doigts sales des marmots, les flaques, le vin. Impossible de se tacher.

Romy n'ose pas demander d'utiliser la machine à laver. Elle se change le moins souvent possible et parfume le dessous de ses manches et l'entrejambe de ses jeans avec du déodorant. Peur de sentir mauvais, de répugner. Elle se renifle les aisselles pour s'assurer qu'elle sent bon. Elle sourit et refuse toute marque de pitié.

Selon les familles, Romy joue le rôle de la sœur, de la fille au pair, de la baby-sitter ou de la correspondante. Qu'importe sa place, la nuit venue, elle est toujours seule. Elle lutte pour ne pas sombrer. Une seule pensée négative peut la faire tomber au fond du trou. Elle combat ses démons, le regard des autres, les allusions lourdes de sous-entendus. Elle n'imagine pas rentrer chez ses parents. Pour participer aux dépenses, Romy donne un coup de main dans les fermes des environs. On lui attribue souvent la charge du poulailler et des lapins : nettoyer les fientes, récupérer les œufs, mettre de la paille dans les cages, remplir les mangeoires. C'est de l'argent facile.

Canapés en cuir, en tissu, trois places, canapé d'angle, convertible, modulable, méridiennes, clic-clac, lits, banquette arrière de la 4L : Romy les écume tous. Elle dort chez des copains, des connaissances, des amis d'amis. Souvent des hommes. Tous espèrent le coup d'un soir. Elle refuse, gagne quelques nuits, leur dit juste « Tu vas trop loin ». Ils s'impatientent. Elle capitule parfois, donne un bout d'elle. Comme une pute, elle n'embrasse pas. Ils négocient et réclament une fellation. Elle fait son sac. Ils la retiennent. Ok pour la masturbation. Ils essayent tous de lui mettre un doigt, de lui écarter les cuisses, puis abandonnent. Au milieu de la nuit, ils viennent se blottir contre elle et frottent leur queue sur ses fesses. Elle joue à la morte. Ils finissent par la virer, traitée comme un animal de compagnie dont on s'est lassé. Romy passe de canapé en canapé et de bras en bras. Poupée de chiffon. Elle veut croire que la situation est provisoire.

Les crises de boulimie reviennent, elle se retient de dévaliser les placards. Les repas du dimanche, les réunions de famille sont un véritable supplice. Rester des heures à table, se contrôler pour ne pas terminer son assiette et culpabiliser ensuite, trouver des sujets de conversation pour détourner ses pensées de son obsession : tout cela l'épuise. Elle ne sait plus combien elle pèse. Il n'y a pas toujours de balance là où elle squatte. Elle avale des bouchées de moineau et fait le test de la ceinture chaque jour. Objectif : se maintenir au dernier cran.

Romy est prisonnière de sa liberté. Ses choix sont contraignants, mais la rendent maîtresse de sa vie et responsable de son futur, si futur il doit y avoir. Aucune attache, pas de boîte postale, personne qui l'attende : dans cette instabilité constante, elle retrouve un équilibre. Ne pas se poser lui donne l'impression de contrôler son existence et de pouvoir changer le cours des choses à tout moment. Rien n'est figé, tout est possible.

Toujours en vadrouille avec son sac-baluchon militaire, elle erre à l'agonie, en guerre avec elle-même. Cadrée et encadrée sous les ordres de son père, de l'école, des médecins, sous la responsabilité de sa mère, de France, de son grand-père et de Martin, Romy était plus libre, finalement. Dans sa tête, il y avait assez de place pour l'autodestruction. Aujourd'hui, elle n'a plus de temps à consacrer aux mutilations, tentatives de suicide, prises de médicaments, et réminiscences de son enfance. Ses priorités ont changé : trouver un toit et se faire de l'argent. Elle n'a plus les moyens de s'acheter des paquets de gâteaux, des somnifères et des laxatifs. Le vertige que lui procuraient ses crises lui manque. Rien n'est aussi puissant que la sensation de se sentir vide et brûlée par les remontées acides. Les membres engourdis, les cervicales raides, les articulations fragiles attestent qu'elle est en vie.

Depuis le parking, Romy fixe les fenêtres du premier étage. Un an s'est écoulé depuis qu'elle a quitté le domicile contre son gré. Entre l'HP, Martin et les divers squats, le temps a filé. « Encore un matin, un matin pour rien, une argile au creux de mes mains », les paroles de Jean-Jacques Goldman viennent s'écraser contre son pare-brise. Hélène secoue ses chiffons à poussière et chante à tue-tête. Une main sur la clef, Romy hésite à démarrer. Prendre des nouvelles de sa mère d'une cabine téléphonique lui suffisait.

Impossible de se remémorer le code d'entrée. Trou noir. Elle tape plusieurs combinaisons avant de trouver la bonne. Depuis combien de temps Hélène n'a pas ramassé le courrier ? Des prospectus encombrent la boîte aux lettres. Romy traîne son sac de la main droite, sa clavicule lui fait encore mal. Elle n'a pas le droit de souffrir. Hélène passe le balai, Romy l'entend cogner contre les plinthes. Coup de sonnette. Sa mère est encore en peignoir, une serviette sur les épaules, les cheveux mouillés retenus par une barrette. Ils gouttent sur le sol fraîchement lavé. Romy reste sur le palier, attend l'autorisation d'Hélène, ne veut pas salir. Petite, elle restait des heures derrière la barre de seuil de sa chambre à attendre que ça sèche.

Elle n'a pas encore mis un pied dans l'appartement que ses tocs l'envahissent déjà. Le corps d'une femme de dix-neuf ans, le comportement d'une gamine de neuf ans. Entre ces quatre murs, sa vie s'est arrêtée en 1999, l'année de la tempête, de l'opération militaire Iroko au Sénégal et de la maladie de sa mère. Romy aimerait traverser le couloir pour s'enfermer dans son placard et ne plus jamais en ressortir. Tous ces meubles, Jésus et le buis, le canapé usé, son coin bureau, sa chambre indienne, le service à thé Lunéville appartiennent à une autre époque, celle de l'ambivalence et de la contradiction, du plaisir charnel et du dégoût sexuel, de l'Autre.

Dix ans déjà. Les souvenirs sont flous, les événements s'effacent, impossible de se rappeler avec exactitude les dates et les rencontres. Et si toute cette histoire n'était que le fruit de son imagination ? Et si tout cela n'avait jamais existé ? Entre les missions de son père et la maladie de sa mère, quelle place pouvait-elle occuper ? Et si tout cela n'était que subterfuge ? Et si, sans cesse, malgré les entretiens au CMP et son séjour en psychiatrie, les médecins étaient passés à côté d'un trouble de la personnalité ? Et si jouer la victime n'était qu'un moyen de se faire aimer, de faire accepter son comportement étrange ? Et si elle avait mis en scène ses tentatives de suicide pour se faire enfermer ? Peut-être désirait-elle faire payer à Philippe toutes ses absences ? Jalousait-elle Hélène et sa « vraie » maladie ?

Hélène lui arrache son sac et s'empresse de faire tourner une machine à laver. Elle entraîne Romy pour lui montrer l'appartement repeint dans des tons gris et violet. Comme à une vente aux enchères, elle lui présente les nouveaux objets, des malles, des boîtes et des casiers de rangement achetés sur Internet. Elle énumère les marques, se félicite du rapport qualité/prix. Excitée, elle parle en continu et ne laisse aucun blanc pour que Romy raconte. Oh non non non. Elle ne veut pas savoir ce qu'elle a fait et comment elle a vécu ces derniers mois. Elle est là et c'est le principal. Son bébé est de retour. Tout est revenu à la normale. Presque.

Romy se concentre pour l'écouter. Être présente lui demande un effort surhumain. Sa mère n'est pas dans son état normal. Elle prend ses antidépresseurs une fois sur deux et pas du tout lorsque le pharmacien lui donne les génériques. Elle a cette désagréable sensation de se faire avoir sur la marchandise, comme si on la volait en lui refourguant des contrefaçons. Romy n'a pas le courage de la porter. Son sac est déjà trop lourd, les coutures craquent une à une : hémorragie de souvenirs glauques.

— Tu dois me trouver changée. J'ai vieilli, je suis moins jolie.

— Mais non maman. On va te faire belle.

— Je t'ai dit que ton père est parti ?

— Oui, au téléphone, il y a un moment déjà.

— Il n'a pas supporté ton départ. Enfin, tu sais après ton séjour…

— À l'hôpital psychiatrique. Je sais.

Dans la chambre d'Hélène, Romy fouille l'armoire pour lui trouver une tenue qui la mette en valeur. Elle déteste voir sa mère en robe de chambre, cela ne fait pas net. Hélène est assise sur le rebord du lit. Les rôles sont inversés, elle attend d'être habillée. Romy dépose à ses côtés des sous-vêtements et l'aide à les enfiler. Hélène tient son épaule pour remonter sa culotte. On lève un bras, puis deux, on passe par le cou, ensuite la jupe. Combien de fois Romy a-t-elle vécu cette scène avec l'Autre ? Des images en rafale tirées à la mitraillette dézinguent sa boîte crânienne. France la hante.

À genoux, elle lace des oreilles de lapin aux tennis de sa mère. Elle passe une grosse ceinture élastique sous la poitrine d'Hélène pour souligner sa taille de guêpe. Un coup de blush, de fard à paupières, de rouge à lèvres et la voilà transformée en femme fatale. Romy lui sèche les cheveux la tête en bas pour donner un maximum de volume et pose sur ses ongles une base de vernis transparent. Sur ses mains abîmées par les produits d'entretien, elle applique de la crème hydratante. Elle ne pourra pas s'occuper de sa mère tous les jours comme une petite vieille. Pas maintenant, c'est beaucoup trop tôt. L'appartement sent déjà la mort. Où est Philippe ?

Chapitre 27

Elle crève de vivre. Chaque jour, elle lutte et se bat pour faire partie des vivants. Elle se raccroche à ce qu'elle peut : l'espoir, ses rêves, ses envies de danser, d'être sur scène, ses créations de costumes, Martin, sa mère, Charlou, les étrangers des sites de rencontres. Comme une sangsue, elle pompe l'énergie qu'elle trouve. Peu importe d'où elle provient. Elle donne rendez-vous à des inconnus au bord du canal juste pour discuter, être prise dans des bras et sentir la vie couler dans les veines de celui qui la tient. Beau, moche, gros, maigre, chauve, hirsute, vilain, poilu : elle se moque du physique. Tout ce qu'elle veut c'est un peu de chaleur, un contact, un peau-contre-peau rassurant, un souffle, une respiration. Percevoir le désir, l'envie bestiale de celui qui la rejoint derrière la maison de l'éclusier. Elle ne couche pas, refuse les fellations, mais accepte d'être touchée. À la tombée de la nuit et à l'abri des regards, elle ouvre les cuisses. Dans l'herbe, sur du gravier, sur une marche du poste de surveillance, elle écarte sa culotte et présente son sexe. Elle se laisse masturber et domine la situation. Aux cris de jouissance se mêlent des images de celle qui l'a initiée.

Jamais elle ne donne son prénom, juste son numéro de téléphone. Cela arrange tout le monde, aucune envie d'en savoir plus sur la fille du canal. Elle ne s'appelle pas. Romy n'est qu'un créneau dans la vie de ces messieurs.

Le moment qu'elle préfère est celui où elle se déshabille lentement. Sa robe glisse le long de son corps, tombe dans l'humidité de la nuit. Elle fait monter l'excitation. Elle possède l'art de se faire désirer. « Cocotte », « Poule », « Muse » sont des qualificatifs qui lui plaisent. Aux yeux des inconnus, elle est quelque chose : un fantasme, une salope, un trésor, leur mère, la voisine.

Elle fait payer : son corps a de la valeur. Ils veulent toujours aller plus loin. S'ils se permettent un geste déplacé, elle recule et menace de crier. Les dérapages sont minimes. Pour être en paix avec elle-même, elle doit négocier avec son âme. Elle s'impose des règles et des rituels qui lui permettent de supporter son quotidien. Le cadre est important. C'est ce qui les fait tous revenir finalement. Bon nombre de ses clients sont des militaires.

Règle n° 1 : pas de sentiments.

Règle n° 2 : imposer l'heure et le lieu du rendez-vous.

Règle n° 3 : ne jamais donner son prénom.

Règle n° 4 : prendre l'argent avant de se déshabiller.

Règle n° 5 : rouler les billets dans un applicateur de tampon et les cacher.

Règle n° 6 : ne jamais embrasser.

Règle n° 7 : toujours ramasser les mouchoirs.

Règle n° 8 : ne pas réfléchir, agir.

Avec son argent, Romy s'achète des vitamines, des gélules pour le bronzage, des bandes de cire, des rasoirs, beaucoup de gels douche et de crèmes pour le corps, des fards à paupières pailletés. Elle commande ses rouges à lèvres sur un site de maquillage de scène. Les produits tiennent mieux quand elle se frotte aux clients. Pour enlever le rouge vif de sa bouche, elle doit se frictionner les lèvres au gant de toilette. Une fois par semaine, ses économies passent à la mercerie. Elle est toujours à la recherche d'un bouton, d'un ruban ou d'un tissu.

Elle accepte désormais de manger et de prendre un peu de poids. Il faut faire envie. Sa chair doit pouvoir être pétrie, malaxée, empoignée, griffée, sucée, aspirée, tétée. Elle ne vomit plus. Interdiction d'avoir les vaisseaux sanguins explosés. Petit à petit, son corps androgyne se métamorphose, ses seins gonflent, ses fesses sont plus rebondies, un doux ventre se dessine.

Impossible parfois d'éviter la crise de boulimie. Alors elle mâche sans laisser le temps aux aliments de descendre dans la trachée. Elle recrache immédiatement dans les toilettes ou dans un sac-poubelle. Ses dents lui font encore mal. Elle est obligée de les brosser avec un dentifrice spécial émail. Elle n'en a plus du tout et cela ne reviendra pas. Elle évite les contrastes chaud/froid et mange des légumes ramollis.

Une partie de son budget passe dans la réparation et la reconstruction de son corps. Elle limite autant que possible les laxatifs. Romy est encore trop fatigable et la fréquence des troubles cardiaques augmente. Pour se faire de l'argent, elle doit être en bonne santé. Personne n'a envie de se toucher devant un ossuaire.

Les nuits sont remplies de râles, de halètements, de suffocations, de cris étouffés, de mains moites échouées sur un corps juvénile, de salive, de mouille, de sperme qui éclaboussent. Ils sont de plus en plus nombreux à venir agripper ses hanches et respirer son haleine. Dans le répertoire de son téléphone à coque rose, Romy a créé un groupe qui s'intitule « Eux » dans lequel elle range ses clients. Elle ne sait rien d'eux si ce n'est le temps qu'ils mettent à jouir et la grosseur de leur sexe en érection.

Pour ne pas affoler sa mère, elle rentre avant minuit et enfile un caleçon sous sa robe dans la cage d'escalier. Elle se repoudre brièvement, mâche un chewing-gum mentholé puis saute sur place pour retrouver un peu d'énergie. Vite, elle fonce dans la salle de bain, remplit une machine à laver de son linge taché de sperme, et se lave les dents. Si Hélène est couchée, elle fume par la fenêtre de la cuisine un joint qu'un client lui aura roulé ou pique un Lexomil. Elle écoute en boucle la playlist de Muse sur son iPod et lutte contre le sommeil pour prolonger l'état semi-conscient dans lequel elle se réfugie.

Elle s'endort avec ses écouteurs, le volume au maximum. Elle se réveille quand le fil l'étrangle.

Romy avance sur son champ de bataille avec la certitude que cette guerre prendra fin. Il y a toujours un armistice.

Chapitre 28

Un poing dans le vagin. Romy aide les hommes à l'enfoncer entièrement. Au début, ils mettaient trois doigts, puis quatre. Le pouce est resté longtemps à l'extérieur. Pour se sentir vivante, elle a besoin d'entendre les phalanges craquer à l'entrée de son sexe. Écartelée, à leur merci, elle s'abandonne. Elle accepte l'humiliation, mais à ses conditions. Elle ne se met jamais à quatre pattes, elle veut toujours avoir un œil sur celui qui la touche. Une seconde suffit pour qu'il dérape et défasse la boucle de sa ceinture. Regard fuyant, mains tremblantes, lèvres mordillées, mains pressantes : Romy reconnaît les signaux du danger. Elle a toujours quelques secondes d'avance qui lui permettent de fuir.

Elle adore se masturber et être masturbée. Les caresses rapides sur le petit bouton lui font oublier le présent. Dans la journée, elle se cache dans les toilettes pour se doigter. Le couvercle fermé, la culotte retirée elle joue avec son clitoris. Les cuisses écartées à leur maximum, elle cogne ses genoux au crépi. Ils sont couverts d'hématomes. Le dos contre le réservoir, elle penche sa tête en arrière et fixe l'applique du plafond jusqu'à ce que sa vue s'assombrisse.

Sa mère la soupçonne de recommencer ses crises de boulimie. Romy ne dément pas. Que dirait-elle ? Si elle ne peut pas aller aux toilettes, elle se touche sous la couette et quand Hélène n'est pas là, sur le canapé et les chaises. Selon les assises, la sensation est différente.

Au bord du canal, elle dirige les mains qui la pénètrent pour atteindre l'orgasme. Certains sont plus maladroits, d'autres la connaissent par cœur. Elle adore quand ils crachent sur son clitoris ou mouillent ses grandes lèvres qui se referment sur leurs doigts. Son sexe les engloutit. Il les avale et les recrache. Qui ? Quand ? Où ? Comment ? Romy décide.

Elle aime quand ils tirent sur son clitoris et le malaxent entre deux doigts. Elle bouge son bassin pour accélérer le rythme et le soulève pour freiner la cadence. Les hommes empoignent son entrejambe et font claquer leur paume contre son sexe qui rougit. Les poils rasés irritent leur peau. Ouverte, tendue, elle se donne tout entière et leur fait croire qu'ils la dominent. Elle préfère les insultes aux mots doux et les claques aux caresses.

La folie les traverse tous, elle se voit dans leurs regards et dans leurs gestes incontrôlés. Furieux de ne pouvoir la prendre avec leur membre, ils giclent sur son corps à la lueur des réverbères pendant qu'elle pétrit ses seins. Les yeux écarquillés, ils la dévorent. Ils la saisissent par les hanches, gobent son clitoris, fourrent leur langue à l'intérieur et imitent un va-et-vient de queue avec leurs doigts. Ils veulent qu'elle en redemande, qu'elle se comporte comme la pire des salopes, qu'elle les supplie de recommencer, qu'elle se frotte à leur jambe ou à un poteau pour se soulager, qu'elle pousse des râles de plaisir à en réveiller le lotissement de l'autre côté du canal.

Ils lui prêtent mille et un visages. En elle, ils voient une ex, une voisine, une mère, une sœur, une cousine. Ils se focalisent sur sa chatte semblable à toutes les autres pour mieux imaginer les traits de la femme qu'ils auraient aimé baiser. Certains laissent échapper un prénom que Romy ignore. Elle ne veut pas savoir, mais accepte de porter les perruques et vêtements qu'on lui apporte. Elle joue le rôle d'une poupée gonflable vivante. Pour qu'ils reviennent, elle se prête au jeu de la nympho, elle les satisfait et les valorise dans leur puissance. Elle a besoin de se sentir vidée et usée pour rentrer dormir chez sa mère.

Elle évite le centre-ville en journée. Aucune envie de reconnaître les mains du boulanger, la chemise du buraliste, la respiration bruyante de l'adjoint au maire, la voix du gendarme. Si elle sort, c'est toujours avec ses écouteurs, la tête baissée et en jogging. Elle marche, dort, mange et se maquille en musique, le volume à son maximum. Elle n'entend pas les passants, les klaxons, les gosses qui hurlent, les plaintes de sa mère, le téléphone, la sonnette. La musique est son rempart, un barrage contre les commentaires, les réflexions, les insultes, les paroles inutiles. La musique efface les images de la nuit et crée un nouveau film dans sa tête. RESET. La musique sublime son quotidien. Impossible de s'en passer. Classique, metal, rock, techno, rap : un style pour une humeur. Elle peut se réveiller avec NTM et se coucher avec Mozart.

Même quand l'iPod est déchargé, elle garde les écouteurs et continue d'entendre les paroles dans sa tête. Comme si avoir les oreilles bouchées empêchait la petite voix écœurante de s'immiscer : « Ma poupée », « Ma chérie », « Hop ! On descend du bus », « Je te tiens la porte des toilettes », « Quelle belle couronne ! », « Tu sais que je t'aime ? », « Tu remettras ta culotte après, attends deux secondes », « Tu vas être punie », « Lèche ! », « Danse ! », « On se déguise ? »

Quand elle court, elle écoute en boucle « Pose ton gun » et chante en playback. Ses lèvres épousent les paroles de JoeyStarr. L'index et le majeur collés, elle imite un flingue avec ses doigts qu'elle pose sur sa tempe. Un jour, elle retrouvera France et lui tirera une balle dans la tête, juste avant de se buter.

Elle foule le béton jusqu'à la maison de l'éclusier, passe par le pont Sainte-Catherine et emprunte un chemin de terre derrière le 516e régiment. Elle dégouline de sueur le jour et de sperme la nuit. Trempée du soir au matin et du matin au soir.

Canal du matin, canal de l'après-midi, canal de nuit : elle le connaît dans ses moindres recoins. La population est différente selon les heures de la journée. 8 heures : joggeurs, 14 heures : familles, 18 heures : adolescents, 22 heures : âmes tourmentées. Elle ne s'y promène pas après le déjeuner. Combien de pères de famille qui entraînent leurs enfants à faire du vélo sans les roulettes la caressent une fois le soleil couché ?

Romy recherche l'excitation et le danger. Elle provoque la bagarre pour ressentir les chatouilles de la peur dans le ventre, les mêmes qu'à neuf ans. Les habitués acceptent son petit manège et ne répondent pas à ses commentaires et ses réflexions. La plupart la quittent au milieu de son monologue, certains la prennent dans leurs bras et plaquent son visage contre leur torse pour la calmer. Ils ne veulent pas la voir pleurer. La fille du canal n'a pas le droit d'avoir des sentiments, des problèmes, des malheurs. La fille du canal doit haleter, gémir, soupirer. Interdiction de paroles hormis des insultes, des « hum », « ah », « oh », « encore », « plus vite ». La fille du canal est bonne à être souillée, dégradée, humiliée. La fille du canal n'est qu'un trou, un puits sans fond.

La nuit de trop, ils étaient deux. Assise, sur les marches du poste de surveillance, les écouteurs dans les oreilles, Romy attend son client qui a quelques minutes de retard. Elle hésite à partir. La tête contre la porte en bois, emportée par la fatigue, elle s'assoupit et ne les voit pas arriver. Debout devant elle, ils occultent la lumière du réverbère, elle est réveillée par leurs ombres. Alertée par les signaux du danger, elle essaye de passer entre eux, mais ils la retiennent. Elle broie leur sexe entre ses mains et écrase leurs pieds. Le plus petit lui colle une gifle qui la fait tomber sur les marches, sa tête cogne le béton armé. Un liquide chaud coule au creux de sa nuque, ses cheveux sont gluants. Encore un peu et une barre en acier transperçait son crâne. Sonnée, elle lutte pour ne pas fermer les yeux. On la retrouvera lorsqu'on videra le canal avec les carcasses de vélos et les voitures volées. Un article paraîtra dans *L'Est républicain*, avec une vieille photo d'elle comme illustration. Une qu'elle n'a pas déchirée et que sa mère a gardée précieusement dans un de ses romans.

Elle entend les hommes qui se disputent, ils ne parlent pas français. C'est le moment de fuir, mais son corps refuse.

À 23 h 30 la guinguette du port est encore ouverte pour les assoiffés, des voitures circulent sur la départementale, des couples marchent et profitent de l'air frais de la soirée avant de se coucher. Dans un élan de survie, elle pourrait courir et appeler à l'aide, se jeter sous les phares d'un véhicule, s'agripper à un passant, frapper à une porte. Elle n'y parvient pas.

Romy ne bouge pas, qu'on en finisse au plus vite, qu'ils l'achèvent, qu'elle crève. Elle regarde le ciel étoilé comme elle regardait le plafond de sa chambre, petite, avec ses constellations fluorescentes. Patience, il y a toujours une fin. Le grand, Zlatko, élève la voix, le plan ne se déroule pas comme prévu, il faut regagner la voiture et se tirer en vitesse, ça pue cette histoire.

Miro se dirige le premier vers elle, il lui retire sa robe et arrache sa culotte. Nue sur les trois marches en béton, elle se recroqueville pour cacher sa poitrine et son sexe. Il s'assoit derrière elle, passe les mains sous ses bras pour empoigner ses seins avec férocité et, avec les pieds, lui écarte ses jambes. À travers son jogging, il se frotte à ses fesses. Il malaxe sa poitrine, effleure son ventre et écarte ses grandes lèvres pour donner envie à son pote de la fourrer. Ça marche. Zlatko baisse son pantalon, l'attrape par les hanches et la pénètre d'un coup sec. Elle pleure, elle a mal. Miro plaque une main sur sa bouche et lui enfonce un doigt dans l'anus. Encore un cri et il rentrera sa queue tout entière. Zlatko jette un coup d'œil derrière lui, c'est bon : personne. Ils échangent leur place. Miro se retire, il veut profiter, ne pas éjaculer tout de suite. Avec son gland, il titille l'orifice du canal anal, il joue, emboîte à nouveau sa chatte. Miro s'accroupit sur son visage pour qu'elle le suce. Il l'étouffe. Elle a envie de vomir, sa langue essaye de sortir. Zlatko étale sa veste au sol et s'allonge dessus, Miro pousse Romy sur lui, ils veulent sentir leur sexe dans son corps en même temps. Un par-devant, l'autre par-derrière. Elle se contracte et se débat. L'affaire terminée, ils se rhabillent et lui interdisent de bouger. Une recommandation glissée au creux de l'oreille, la tête maintenue à terre : « Tu fais pas ta langue de pute, d'accord ? »

Avec difficulté, elle enfile sa robe, elle n'arrive plus à plier les bras. Corps engourdi, bouche paralysée, os rouillés, elle se hisse à quatre pattes vers la route goudronnée qui longe le canal. À chaque arbre, chaque réverbère, elle s'agrippe. Mâchoire serrée, elle avance à contre-courant du canal, du vent, de la circulation. Elle ne voit pas la lumière, mais elle le sait, au fond d'un tunnel, au fond d'un puits, après un pont, après la nuit, il y a toujours une lueur. Elle marche sur le fil, pose un pied devant l'autre sans assurance, sans encouragements, mais, patience, il y a toujours une fin, une arrivée, un ailleurs.

Merles et mésanges réveillent la ville. Le drap de la nuit flotte à la surface du port, se glisse au pied de la cathédrale, et se retire derrière les remparts pour laisser place nette au petit jour. Les agents de la ville nettoient les rues de ses horreurs nocturnes, souvenirs flous, rêves étranges. Ils balayent la crasse des jeux interdits, les déchets secrets, les paroles inavouables aux heures respectables. Ils passent au jet les trottoirs foulés par les paumés, les alcooliques, les drogués, les caniveaux qui ont servi de lit aux plus démunis, les bancs tagués de reproches illisibles et de signes obscènes. Romy se faufile dans les ruelles tel un rat d'égout. Elle érafle les crépis, se retient aux gouttières, trébuche dans les trous de la chaussée. Les cheveux sur son visage, elle se cache. Le sang sur sa nuque a séché et forme des croûtes, la morve dans son nez aussi. Elle ne passera pas par les Promenades, devant le McDonald's, ne tapera pas le code d'entrée de l'immeuble, ne montera pas jusqu'au premier étage et n'ira pas se coucher dans son lit. Salie et honteuse, elle ne veut pas rentrer chez sa mère. « Ne t'en fais pas, ça va. » Hélène lira ce message à son réveil.

Le salon de Charlou n'est pas ouvert. Elle n'ose pas l'appeler, il doit encore dormir. Plutôt du genre à lever les grilles à la dernière minute, la tête enfarinée, un café à la main, à fouiller les poches de ses pantalons pour s'acheter deux croissants. Place du Couarail, elle s'assoit sur un banc face à l'église Saint-Gengoult. Avec sa salive, elle frotte le sang sur ses épaules et gratte ses jambes contre le banc pour retirer la terre. Les bras le long de son corps, les mains posées sur le granit, une cuisse par-dessus l'autre, le dos bien droit, elle attend.

« Salut, petite chatte. » Un sachet de croissants à la main, Charlou arbore son air victorieux. Il a l'habitude de recueillir les chats errants. Ce sont toujours les mêmes : femmes battues, artistes paumés, anciens alcooliques, en instance de divorce ou de jugement. Son salon est un repaire pour marginaux et originaux, pour tous ceux qui cultivent ce petit grain de folie qui l'amuse. Le canapé est régulièrement squatté par une cause perdue. Romy le suit, talons à la main.

Allongée sur la table de tatouage, elle regarde les clips de metal pendant qu'il désinfecte ses plaies à l'alcool. Il a mis ses gants en latex : trop peur des maladies. « Tu as faim ? Soif ? Tu veux voir un médecin ? Faire une prise de sang ? Tu sais où dormir ce soir ? » Ses questions restent sans réponse. Il lui prête un vieux tee-shirt acheté au concert de Metallica, déplie le clic-clac, met des draps propres et installe le paravent. Dans une grande carafe, il verse de l'eau fraîche et branche le ventilateur. Clouée sur le lit, bras et jambes écartés, elle s'enfonce dans le matelas, la tête sur le côté, les yeux dans le vide. Elle se laisse bercer par le bruit de l'aiguille sur la peau des vivants.

Comme un chien attaché à sa niche, Romy reste parquée dans deux mètres carrés. Toute la semaine, elle a entendu des voix, des éclats de rire, beaucoup de metal et de rock, les motos qui se garent à l'entrée, les blagues cochonnes de Charlou, le claquement des gants en latex, le bruit du stylo qui gribouille des croquis, l'accent meusien de la fleuriste pendant sa pause cigarette, des jeunes qui fréquentent l'auto-école. Chaque jour, elle a mangé la même formule à cinq euros de la boulangerie : quiche lorraine, flan, bouteille d'eau. Les couverts en plastique et les serviettes en papier ont trouvé refuge sous le canapé. Se déplacer jusqu'à la poubelle de l'autre côté du paravent lui demandait trop d'efforts. Quand elle se levait, c'était pour se soulager. Charlou l'a nourrie et forcée à se doucher pour éviter que son salon empeste le vieux clodo.

Un pied sur la case Terre de sa marelle, elle se débat pour ne pas creuser sa tombe mais atteindre le Ciel. Elle ne veut pas sombrer dans les profondeurs de la mélancolie comme sa mère et la combattre à coups d'Effexor et de Xanax. Elle ne veut pas se noyer dans l'alcool comme son père et mettre cela sur le dos des conflits.

Doucement, elle sort de sa cachette, d'abord une tête, un bonjour au client tatoué, puis un pied sur le trottoir. Elle s'est approprié son coin, replie le clic-clac en journée et retire le paravent. Sa peau retrouve le soleil, son visage se colore. Elle a remis ses écouteurs pour récupérer quelques affaires chez sa mère. Hélène l'a accueillie, sans chercher à la retenir : elle connaît sa fille.

Romy passe ses journées sur le canapé, écoute les conversations sans jamais y participer, regarde les insignes, symboles, initiales, portraits dessinés sur les peaux grasses, boutonneuses, sèches, brûlées, irritées, jeunes, vieilles. Selon la tête du client, elle devine l'emplacement du tatouage et s'il sera en couleur ou en noir. Les femmes choisissent souvent les chevilles, le bas du dos, la nuque et les hommes, les bras, les mollets, entre les omoplates. Les clients ne posent pas de question sur sa présence.

Octobre 2009. Déjà six semaines que Romy squatte le salon de Charlou. C'est trop. Il la tolère de moins en moins. Il se contient pour ne pas lui crier dessus à la moindre occasion. La voir le fixer du matin au soir, sans rien dire, l'insupporte. Si au moins elle baisait, elle servirait à quelque chose, mais même pas. Il a bien essayé de lui fourrer sa queue un soir avant de partir, mais son premier réflexe a été de le gifler. Aucune reconnaissance de sa part. Ras le bol de l'héberger et de la nourrir. Parfois, il ouvre le salon sans lui dire bonjour. Il l'ignore. À cause d'elle, il ne peut plus ramener des filles. Elle n'est qu'une charge supplémentaire dans sa vie. Pas besoin d'un deuxième gosse, il en a déjà bien assez avec le sien. Incapable de prendre une décision, elle attend qu'il choisisse pour elle. « Bouge », « Prends l'air », « Lâche-moi », « Laisse-moi respirer ! », « Dégage », « Vire » sont les seuls mots qu'il lui adresse. Bien souvent, il est obligé de se répéter : elle ne veut pas les entendre. Ses oreilles sont bouchées au sens propre comme au figuré. Les écouteurs enfoncés empêchent les mots de l'atteindre. Parfois il les lui retire d'un geste brusque, puis s'en veut. Il revoit la gosse qui l'espionnait derrière les thuyas. Déjà à cet âge, elle ne parlait pas beaucoup. Son regard n'a pas changé : de grands yeux noirs brillants.

Pour se calmer et la faire sortir, il lui confie deux ou trois missions par jour : poster une lettre, retirer un colis, récupérer le vélo de son fils chez un copain, prendre les flyers chez l'imprimeur, l'accompagner à la déchèterie, l'aider à porter les décors des spectacles de Kathy, la professeure de danse classique. Romy accepte. Elle n'a nulle part où aller. Pas d'argent non plus. Sa seule option : retourner au bord du canal. Elle n'en a pas la force. Ils sont pourtant nombreux à l'attendre. Son portable regorge de messages d'hommes en rut. « Dispo pour écarter les cuisses ? », « Envie de te lécher », « Je veux te couvrir de foutre », « Besoin de me soulager, où es-tu ? » Un par un, elle les efface sans les ouvrir. Romy est une pute qui ne couche pas.

Un soir qu'elle se retrouve seule, la petite voix se montre la plus forte. Malgré les écouteurs, elle persiste et ne faiblit pas. Romy explose. Elle tourne en rond, se griffe et se pince les bras jusqu'au sang. Son visage lui sort par les yeux, elle ne se supporte plus. Elle enfonce un chiffon dans sa bouche et frappe dans un oreiller pour se défouler. Les cris étouffés l'étranglent, elle se noie dans ses larmes. De plus en plus vite, de plus en plus fort, elle cogne. Elle arrache son bâillon et hurle en tambourinant ses tempes. « Tais-toi, tais-toi, tais-toi, laisse-moi tranquille, ne me touche pas, t'approche pas de moi, va-t'en. » Ses veines ressortent, ses vaisseaux éclatent. Du revers de la main, elle essuie sa morve qu'elle dépose sur son tee-shirt. Ce soir, elle est à un pas du gouffre. Elle suffoque, sa cage thoracique se resserre autour de son cœur.

Elle hait la Femme et ce qu'elle représente. Une pute, une salope, une vipère, une hyène, une perverse. Les femmes sont des déchets : comme les règles, elles devraient s'écouler et disparaître. Oh non ! elle ne veut pas appartenir au clan de celles qui mettent bas et sauvent la race. La Femme est tout ce qu'elle exècre : mensonge, jalousie, trahison. Des atouts physiques pour séduire, jouer, manipuler, le pouvoir de tuer à petit feu et de répandre son venin longtemps après son départ. Oh France ! Son regard, son sourire et son rire, sa voix, ses mots coulent toujours en elle. Un parfum entêtant qui ne s'efface pas.

Devant le miroir, elle inspecte chaque partie de son corps. Elle ne se reconnaît pas. Qui est Romy ? Elle n'appartient à aucun genre. Et pourtant elle ressemble trop à l'Autre. Ses mains agrippent ses seins, parcourent son ventre, empoignent ses cuisses, pétrissent ses fesses. Comme elle désire tailler dedans. Elle attrape les ciseaux dans le tiroir sous le comptoir et les fait glisser sur sa peau. Le froid des lames la soulage et l'idée de les enfoncer jusqu'à en crever l'apaise. Doucement, elle caresse ses vergetures violines avec la pointe. Sa peau n'a pas résisté aux crises de boulimie. Elle remonte jusqu'aux épaules, effleure la carotide, frôle les joues et contourne les yeux. Et si elle les transperçait pour ne plus voir les images récurrentes qui l'obsèdent ? Elle entortille ses cheveux autour des lames comme avec un fer à boucler.

Clac. Le coup est parti tout seul. Sans réfléchir. La première mèche tombe à ses pieds. Romy retient ses larmes. Elle ne respire plus. Les mèches tombent l'une après l'autre. Toutes ces piqûres dans les fesses pour rien. Je ressemble à ma poupée en mousse. Cheveux courts au-dessus des oreilles, de grosses boucles parcourent son crâne. Adieu fillette.

Minuit. Elle se couche sur le clic-clac, le regard accroché au plafond, sur les affiches des groupes de rock collées éclairées par les lumières de la rue. Elle les compte pour s'endormir, mais le sommeil la fuit. Pas de Lexomil. Pas de joint « dodo ». Dès qu'elle ferme les yeux, France apparaît en ombre chinoise sous la lueur orange des phares. Ses nerfs lâchent un à un comme les câbles d'un poteau électrique touché par la foudre.

Ses doigts cherchent ses cheveux. Ils sont si courts qu'ils piquent. Elle en retrouve encore sous son tee-shirt. Elle pleure. Elle serre l'oreiller trempé de larmes et déformé par les coups. La bouche ouverte, elle aspire l'air, mais rien ne passe dans sa trachée, rien ne descend dans ses poumons. Les murs de la pièce tournent, le plafond s'abaisse, le sol tangue, le canapé se replie sur elle et l'aspire. Elle fixe l'heure sur son portable : 4 h 30. Elle attend. Encore combien d'années à vivre ? Beaucoup trop.

Vite de l'air. Elle lève la grille du salon, le fracas effraie les rats qui détalent des poubelles. En caleçon, Romy se tient sur le pas de la porte et ventile son tee-shirt. La fraîcheur automnale fouette son visage et bleuit ses mains. Des frissons parcourent sa nuque : pas habituée à la sentir si dénudée. Elle gonfle ses poumons au maximum comme avant de sauter dans le grand bain quand elle était gamine. Elle va plonger. Plus le choix. Elle enfile un jean troué et la parka militaire de Charlou.

D'un coup sec, elle claque la porte et se dirige vers la place Ronde. Elle croise Roger, le SDF, sur les marches de l'église Saint-Gengoult, son froc à moitié baissé. La fontaine est éteinte, déjà en hibernation. La ville endormie dans sa routine. Rien ne change. Rien ne bouge. À Toul, l'inertie l'emporte toujours contre le mouvement. Quelques citrouilles découpées pour Halloween scintillent aux rebords des balcons. Tout est gris : les immeubles, les remparts, les pavés, les bacs sans fleurs. Enchaînées les unes aux autres, les chaises des bistrots retrouveront leur liberté dans deux heures pour accueillir les doléances, plaintes et déboires de la nuit.

Première à droite, elle dépasse le cabinet du docteur Bencheikh, évite les Promenades et la table de ping-pong, fuit le canal. Elle longe les immeubles jaunes, coup d'œil au premier étage du bâtiment A, puis au quatrième étage du bâtiment C, contourne le McDonald's, trace devant le collège Valcourt et le centre commercial. La musique de NTM à fond, elle avance d'un pas déterminé, le regard droit devant, les poings serrés dans ses poches. *Boom boom bang* année 99. *Boom boom bang* coups dans le mur. *Boom boom bang* direction l'HP. *Boom boom bang* la fille du canal. BANG. BANG.

Elle accélère, elle court. Ne pas regarder en arrière. Le soleil se lève et redore les feuilles des grands chênes. Ils secouent leurs branches et tapissent le goudron humide de rosée. La sueur dégouline dans son dos et perle sur son menton. Elle a chaud et froid en même temps, elle noue la parka à sa taille. Ses talons frappent le sol et l'éclaboussent de boue. Ses tennis sont trempées. Submergée de fatigue, elle s'empêche de cligner des yeux. Une voiture la dépasse et la klaxonne : elle titube. En bas de la côte, elle est arrêtée net. Son corps refuse d'aller plus loin.

La cime des sapins cache le lotissement bourgeois, les belles habitations blanches aux matières nobles, toutes pourvues de deux garages et d'une véranda avec vue sur la Moselle. Elle grimpe péniblement la chaussée incrustée de cailloux pareils à des diamants sous le soleil. Elle gravit les marches jusqu'à la porte en verre jaune de ses grands-parents. Par réflexe, elle s'essuie les pieds sur le paillasson.

Dring. Un toussotement, puis un bruit de savates sur le carrelage lustré. Derrière la vitre teintée, elle perçoit la silhouette de son grand-père. Il prend son temps pour ouvrir les deux verrous et tourner la clef dans la serrure. Malgré les alarmes, sa résidence et ses coffres-forts dissimulés derrière des tableaux sont régulièrement visités par des cambrioleurs.

Qui est cette étrangère ? Il ne la reconnaît pas. Depuis combien d'années ne l'a-t-il pas vue ? « Philippe est là ? » Le mot « papa » est resté coincé dans sa gorge tout comme

« grand-père » ou « papy ». Ici, il n'y a jamais eu de place pour la familiarité. Juste de simples formules de politesse. Yves la reconnaît enfin, il la salue sur un ton solennel. D'un geste de la main il la conduit au salon. Il lui propose un verre d'eau en espérant qu'elle refuse. Ils n'ont rien à se dire. La fumée de sa pipe érige un rempart supplémentaire entre eux.

Une porte claque à l'étage. Rose ne descend jamais tant qu'elle n'est pas prête. Elle déteste l'à-peu-près. Romy fait sans doute partie des « à-peu-près » de sa vie. Elle ne l'a jamais considérée comme sa petite-fille, tout juste comme la fille de Philippe, le fils de son second mari. Point. Un élément à part qui mène une trajectoire parallèle, dont le nom de temps à autre perturbe son confort. Son chat occupe une bien meilleure place sur l'arbre généalogique. Il a le même âge que Romy.

Debout, perdue entre le feu qui crépite, la table aux chandeliers et l'immense bibliothèque, Romy attend l'autorisation de se déplacer, de respirer. Le chat saute avec aisance de fauteuil en fauteuil avant de regagner sa litière dans la véranda. La maison sent le tabac et la soupe de la veille. Un décor parfait.

Les études, sa mère, ses activités, la météo, ses projets : Yves balaye en quelques secondes les sujets qui le sauveraient de cette situation inconfortable. Il n'en voit pas un seul et préfère la conduire devant les marches qui mènent au sous-sol. La raison de sa visite se trouve dans le garage. Il établit pour la première fois un contact physique avec une petite tape dans le dos suivie d'un long soupir.

Romy descend, passe devant les toilettes situées à un demi-niveau, réservées aux invités, et s'enfonce dans la buanderie. Les draps sont étendus et deux machines à laver ronronnent. Pascaline viendra en fin de journée repasser. Déjà quinze ans qu'elle s'occupe de l'intendance de la maison. Romy contourne la cuisine d'été, jamais utilisée. Ses grands-parents préfèrent leur barbecue en pierre sur la terrasse. Elle se dirige vers la partie non carrelée du sous-sol. La délimitation est nette.

Philippe est allongé sur un matelas pneumatique qu'il n'a pas pris la peine de gonfler entièrement. Il dort profondément sur son bout de plastique à côté des bûches. Des cadavres de bouteilles de whisky et des verres fendus l'entourent. Combien en a-t-il renversé ? Le sol est humide. Ses hélicoptères pendent à la tuyauterie. Un soir, énervé, il est revenu à l'appartement récupérer toutes ses affaires. Par la fenêtre, Hélène l'a regardé se débattre avec ses hélices qui ne rentraient pas dans le coffre de la voiture. Il a fini par faire deux voyages. Quarante-huit ans : retour chez ses parents.

Il dort dans sa bave et ronfle fort, encore assommé par la cuite de la veille. Il a commencé à vider la cave de son père et ne s'en cache pas : le cubi de vin rouge est éventré. Torse nu, son corps est parsemé d'éphélides. La peau bronzée au soleil d'Afrique est toute fripée. Une main sur son vieux slip bleu de l'armée, une barbe, de longs poils sur les épaules : il ne fait plus aucun effort pour mettre une couche de vernis sur sa vie.

Dans cette partie du garage, on est bien loin des douces odeurs de lessive. Ici, ça sent le rance, le fauve, la décomposition. Philippe est venu s'y installer peu après le départ de sa fille. La situation était devenue invivable. Dépressive, hystérique, Hélène l'accablait de reproches et lui demandait chaque jour quand il comptait repartir. Qu'il retourne sur le terrain pour ses opérations aux noms absurdes : Manta, Épervier, Tempête du désert, Almandin 2, Hermine, Iroko. Pour Hélène, la seule opération qui comptait, Romy, avait échoué. Elle ne supportait plus sa présence. Elle ne savait plus l'aimer. Lui non plus.

Romy s'assoit contre les bûches, jambes tendues. Les yeux grands ouverts, elle le fixe, tente de percer ses mystères. Qui est vraiment Philippe ? Jusqu'à présent, elle le considérait comme un géniteur. Rien d'autre. Pourtant, elle le sait, c'est de lui qu'elle tient le plus. Les cousines d'Hélène l'ont toujours dit : elle est son portrait craché.

« Tes cheveux ? » dit Philippe à son réveil. Sa fille a grandi si vite. Il se redresse, attrape un vieux tee-shirt de l'armée et perd l'équilibre pour enfiler son jean. Il tourne la tête de honte et se dirige vers le robinet. Le tuyau d'arrosage débranché, il mouille son visage et lave ses mains poussiéreuses. Pour se donner du courage, il chausse ses rangers et prend son temps pour les lacer. Romy ne le quitte pas du regard.

Philippe lui tend des fléchettes. Jeune, il y jouait des heures. La cible est encore là. Ils visent sans dire un mot. À la fin de la partie, ils recommencent. Ils ne comptent pas les points. Le temps passe sans qu'aucun ne gagne ou ne perde, sans qu'un mot ne soit dit. Côte à côte, jamais face à face. Combien de guerres ont-ils menées pour ne pas affronter celle-ci ? Romy met fin à la partie et va chercher un cubi au fond du garage. Du vin rouge. Elle prend la cruche dans la cuisine d'été et deux pots à moutarde.

Assis sur le matelas pneumatique, chacun à une extrémité, ils fixent les bûches. La cruche passe de gauche à droite et de droite à gauche. Romy boit de grandes gorgées. Leurs gestes deviennent lourds, les corps tombent, seuls leurs coudes les empêchent de s'affaler totalement. Bouches pâteuses, langues rugueuses, regards perdus, ils mâchent leurs mots et les avalent. Ils restent bloqués comme des arêtes de poisson alors ils reprennent une gorgée de vin. « Tu savais ? — Non. — Tu les connaissais bien ? — Oui et non. — Mais tu m'emmenais chez eux, tu te souviens ? Au quatrième étage du bâtiment C. — Et alors ? — Tu n'as rien vu ? — Non. — Mais regarde-moi quand je te parle ! — C'est ce que je fais. — Tu ne te souviens de rien ? — Je ne vois pas de quoi tu parles. — De France ! Ça fait dix ans. »

Philippe s'écroule. La tête de Romy tangue, elle se tient au mur et donne des coups de pied dans les jambes de son père. « Debout. Réveille-toi pour de vrai ! » Il ne bouge pas, fait le mort. Elle lui hurle dessus, il se bouche les oreilles et se recroqueville comme un soldat qui entend une bombe arriver droit sur lui. Ils pleurent chacun de leur côté.

Quand elle ouvre la porte du garage, il fait nuit, la lune timide est cachée par les nuages, les voitures sont rentrées et des odeurs de cuisine embaument le lotissement. Elle espère un signe, un geste, un appel. Si elle se retournait, elle ne verrait qu'une épave rouillée, un homme désossé, des fragments d'elle-même éparpillés. Elle avance.

Elle redescend d'un pas rapide, longe la Moselle et se tient aux grands chênes pour ne pas tomber avant de gagner la première écluse du canal. De l'autre côté, sur la voie ferrée, le train de 19 h 41 en direction de Paris file dans un sifflement glacial. Les feuilles craquelées et recroquevillées valsent à la surface de l'eau. Assise, les jambes dans le vide, aspirée par la cascade, elle regarde loin devant. Sur le port, la lumière orange d'une cabine de bateau oscille dans l'obscurité, se balance au rythme des ondulations. Respire. Demain, il fera jour.

sifflement aigu. Les feuilles craquelées et recroquevillées valsent à la surface de l'eau. Assise, les jambes dans le vide, assourdie par la cascade, elle regarde loin devant. Sur le pont, la lumière orange d'une cabane de bateau oscille dans l'obscurité se balance au rythme des ondulations. Respire. Demain, il fera jour.

REMERCIEMENTS

Je remercie Jean-Marie Laclavetine qui m'a aidée à traduire le silence.
Je remercie Françoise Pélissier pour son écoute de toutes les heures.
Je remercie Stéphane Jacob pour son infaillible soutien.
Je remercie Charles Clèdes-Flahaut pour sa précieuse amitié.
Je remercie Fatma Chaouche d'avoir plongé dans les eaux troubles pour me remonter à la surface.
Je remercie mes parents et mon frère qui savent pourquoi.
Je remercie Romy pour l'étrange lumière vers laquelle elle me tire.

Composition : I.G.S.-Charente Photogravure.
Achevé d'imprimer
sur Roto-Page
par l'Imprimerie Floch
à Mayenne, en juin 2019.
Dépôt légal : juin 2019.
Numéro d'imprimeur : 94477.

ISBN 978-2-07-284692-2 / Imprimé en France.

349939